왈왈

하성란 산문집

왈왈

아우
AURA
라

차례

작가의 말 9　공룡들이 온다 10　당신의 클린룸 11　10년 뒤 12　入城 13　원형 14　혼자 눈뜨는 시간 15　남자보다 꽃 16　책의 자리 17　추억으로 가는 당신 18　안녕, 추리닝 19　후 이즈 잇? 20　물고기 정신 21　폐업 일기 22　에너지제로주택을 향해 23　나의 밤은 너의 낮보다 24　룸펜 25　아저씨들이 돌아왔다 26　아버지의 십자가 27　'작'의 무게 28　카트 29　코리언 스탠다즈 30　우리의 취약점 31　이맘때 32　소울 푸드 33　결혼의 조건 34　개츠비처럼 35　태양이라는 특수 작물 36　노비의 날 37　가상훈련 38　데스티네이션, 서울 39　살다 보면 40　처음처럼 41　삼일절 아침에 42　수타 43　두냐자드 44　납골당 45　경제적 46　무꽃 47　주부작가 48　산사나이 49　춘야희우 50　아버지 가방 51　족보 52　여고 동창생 53　유료체험 54　국경 밖 55　가정환경 56　해피 버스데이 57　사랑한다는 말 58　아, 아, 아르바이트 59　유리 조심 60　구사일생 61　고독 62　사차원 63　금연 중 64　일반인 65　공포 66　마릴린 먼로의 치마 67　앞으로 나란히 68　찰스와 레이 임스 69　우리들의 선생님 70　역 부근 71　독수리 5형제 72　뭘까? 73　황혼에서 새벽까지 74　화성과 금성의 거리 75　나 봐라 76　더블클릭 77　괴소문 78　누워 있어 79　관음증 80　서울 서울 서울 81　엄마는 피곤해 82 점점 83 달콤쌉싸래한 도토리 84 중독의 시대 85 왈왈 86 곰칫국의 맛 87 과신의 함정 88 표사유피 인사유명 89 금요일 밤에 90 냉장고 안에서 길을 잃다 91 우후죽순 92 치마 속 93 땅이 좁아서 94 잃어버린 기억을 찾아서 95 속물근성 96 속물근성 2 97 시간과 시각 98 제맛 99 두두물물 100 칸막이 101 막차 풍경 102 직업 정신 103 불시착 104 거절 105 노래가 좋아서 106 고독 2 107 네이밍 108 목포행 KTX 109 남겨진 사람들 110 행방불명 111 돌아오지 않는 아이들 112 오 마이 갓 113 달팽이의 꿈 114 슬픈 드럼을 쳐라 115 까치밥 116 낙화 117 지못미 118 책상은 책상일까 119 크리스마스의 악몽 120 인과응보 121 엘리베이터 122 한줄 혹은 두줄 123 사이버 스페이스에서 124 네번째 아이 125 나도풍란을 키운다네 126 만약에 127 행복한 만찬 128 쓸모 있는 129 그 사람의 신발을 보면 130 별 헤는 밤 131 도금봉 132 시아버지들의 수난 133 보물찾기 134 15분간의 말벗 135 왜 136 버스 인심 137 태연한 척 138 행복한 결혼생활 139 사랑을 잃고 나는 쓰네 140 역설적으로 141 독자분으로부터 142 삼풍백화점 143 서랍 속의 부끄러움 144 동안 열풍 145 남자와 여자 146 특수 주름 147 물과 말 148 동시에 149 온난화대응연구센터 150 쓸쓸한 말년 151 구 신촌역사 152 소설가라니…… 153 그녀들의 힘 154 바리캉의 역사 155 얼키설키 156 루왁 157 기술가정 158 물의 나라 159 셀카하다 160 지퍼의 활용 161 간판이 많은 길은 162 길 위에서 163 휴게소의 맛 164 휴게소의 맛 2 165 몽유록 166 괜찮다 167 눈소리 168 홍대자치구 169 맨땅에 헤딩 170 사이 171 빠라빠라빠라밤 172 낭독의 재발견 173 오피스 스파우즈 174 학문과 창문 175 어느 여름날 176 서울매미 시골매미 177 호리병 178 정신과 육체 179 정신과 육체 2 180 추억으로 가는 당신 2 181 터미널 방향으로 182 비 갠 뒤 183 잠도 오지 않는 밤에 184 사이 2 185 또다시 186 한여름 양복 그리고 넥타이 187 껌 188 오만과 편견 189 FGM 190 맛의 비밀 191 맞수 192 위대한 유산 193 부부와 동지 194 기성품 아기 195 빨간 구두 196 천리화 197 상처 198 읽다 만 책 199 귀신을 속이듯 200 깨가 서 말 201 가짜와 진짜 202 가짜와 진짜 2 203 여유로운 밤 204 어디나 205 천안문에서 206 여전히 207 물 위에서 208 4세아를 부탁해 209 자전거도 부탁해 210 자전거버스 211 잃어버린 여행가방 212 말랑말랑한 213 관성 214 관성 2 215 호모 디지쿠스 216 이야기의 힘 217 거리 218 스널프 219 동물원에서 길을 잃다 220 SOS 221 우향우! 222 대처 223 화 224 낮술 225 익선동 226 익선동

2 227 돌고돌고 228 반들반들 229 세종로를 지나며 230 오, 기억 231 중문과 본다이비치 232 동행 233 임시 휴교 234 잇, 바이러스 235 금요일 밤에 2 236 주말 사용법 237 천지무용 238 나귀의 욕심 239 최후의 만찬 240 오타쿠의 힘 241 심견 광고 242 일방적 243 게이샤의 추억 244 1981년 경주 245 입장 246 말메의 눈물 247 속도 위반 248 꿈꾸는 카메라 249 자나깨나 250 독거처녀 251 장삿속 252 죽령터널 253 밥을 먹자 254 마르타와 마리아 255 밥맛 256 사랑이라니 257 어른, 답지 못한 258 소래 포구 259 정년 적령기 260 올라! 멕시코 261 짓다 만 집 262 푸른 집에서 263 군더더기 없이 264 간절하게 265 일요일의 꿈 266 착한 여행 267 깍뚜스 268 검은 눈동자 269 정담 270 비빔밥 생각 271 중독 272 핑크 택시 273 당인리 발전소 274 소스라치다 275 도루묵 알 터지는 소리 276 봄 또한 멀지 않으리 277 영원과 추억 278 막다른 골목에 서다 279 어느 송년회 280 건어물녀의 고충 281 수요일 밤에 282 크리스마스의 악몽 2 283 골드러시 284 눈 오시는 날에 285 말년 286 딱딱해진 말들에게 287

작가의 말

2009년 1월 19일부터 그해 연말까지 한국일보 '길 위의 이야기'에 연재했던 글들을 묶는다. 새해 보름 남짓이 빠지긴 했지만 거의 한 해 동안 일기 쓰듯 글을 썼다. 걸핏하면 빼먹고 꾸며 쓰고 한번에 몰아 쓰느라 동생의 일기장에서 날씨를 베끼던 때가 떠올랐다. 그 시절을 반성이라도 하듯 정해진 650자를 맞추려 노력했다. 그렇지 않은 해가 없었겠지만 작년 한 해도 다사다난했다. 많은 이들과 함께한 순간들을 두고두고 잊지 않을 거라던 그 마음이 그새 아스라해졌다는 것에 놀란다. 바꿔 말하자면 이 짧은 글들이 다시는 못 올 2009년에 바치는 송사쯤으로 읽히면 좋겠다. 2009년은 다시 오지 않는다, 떠난 이들도 다시 오지 않는다, 그렇게 생각하니 좀 슬프다. 제목을 '왈왈'로 정하고 보니 지난 한 해 정말 왈왈(日日)댔다는 느낌이다. 누가 듣든 듣지 않든 개의치 않고 쉬고 작은 목소리나마 제 목소리를 내려 했다. 지면을 내준 한국일보에, 언제든 나만의 2009년을 꺼내볼 수 있도록 책으로 묶어준 아우라에 감사드린다. 개 짖는 소리도 독경이라고 했던가, 어둠 속 어디선가 짖는 작은 개 소리에도 귀기울이는 날들이 되었으면 좋겠다. 2009년은 총총총 사라졌지만 아직도 내겐 두 가지 본능이 남아 있다. 650자 본능과 짖으려는 본능이다. "왈왈!"

공룡들이 온다

공룡들은 좋겠다. 한 방송사의 공룡 다큐멘터리를 보다 든 생각이다. 몸집 크지 힘 좋지, 천하무적 아닌가. 그러고 보니 텔레비전 앞에 앉은 가족들 표정도 나와 비슷하다. 오늘 중3인 큰아이는 과학고를 탐방했다. 식물원처럼 멋진 학교 건물에 반해 '열공'해서 꼭 입학해야지 결심하려는 순간 전학년 성적이 전교 일이 등은 되어야 한다는 소리에 기가 팍 꺾인 참이다. 남편은 뭐랄까, 이거 애들 프로 아냐, 라고 한 건 언제고 지금은 대지를 울리며 달려가는 타르보사우루스가 된 듯 몽롱한 눈빛이다. 공룡처럼 뛰면서 그는 "현상 유지"를 외치고 있을 것이다. 두 돌이 채되지 않은 작은아이는 공룡의 생김새와 크기에 놀라 배경 음악이 조금이라도 커질라치면 새끼 벨로키랍토르처럼 뒤뚱거리며 도망와 내 등뒤로 숨는다. 빨래 개고 국 끓어넘칠까 살피느라 좀 산만한 나는 아직 갈 길이 먼 걸까, 첨단 CG를 분석하다가 남쪽 지방에서 본 거대한 공룡 발자국을 떠올렸다가 진화의 정점에서 사라진 공룡의 최후에 대해 상상해본다. 아무튼 공룡들은 좋겠다. 공룡에 열광하는 아이들은 그렇다 치고 어른인 우리는 왜 공룡에 빠져드는 걸까. 또다른 방송사에서도 공룡 다큐멘터리를 할 모양이다. 동심의 세계로 돌아가고 싶은 걸까, 아니면 현실 속의 우리가 작고 초라하게 느껴져 공룡처럼 힘세고 거대한 어떤 존재를 그리워하는 것일까.

당신의 클린룸

남편이 딱 걸렸다. 웹 서핑을 하던 큰애에게 그간의 행적이 밟힌 것이다. 대부분의 가정에선 행여 아이들이 유해 사이트에 접속할까 부모가 걱정하고 단속하기 마련인데 우리집은 거꾸로 되었다. 아이가 부산을 떤다. 인터넷에 들어가 뒤를 밟아보니 지난가을 한두 시간 늦게 잠자리에 든 이유를 알 것 같다. 간호사도 있고 빨간 슬립의 금발 머리도 있다. 하나같이 글래머들이다. 건강한 남자라면 그럴 수도 있다고 사건을 무마시키고 돌아서는데 기분이 이상하다. 그 사람, 정말 건강한 걸까? 그래도 웹에서 다른 여자 만나 결혼한 것보다는 낫다. 요즘은 웹에서 만나 결혼해 신접살림을 차리는 사람들도 있다. 도토리로 가구를 구입하고 알콩달콩 정원도 가꾼다. 현실의 배우자에게 털어놓지 못하는 속엣말들도 시시콜콜 주고받는다. 다만 현실에서는 절대 만나지 않는다. 올 겨울 남편은 작은방마저 큰애에게 빼앗겼다. 퇴근하면 안경을 벗어두고 주머니 속의 동전을 털어 올려두던 책상도 없어졌다. 방문 닫고 혼자 인터넷을 하는 건 엄두도 낼 수 없다. 안방과 화장실 사이의 작은 드레스룸이 그가 밖의 모든 것을 털고 휴식처로 들어올 수 있는 유일한 클린룸이 되었다. 지난가을 난 네가 한 일을 모두 알고 있다, 퇴근한 남편을 놀려주려 했는데 그가 벗어둔 신 두 짝이 오래 떠내려온 종이배 같다.

10년 뒤

지방의 한 도서관에서 낭독회가 끝났을 때였다. 삼십대 초반의 젊은이가 쭈뼛쭈뼛 다가왔다. 참가자 대부분이 아이들 밥 챙겨주고 나온 주부들이라 그 젊은이는 한눈에 띄었다. 그가 우물쭈물 책 한 권을 내밀었다. 뜻밖에도 내 첫 책이었다. 책 속표지에 10년 전 내가 그에게 해준 사인이 들어 있었다. 10년 전 그는 제대하고 집으로 가는 기차를 기다리는 동안 잠깐 서점에 들렀다. 한참 신인이었던 나는 처음으로 사인회라는 것을 하면서 어리둥절해 있었다. 제대를 축하한다는 그 글씨들은 오래전 벗어둔 옷가지들을 보는 느낌이었다. 그때의 치기와 열정이 떠올라 만감이 교차했다. 10년이 지나도 하성란씨는 계속 글을 쓰고 있는데 나는 그때와 바뀐 게 없네요, 라며 그는 미안한 듯 웃었다. 요모조모 뜯어보았지만 10년 전에 보았다는 그의 얼굴이 기억나지 않는다. 그동안 조금 살집이 붙었을 테고 제대를 하던 때의 그 패기만만함도 줄었을 것이다. 10년 전 흥분해서 날려쓴 문장 아래, 10년 뒤 우리 또 만나요, 라고 또박또박 쓰면서 나는 내 삼십대와 작별했다. 10년 전에도 나와 그는 이렇게, 이런 자세로 짧은 순간 스치듯 만나고 헤어졌을 것이다. 10년 뒤면 그는 지금의 내 나이가 될 것이다. 바뀐 게 없다지만 그는 여전히 문학을 사랑하는 젊은이였다.

入城　일이 년에 한두 번 만나는 남자 선배가 있다. 대학 시절부터 알았으니 20년이 훌쩍 넘었다. 서로 미혼일 땐 자연스럽게 어울려 밥도 먹고 술도 마셨는데 유부남, 유부녀가 된 뒤로는 적당한 간격을 지켜왔다. 동창회나 아는 이의 시상식 뒤풀이 자리, 사람들 틈에서 얼굴을 알아보고 안부를 주고받는다. 술 취한 사람들이 자리를 옮겨다니는 동안 비교적 한 자리를 고수하고 있는 내 옆이나 앞에 자연스럽게 그 선배가 앉았다 간다. 그는 씩 웃고 묻는다. "어디 살아요?" 그때그때 사는 곳이 달라 동네 이름도 바뀌었다. 그때마다 선배는 내가 사는 곳에 옛 애인이라도 살았었다는 듯 고개를 깊게 끄덕였다. 그러던 어느 날이었다. 사는 곳을 말했는데 선배 특유의 그 표정이 또 나왔다. 그가 혼잣말처럼 중얼거렸다. "점점 가까워지고 있군." 또 세월이 흘렀다. 그사이 나는 서울로 이사왔다. "대림동요"라는 내 대답에 그가 반색했다. "드디어 들어왔군!" 선배는 그간의 내 행보를 기억하고 있었던 것이다. 그날 밤 인천에서 시작해 서울로 들어오기까지의 길다면 긴 내 족적을 그려보았다. 가만 생각하니 아무래도 내가 서울로 이사온 건 그 선배의 끊이지 않은 관심 때문이 아니었나라는 생각, 그리고 그건 서울로 집을 구해 들어와 일가를 꾸리기까지 선배 자신의 긴 이야기일 수도 있다는 생각이 드는 것이었다.

원형 남자들에게 군대 이야기가 있다면 여자들에게는 출산 이야기가 있다. 진통 시간만으로도 반나절을 끄는 여자들의 수다에 군대에서 축구까지 한 남자들이 고개를 절레절레 흔드는 걸 본다. 출산이 오늘 내일인 후배에게 혹시나 싶어 문자를 넣었는데 곧바로 장문의 답장이 왔다. '24시간 진통 끝에 어젯밤 수술 3.6킬로 우량 남아 드뎌 탄생 언니 길고 길었던 내 출산기를 기대해줘.' 여자들 대단하다. 어젯밤 수술로 아기를 출산하고도 그 다음날 '문자질'이 라니. 동물 중에서 유일하게 출산의 진통에 시달리는 것은 인간뿐이라고 한다. 아마도 진통의 시간과 강도가 다른 동물에 비해 길고 강하다는 의미일 것이다. 인간이 다른 동물들에 비해 훨씬 큰 머리를 가지고 태어나기 때문이라는데 생물학자들은 바로 이 점을 주목해왔다. 그렇다면 커다란 아기의 머릿속에는 무엇이 들어 있는 걸까. 한번도 칼이라는 걸 본 적 없는 둘째아이가 아장아장 걸어 제 누나 방으로 들어가더니 누나가 쓰던 30센티 플라스틱 자를 들어올려 조금의 망설임과 주저도 없이 제 누나의 어깨를 내리치는 걸 보았다. 그렇다면 이것이 집단무의식? 그애의 머릿속에 저장된 기다란 물건의 용도란 칼이 지배적이었던 것이다. 융이 그렇게 말한 '원형'이라는 개념을 내 눈으로 직접 목격하는 순간이었다.

혼자 눈뜨는 시간

설날 아침 어머니와 함께 외삼촌 이야기를 하다가 죽은 외삼촌이 평소 누님이라 부르며 따르던 사람이 생각났다. 그분은 집안끼리 다 알고 지냈기에 길에서 우리를 보면 과자를 사주었고 어머니가 아플 때면 귤 한 봉지를 사서 뛰어오곤 했다. 전화를 하지 않은 지 벌써 사오 년은 흘렀다며 어머니는 안부를 묻는 일조차 주저한다. 전화를 받지 않으면 어떡하나, 마음을 얼마나 졸였는지 긴 신호음 끝에 목소리가 흘러나왔을 때는 탄성을 질렀다. 떡국거리와 과일을 챙겨 허겁지겁 주소를 물어 찾아갔다. 사람 한 명이 겨우 드나들 비좁은 골목에서 지팡이를 짚은 백발의 노파가 나왔다. 내 이름을 다정히 부르며 과자를 쥐여주던 깊숙한 눈은 그대로였다. "죽기 전에 자네를 보는구나." 할머니도 울고 어머니도 울었다. 정부 보조금 35만원으로 월세 10만원 내고 가스 사서 불도 땐다며 따뜻한 곳으로 우리를 앉혔다. 봉사자들이 밥도 주고 목욕도 시켜준다고 했다. 누군가 가져다준 떡국 한 그릇이 식은 채 놓여 있었다. 올해 여든다섯, 혼자 잠들고 눈뜨는 그 시간을 나는 헤아리기 어려웠다. 발걸음이 떨어지지 않는지 어머니는 몇번이나 뒤돌아보았다. 문을 닫으려는데 조금 열린 문틈으로 깊숙한 눈이 나를 보며 말했다. "전화 좀 줘, 전화 좀 줘……"

남자보다 꽃　　드라마 〈꽃보다 남자〉에 빠져 아기 기저귀
가는 일을 미루고 있다가 남편에게 기어코 한소리를 들었다. 나잇값
좀 하고 살라는 표정인데 그는 모른다, 여자들의 로망을. 잘 만든 드
라마라곤 할 수 없다. 도예가로 이름난 고등학생 등 허황된 설정이
한둘이 아니다. 그런데 그 70분 동안 나는 거센 말들과 행동이 난무
하는 현실에서 홀연히 5센티쯤 부양한다. 원작만화를 진작에 독파
한 큰애와 나는 원작에 못 미치는 각본과 연출력을 못마땅해하면서
도 F4가 등장할 때면 '므흣'한 표정을 감출 수가 없다. 순정만화에서
바로 나온 듯한 모습 '자체발광'이다. 롱코트를 입은 '구준표', 정말
멋지다. 원작의 제목은 '하나요리당고'이다. 꽃보다 당고란 뜻인데
당고는 일본의 군것질인 꿀 바른 떡꼬치이다. 우리말로 바꾸자면 금
강산도 식후경쯤 되겠는데 당고를 음이 비슷한 단시(男子)로 바꾼
것이 재미있다. 원작만화가 일본에서 연재된 것은 1992년, 버블 경
제의 붕괴 후 일본인들이 '잃어버린 10년'으로 부르는 장기침체 때
이다. 하는 일마다 실패하는 부모와 잡초처럼 일어서는 여주인공,
아무 조건 없이 그녀를 사랑하는 갑부 도련님까지 일본의 독자들이
열광했던 데에는 이유가 있었다. 큰애는 보는 내내 '금잔디'가 된
다. 그런 일은 있을 수 없다는 걸 아는 이 '아줌마'에겐 남자보다 꽃
이다. 눈이 즐거우면 그만이다.

책의 자리

"봤어?" "응, 봤어." 어젯밤 본 드라마 이야기가 아니라 인터넷에 뜬 신경숙 선배의 서재를 놓고 하는 말이다. 집이 서재고 서재가 집인, 그의 말처럼 그의 서재는 책으로 엮은 둥지 같았다. 나중에는 작은 도서관처럼 서재를 개방할 생각이라고 한다. 글과 관련된 일을 하는 사람이라면 한번쯤 자기만의 서재를 그려보았을 것이다. 벽이란 벽에 책꽂이를 놓고 그것도 모자라 비디오 대여점처럼 호차를 단 이중 책꽂이를 맞추는 것이 현실이지만 말이다. 점점 집을 책에 내준다. 폴 오스터의 소설 『달의 궁전』 속 주인공은 삼촌이 남긴 책들을 어찌하지 못해 책상자들을 깔아 침대로도 쓰고 탁자로도 쓴다. 여성민우회의 공기님은 책을 읽고 나면 그 책을 필요한 사람에게 준다. 나도 얼마 전 두 권의 책을 받아 읽고 있다. 다 읽고 나면 그에게 돌려주는 것이 아니라 그 책이 필요한 이에게 전해주면 된다. 책을 빌려 읽다보면 자연스레 그 책 주인의 습관도 알게 된다. 어떤 이는 읽은 부분을 표시하려 책 한 귀퉁이를 삼각형 모양으로 접어놓는다. 어떤 이는 꼭 침을 묻혀가며 책장을 넘긴다. 앞동에 사는 소설가 박성원씨는 밑줄을 친다. 그의 책을 빌려 읽을 때면 웅덩이를 지나칠 때처럼 그가 밑줄친 곳에서 머뭇거리게 된다. 은근슬쩍 그의 생각까지 읽으려는 속셈이다.

추억으로 가는 당신 출판사를 했던 한 선배가 '삐삐 약어집'이란 책을 내고 한껏 기대에 부푼 적이 있다. 혹시 삐삐를 기억하지 못하는 이가 있는가. 전화를 걸어 번호를 남기면 상대방의 단말기에 그 번호가 뜬다. 음성도 남길 수 있다. 그럼 호출한 전화번호로 전화를 걸거나 녹음된 음성을 듣는다. 일일이 전화를 해야 한다는 것이 번거롭기도 하고 공중전화기가 눈에 띄지 않을 때도 있었다. 그래서 삐삐약어가 등장했다. 예를 들어 7676은 착륙착륙, 약속장소에 거의 다 왔다는 뜻이다. 이렇게 음차를 한 간단한 것에서 시작한 삐삐약어는 날로 진화해 주절주절 제법 긴 사연까지도 담아내게 되었다. 552111152(잘 살아라). 로마자와 알파벳을 혼용해서 만들었다. 55는 영문자 W, 페어맞추면 well live가 된다. 삐삐약어집이 밀리언셀러가 되는 건 시간문제였다. 시간이 문제이긴 문제였다. 책이 출판된 지 얼마 되지 않아 핸드폰이 급속도로 보급되었기 때문이다. 지지리 복도 없던 그 선배와는 소식이 끊긴 지 오래다. 그의 고향집 창고에는 그 책이 먼지를 뒤집어쓴 채 산더미처럼 쌓여 있을 것이다. 쓸데없는 전화들이 너무 많은 지금 문득 삐삐가 그립다. 그런데 한밤중에 전화를 걸어 좋아한다고 술주정을 하던 그 남자애는 어떻게 살까. 나는 그애의 단말기에 이렇게 남겨두었다. 7942(친구사이).

안녕, 추리닝

'추리닝'은 한때 '백수'들의 상징이었다. 365일 한번도 빨지 않은 듯 엉덩이와 소매 부분이 반질반질 닳고 무릎이 툭 불거져나온 나일론 재질의 추리닝, 고시생들도 즐겨 입어 어떤 추리닝에서는 결기마저 느껴졌지만 역시 추리닝은 백수들의 옷이었다. 내게도 그런 추리닝이 있었다. 한 살 아래의 동생이 신입사원 연수회 때 한번 입고 준, 회사 로고가 가슴패기에 프린트된 추리닝이었다. 그 추리닝으로 처녀시절을 났다. 한번은 그 회사에 다니냐고 물어온 사람도 있었다. 운동복이라는데 그 옷만 입으면 운동 대신 편안히 방안을 뒹굴고 싶어진다. 그 버릇을 버리지 못해 지금도 추리닝을 즐겨 입는다. 그사이 추리닝은 변신을 거듭해 트레이닝복이라는 제 이름도 찾고 멋스러운 외출복이 되었다. 그래도 추리닝은 추리닝. 한번은 종일 뒹굴다 가게에 갈 일이 생겼다. 머리도 눌리고 화장도 하지 않아 챙 모자를 푹 눌러 썼다. 엘리베이터에서 만난 초등학생 여자아이가 내 모습에 움찔한다. 몇 학년이냐고 물었는데 대답은커녕 뒷걸음질로 문에 바싹 다가붙는다. 여차하면 도망갈 자세이다. 무서운 사람 아니라고 머리라도 쓰다듬으려 호주머니 안의 손을 빼내는데 아이가 질겁한다. 그즈음 한창 아이들 유괴로 사회가 시끄러웠다. 그 뒤로는 추리닝을 입더라도 한껏 멋을 부린다. 화장도 하고 사람 좋게 보이도록 애써 웃는다. 마음대로 추리닝 하나 못 입는 세상이다.

후 이즈 잇? 산부인과처럼 비유법을 구사하는 곳이 또 있을까. 법을 어길 수도 없고 그렇다고 임산부의 호기심을 나 몰라라 할 수도 없으니 그럴 수밖에 없을 것이다. 아쉽게도 내 경우엔 두 아이 다 성별을 알 수 없었다. 두 아이의 터울은 12년. 오랜만에 찾은 산부인과는 시설과 분위기가 몰라보게 달라졌고 대기실에 앉은 임산부들의 임부복 패션도 훨씬 세련되었다. 간호사가 호명하는 임산부의 이름도 순우리말이나 국제적으로 통할 이름들이 많았다. 그런데도 여전히 태아 성감별은 금지되어 있었다. 먼 과거에 불시착한 시간여행자처럼 얼떨떨했다. 큰애 때는 시어머니의 꿈만 믿고 파란색 일색으로 아이 옷을 준비했다. 유모차에 아이를 태우고 나가면 다들 남자애냐고 물어보곤 했다. 이번엔 그런 실수를 하고 싶지 않았다. 어두컴컴한 초음파실 의자에 누워 용기를 내 물었다. "분홍색이 좋을까요, 아니면 파란색?" 모니터 불빛에 얼굴만 동그랗게 뜬 의사는 단호했다. "나중에 아는 기쁨이 더 크지 않을까요?" 잘못해 꾸중 들은 학생처럼 아무런 대꾸도 못했다. 뱃속의 내 아이, 내 몸속에서 꿈틀대고 있는데 마치 문밖에서 노크하는 이를 향해 묻고 싶은 느낌이었다. 후 이즈 잇? 이제 곧 28주 이상의 태아에 한해 성감별이 허용될 모양이다. 의뭉스럽기까지 하던 산부인과에서의 비유법이 사라진다니 좀 아쉽기는 하다.

물고기 정신

인도에서 설탕을 싣고 가던 배가 예멘 소 코트라 섬 부근에서 좌초되었다. 수리하는 동안에도 배는 조금씩 기울어 갑판에 바닷물이 들어찼다. 수천 톤의 설탕이 며칠 동안 녹았다. 졸지에 물건 다 잃고 오도 가도 못하게 생긴 선원들은 끌탕 중인데 물고기들은 신이 났다. 단맛 찾아 몰려든 고기들로 배 밑은 물 반, 고기 반이다. 그곳은 천일야화의 본고장. 화가 머리끝까지 오른 왕비는 주술을 걸어 백성들을 물고기로 만들어버린다. 이야기 속에서 튀어나온 듯 물고기 색은 백성들의 옷 색깔만큼이나 화려하다. 물고기들이 단맛을 안다는 사실도 신기하지만 몇초에 불과하다는 기억력으로 그 단맛을 기억한다는 것도 놀랍다. 설탕물을 먹고 흡족해서 돌아서는 순간 방금 먹었던 단맛은 물론, 무언가 먹었다는 사실조차도 까맣게 다 잊을 것 아닌가. 물고기의 기억이 수초밖에 되지 않는다는 것은 낭설인 듯하다. 우리의 생각과는 달리 물고기의 기억력과 학습능력이 뛰어나다는 연구결과가 있다. 물고기들은 1년 전에 했던 실험의 결과를 기억하고 단번에 미로의 탈출구를 찾기도 했다. 그렇다면 이제 깜빡깜빡 뭔가 잘 잊어버리는 사람들에게 "이런 물고기 정신!"이란 말을 했다간 물고기에게 실례가 되겠다. 물고기도 하물며 그러한데 인간인 우리가 지난 10년을 잊을 거라고 생각한다면 그것도 큰 실례가 되겠다.

폐업 일기

수없이 개·폐업을 반복했다는 선배를 만났다. 맨 처음은 분식점이었다. 개업 당일 주방장이 무단결근 했다. 전전 궁긍하고 있는데 손님들이 들이닥쳤다. 첫 주문은 오므라이스와 김 치볶음밥. 레시피를 뒤적여 조리해 내왔는데 손님들이 물었다. "어 떤 게 오므라이스고 어떤 게 김치볶음밥인가요?" 두번째 주문은 상 가 미용실에서 배달시킨 김밥. 그릇 찾아와 들춰보니 음식이 그대 로 다 남아 있었다. 하나 먹어보니 남긴 이유를 알겠더란다. 하루 꼬박 가게를 지켜봐야 수중에 들어오는 돈은 오만원 남짓. 손구구 를 해봐도 그 수입으로 가게세 내고 주방장 월급 주고 계산이 서지 않았다. 그 참에 아예 주방장 없이 가게를 꾸리기 시작했다. 주방일 은 부인과 번갈아 하며 배달도 뛰었다. 그 선배의 취약점, 길눈이 어두웠다. 배달 장소를 못 찾아 한 시간을 헤매기도 했다. "독촉 전 화는 걸려오지 집은 못 찾겠지." 그때만 생각하면 지금도 등에 땀이 흐른다며 선배가 고개를 흔들었다. 겨우겨우 주문한 집에 도착했지 만 칼국수는 불 대로 분 뒤였다. 시간을 다투는 분식이나 배달 종목 은 하지 말아야지 해서 시작한 것이 갈비집이었다. 그 갈비집이 어 떻게 폐업에 이르게 되었는지 듣지 못한 채 헤어졌다. 사람 좋은 선 배는 헐헐 웃으며 머리를 긁적였다. "세월 좋다, 지금이니까 이렇게 웃으며 이야기한다."

에너지제로주택을 향해

몇년 공사중이던 초고층 아파트가 드디어 제 모습을 드러냈다. 입주를 맞아 깊은 밤 모든 창에 불을 밝혔는데 그 위용이 대단하다. 높은 건물들이 많다는 이 일대에서도 가장 높아 빌딩숲 위로 삐죽 고개를 내밀었다. 전면이 통유리창이다. 해의 걸음걸이에 따라 전방위로 빛을 쏘아대는데 시공 전부터 말이 많았다. 옆의 아파트 단지 일부가 그 건물의 그늘에 파묻혔다. 한강 조망을 자랑하던 아파트가 불시에 일조권을 걱정하게 된 것이다. 하지만 문제는 지금부터인 듯하다. 통유리 건물의 단점들이 속속 지적되고 있다. 강남의 이와 유사한 빌딩의 경우, 한여름 집안에 두고 나간 애완견이 죽어 있더라는 소문이 나돌았다. 커다란 유리에 비해 창은 턱없이 작아 환풍구 수준이다. 종일 햇볕에 달궈진 유리 표면 온도가 얼마나 올라갈까, 생각만으로도 끔찍하다. 하루종일 냉방기를 가동해야 한다. 초고층이다 보니 엘리베이터를 작동하는 전력도 만만치 않다. 한낮이면 햇빛을 가리려 블라인드를 내려야 하고 블라인드 때문에 어두워 조명을 켜야 한다. 겨울이면 유리벽은 한기를 막아주지 못한다. 이래저래 통유리창 건물은 부의 상징일 수밖에 없다. 지금도 곳곳에서는 이런 초고층 건물들이 올라설 채비를 하고 있다. 다른 나라에서는 이미 시작된 에너지제로주택, 우리는 귓등으로 흘려듣고 있다.

나의 밤은 너의 낮보다　예전처럼 요새 엄마들도 딸아이들에게 "빨리빨리 들어오고!"라는 잔소리들을 할까. 아침에 등교나 출근하려 신발끈을 묶을 때면 엄마는 등에 대고 꼭 토를 달았다. 듣기 좋은 노래도 한두 번이라고 나중엔 아예 대꾸조차 하지 않았지만 어쩌다 귀가가 늦어질 때면 불현듯 어디선가 시한폭탄의 초침 소리가 켜져 벌떡 일어서곤 했다. 그 딸들이 이제 제 딸들에게 잔소리를 할 엄마가 되었다. 깊은 밤 홍대 거리는 낮이 따로 없다. 한낮까지 문을 닫았던 클럽과 술집들이 불을 환히 밝힌다. 음식점과 옷집, 액세서리 가게가 문전성시를 이룬다. 곳곳에서 웃음소리가 터지고 젊은이들이 떼지어 골목을 몰려다닌다. 물론 이런 유흥과 소비만 있는 것은 아니다. 예전의 밤문화가 음지에서 싹트는 퇴폐문화와 일탈이었다면 지금은 밤을 즐기는 호모 나이트쿠스의 세상이다. 이들을 위한 문화의 영역도 넓어졌다. 환한 빛의 세상에서 그들이 돌아갈 집을 떠올려본다. 그 시간 그곳은 인적이 끊긴 지 오래다. 가로등도 턱없이 모자라 곳곳에 짙은 어둠이 고여 있다. 한쪽의 밤이 환하면 환할수록 반대편의 밤은 더 어두워진다. 범죄는 그 어둠을 노린다. 가로등도 늘리고 골목에 방범소도 설치해야 한다. 빨리 귀가하라는 잔소리만으로 아이들을 채근하기엔 지금 서울의 밤은 너무나 역동적이고 아름답다.

룸펜 어릴 적 대한뉴스에서 본 룸펜은 러닝셔츠 바람의 사내가 방안에서 뒹굴다가 툇마루에 앉아 허탈하게 담배를 피워대는 모습이었다. 어쭙잖게 영어 단어 몇마디를 주워섬기게 된 뒤에 룸펜은 방에 있는 펜, 즉 직장을 구하지 못해 집에 있는 지성인쯤으로 생각했다. 그러고 보니 내 눈에는 아버지가 딱 룸펜이었다. 아버지는 베개로 턱을 고이고 엎드려 『태양의 계절』 같은 일본 소설을 읽곤 했다. 한 페이지는 한글, 한 페이지는 일본어로 된 책으로 나는 한참 뒤에야 페이지가 찢겨나간 그 소설을 읽을 수 있었다. 사랑과 배반, 죽음으로 이어지는, 그 당시 일본 사회에서 큰 반향을 일으킨 소설이었다. 아이들도 있고 한 여자의 남편이기도 한 가장이 빠질 만한 내용은 아니라고 생각했다. 어린 시절 유독 아버지와의 추억이 많은 건 아버지가 출근하는 다른 아버지들과는 달리 우리와 긴 시간을 보냈기 때문이었다. 아버지와 찐빵을 쪄먹기도 하고 찰흙으로 과일 모형을 만들기도 했다. 고무튜브에 날 싣고 헤엄쳐 아주 먼 섬까지 갔던 일은 어제 일처럼 생생해 훅 물비린내가 끼치기도 한다. 우리는 좋았지만 구직을 하지 못하는 가장을 대신해 하루종일 종종거려야 했던 젊은 엄마는 하루하루가 고단하기만 했을 것이다. 자영업자가 무려 6만명 감소하고 실업자 수도 점점 늘어난다. 우리 집에도 두 명이나 된다.

아저씨들이 돌아왔다 한밤 텔레비전 채널을 돌리다가 깜짝 놀랐다. 개그맨 최양락이 돌아왔다. 시청률 높은 프로의 고정 게스트라는 것도 놀랍지만 그의 개그가 젊은이들에게 통한다는 사실이 더 반갑다. 방송국이란 데가 어떤 덴가. 시청자들의 반응을 귀신같이 파악해 발 빠르게 대응하는 곳 아닌가. 그가 돌아온 데는 지금의 각박한 사회 분위기도 한몫했을 것이다. 치고 빠지는 스피드형 개그, 단번에 시청자들의 시선을 사로잡으려 개그는 점점 더 거칠어지고 자극적이 되어왔다. 그런 개그에 환호했던 젊은이들이 의뭉을 떠는 그의 느린 개그를 받아들이게 된 것이다. 시간대도 다르고 주시청자도 주부들이긴 하지만 개그맨 김학래와 김정렬도 돌아왔다. 툭툭 던지는 한마디에 웃지 않고는 못 배긴다. 나는 저들의 개그와 함께 자랐다. 소재도 다양해서 정치, 기업 풍자는 물론 도둑과 세 사는 신혼부부, 트럭을 몰고 장사를 하는 부부까지 수많은 경계를 넘나들었다. 웃기면서 좀 슬펐다. 슬픈 데 또 웃겼다. 지난 연말 방송사의 상이란 상은 다 휩쓸다시피 한 강호동 옆에 최양락이 있다. 한때 최고의 개그맨이었지만 스탠딩 개그의 부활로 설 자리를 잃었던 그. 이제는 대중의 속성을 다 꿰고 있을 것이다. 반짝 인기에 연연해하지도 않을 것이다. 그러기에 그는 예전보다 더 의뭉스러워지고 여유로워져야 한다.

아버지의 십자가　두 명의 아버지들을 떠올리려니 다급할 때마다 "아빠"부터 찾고 보던 중학교 친구 생각이 난다. 그것이 재미있어서 가끔 골려주곤 했는데…… 첫번째 아버지는 실화를 바탕으로 만든 광고 속의 아버지이다. 택시를 탄 아버지가 핸드폰의 음성 녹음을 듣는다. "아빠 사랑해"라고 발랄하게 이야기하는 딸은 이미 이 세상 사람이 아니다. 아버지는 녹음을 지우지 않고 딸이 그리울 때마다 듣고 또 듣는다. 또 한 명의 아버지. 연쇄살인범에게 희생당한 대학생의 아버지가 딸의 미니홈피에 글을 올렸다. 딸에 대한 그리움과 딸을 지켜주지 못한 죄책감으로 가득한 글을 읽으며 가슴이 미어진다. 그토록 찾아다니던 딸은 싸늘한 주검으로 돌아왔다. 딸이 겪었을 공포를 아버지는 딸이 되어 겪고 또 겪는다. 내 딸이 아닐 거라고 한사코 부인하던 아버지는 그동안 잘해주지 못해 미안하다고 네가 지고 간 십자가의 의미를 헛되이 하지 않겠노라고 머리 쓰다듬어 어린 딸을 재우던 그때처럼 이야기한다. 아버지들에게 딸은 어떤 존재일까. 딸을 낳고 가녀린 그 작은 아기를 어떻게 안아야 할지, 쩔쩔매던 젊은 아빠의 모습이 떠오른다. 성장한 딸에게서 첫사랑의 얼굴을 본다던 중년 아버지의 말도 떠오른다. 딸을 잃고 아버지는 크고 무거운 십자가를 진 채 남은 생을 살아갈 것이다. 삼가 고인들의 명복을 빈다.

작의 무게 　10년 전쯤 일본 작가들을 만났을 때였다. 떠듬떠듬 통성명이 끝나자 그들은 명함을 한 묶음 꺼내 우리들에게 쫙 돌렸다. 그 무렵 한국 작가들 중에서 명함을 가진 이는 손꼽을 정도였다. 아직은 명함을 내밀기가 쑥스럽다는, 문학에 대한 외경과 겸손이 전반적인 분위기였다. 작가의 명함이라면 이 정도는 되어야 한다는 기준은 없지만 일본어만 아니라면 그들의 명함은 명함첩 속의 우리나라 공무원 명함이나, 거리에서 받은 스킨케어샵의 명함과 구별되지 않았다. 이제 우리 작가들도 명함 하나쯤은 다 가지고 있는 것 같다. 미적미적 쪽지 건네듯 명함을 주고받지도 않는다. 소리가 아닌 문자로 기억하면 오래 기억할 수 있어 나는 명함을 받을 때마다 밑줄 치듯 이름을 읽는다. 그렇게 받은 명함이 수백장이다. 가끔 명함집을 펼쳐본다. 한동안 연락이 뜸했던 이들, 이 사람은 누굴까? 당최 기억나지 않는 이, 별안간 보고 싶어 안부를 묻게 되는 이들이 있다. 그러다 보게 된 명함. 지방의 사진관에서 일했던 이의 명함인데 자신의 직업을 '사진작가'라고 박았다가 '작'자를 검은 볼펜으로 동그랗게 지워버렸다. 사진작가가 아닌 사진가. 동그란 볼펜 자국이 꼭 사고로 다쳐 빠졌다는 그의 앞니 하나 같다. 작(作) 자 하나 덜어냈을 뿐인데 그의 명함을 볼 때마다 웃음이 난다.

카트 그 많던 동전들은 다 어디로 갔을까? 대형 마트에 갈 때마다 드는 생각이다. 매번 동전이 없어 지폐를 동전으로 바꾸곤 한다. 장 보는 내내 호주머니 한쪽이 백원짜리 동전 아홉 개의 무게로 축 처지고 댕그랑거린다. 동전 넣는 카트를 고안한 사람은 누구였을까. 아무데나 카트를 두고 가버리는 손님들 때문에 대형마트도 무던히 속을 끓였을 것이다. 나는 아무래도 그가 심리학자일 듯하다. 주차장은 넓은데 카트 보관대는 출입구 가까운 데 있다. 장을 보는 시간은 대부분 퇴근 후라서 점점 배고프고 노곤해진다. 나중엔 카트 밀 힘 하나 없다. 주차장 맨 끝에 차를 주차시켰을 땐 정말 아무데나 카트를 버리고 도망가고 싶다. 신기한 건 한번도 카트를 그냥 두고 가는 사람을 본 적이 없다는 것이다. 사람들은 불평 없이 그 일을 잘 해낸다. 카트를 제자리에 갖다놓으면서 나를 조종하고 있는 것에 대해 생각한다. 수시로 드나드는 승용차들을 피하느라 카트 미는 일은 갑절 힘이 든다. 겨우겨우 보관대에 밀어다놓고 달칵, 백원짜리 동전을 찾아 손에 쥔다. 집의 깡통에는 이렇게 모인 동전이 가득하다. 동전을 은행에서 지폐로 바꿀 때는 눈치가 보인다. 백원짜리 동전이 중요하지 않다는 것은 아니지만 우리를 조종하는 것은 겨우 백원. 하찮은 것에 인간이 움직인다는 것을 파악한 이의 작품이다. 저 카트는.

코리언 스탠다즈 모처럼 지하철에 빈자리가 나서 앉아 가게 되었다. 지그시 눈을 감았는데 뭔가 허전하다. 이런! 두 발이 바닥에 닿지 않는 게 아닌가. 대롱대롱 두 발을 달랑거리며 가기엔 눈이 너무 많았다. 엉덩이를 의자 끝으로 당겨 가까스로 바닥에 발끝을 대긴 했는데 충격은 좀처럼 가시지 않는다. 실은 5센티 높이의 키높이 운동화를 신고 있었던 것이다. 독일에 다녀온 남자 소설가가 투덜대던 것이 기억난다. 독일의 소변기가 우리 것보다 좀 높이 달렸다는 거였다. 그는 한국 남자치고는 꽤 큰 키였다. 그런 자신이 발끝을 살짝 든 것에 대해 그는 자존심을 다친 듯했다. 요즘 학생들 신장 대비 다리 길이가 길어졌다는 통계를 본 듯하지만 이건 아무래도 차후 몇십년은 쓸 요량으로 설계되었다고밖엔 짐작할 수 없다. 게다가 스테인리스 의자는 한 사람이 앉을 엉덩이 크기로 옴폭옴폭 파였는데 좀 뚱뚱하다 싶은 사람이 앉았다간 엉덩이가 배기기 십상이다. 미래엔 다리 길고 날씬한 사람들만이 지하철을 이용하게 될 듯하다. 코리언 스탠다즈. 공업이나 지하철, 소변기에만 해당되는 말이 아닌 듯하다. 그 나이대면 아파트는 몇평이고 저축액은 얼마이고 회사에서의 직위와 타는 차는 무엇인지 우리끼리의 규격이란 게 있다. 대충 충족되면 KS 마크를 붙여주는데 그때야 우리는 조심스레 우리가 중산층이라고 말할 수 있는 것이다.

우리의 취약점

만취해 길에서 잠든 청년을 보았다. 다음날 영하로 떨어진다는 일기예보를 듣고도 모른 척할 수 없었다. 흔들어보고 소리도 쳤지만 좀처럼 일어날 기색이 보이지 않았다. 약이 오른 동행이 소리쳤다. "야, 일어나!" 그 한 마디에 거짓말처럼 흔들흔들 청년이 일어섰다. 청년이 게슴츠레 눈을 뜨고 대들었다. "몇살인데 반말이쇼?" 가장 질색하는 게 반말이었던 모양이다. 비교적 얌전한 남편이 크게 분노하는 것을 두 번 보았다. 집에서 기르는 개가 주인도 못 알아보고 짖는대서 한번, 길을 찾느라 잠깐 정차했는데 공사장의 관리인이 까딱까딱 손짓으로 비키라고 했대서 또 한번. "내가 개야, 뭐야?" 얼굴이 붉으락푸르락했는데 그러고 보니 그의 취약점은 '개'인가? 친구 A는 "저의가 뭐냐?"라고 묻는 사람과 실랑이를 벌였다. '저의'란 말에 이미 나쁜 의도란 뜻이 숨어 있다는 것이다. 친구 C는 B와 절교했다. 비오는 날 흰 스타킹을 신고 간 C를 데리고 B가 윈도 쇼핑을 다녔기 때문이었다. 흰 스타킹에 점점이 튀기는 흙탕물을 참을 수 없었고 B의 배려 없음은 더 참을 수 없었다고 했다. 내 경우는 운전이다. 운전대만 잡으면 솔직해진다. 낄 때가 아닌데 끼어들고 핸드폰 통화하며 운전하고, 그런 운전자들을 도무지 참을 수가 없다. 어느 날 비보호 좌회전 구역에서 달려오던 트럭에 부딪힐 뻔했다. 화가 나서 한참 욕을 하다 룸미러를 보았는데 뒷좌석에 시부모님이 조용히 앉아 계셨다.

이맘때 중학교 배정받고 어머니와 영등포 교복사에 갔던 게 이맘때지 싶다. 교복사 사장님은 척 한번 내 몸을 훑어보더니 교복을 내주었다. 어머니는 교복 걸친 내 몸을 샅샅이 살피고는 고개를 저었다. "좀더 큰 걸루 주세요." 사장님도 만만치 않았다. "아, 그거면 돼요. 장사 하루 이틀 하나." 어머니는 나를 바로 세우고는 바닥에 널린 교복 포장 비닐을 주워들었다. 얼떨떨해 서 있는데 똘똘 뭉쳐진 비닐 두 개가 내 가슴께에 쏙 들어왔다. "봐요, 봐요. 작죠?" 아직은 판판하지만 곧 불룩하게 나올 가슴을 염두에 두어야 한다는 말이었는데 사장님도 어쩔 수 없었는지 허허 웃으며 한 치수 위의 교복 상의로 바꾸어주었다. 대명천지에 그것도 남자 앞에서 그런 일을 서슴지 않던 어머니가 지금의 내 나이보다 어렸다는 것에 놀랄 뿐이다. 아무튼 중3 졸업식 때까지 교복은 낙낙했다. 어머니는 두고두고 자신의 안목에 대해 자랑했지만 사실은 중학교 입학 때와 비교해 별로 성장하지 않은 빈약한 내 몸 때문이었다. 교복을 입고 친지도 방문하고 정독도서관에도 갔다. 해마다 이맘때면 수십만 원을 호가하는 교복에 울상 짓는 아이들이 있고 교복값 담합이라는 말이 나온다. 닳고 닳아 번들거렸던 교복, 그래도 교복이 좋았다. 교복 자율화가 되어 늘 같은 사복을 교복처럼 입고 다니던 고등학교 때에 비하면.

소울 푸드 영화 〈카모메 식당〉을 보면 그 식당의 주 메뉴는 오니기리, 주먹밥이다. 식당 주인 '사치에'는 일찍 어머니를 여의었다. 운동회나 소풍 때면 아버지가 늘 주먹밥을 싸주었는데 울퉁불퉁 못생긴 그 주먹밥이 제일 맛있었다며 주먹밥을 자신의 소울 푸드라고 말한다. 나의 소울 푸드는 무엇일까. 학교 매점에서 탄산음료와 사발면이 사라진다는 보도를 보는 순간 앗, 무릎을 탁 쳤다. 어머니에게는 죄송하지만 어머니의 된장찌개, 고등어구이 등을 제치고 나의 소울 푸드는 역시 라면이었다. 한 그릇을 시켜놓고 친구와 머리를 밀어가며 먹었던 라면, DJ를 보려 배부른데도 억지로 먹었던 떡라면, 귀가가 늦어지는 어머니를 기다리다 동생들과 끓여먹었던 짬뽕라면(라면의 종류를 가리지 않고 다 넣어 끓이는 라면) 등 라면에 깃든 추억은 끝이 없다. 남자들이 군대에서 먹었던 라면 맛을 제일로 치는 것도 바로 그 추억 때문일 것이다. 뭘 넣느냐에 따라 이름도 맛도 무궁무진해지는 라면. 그러다 나도 사치에처럼 핀란드에 나만의 소울 푸드 식당을 여는 상상을 해보았는데 핀란드를 비롯한 북유럽에 라면의 열풍이 부는 모양이다. 그곳에 라면을 알린 이철호씨의 별명은 라면왕이다. 맛있게 라면 끓이는 비법을 살짝 공개하자면 물, 불, 뚜껑이다. 뭐니뭐니 해도 가장 맛있는 라면은 다른 사람의 라면을 한 젓가락 뺏어먹는 것이다.

결혼의 조건

어렴풋이 우리가 이사가던 풍경이 떠오른다. 젊은 아버지는 리어카를 끌고 젊은 엄마는 리어카를 밀며 쉬며 갔다. 셋째는 아직 태어나지 않았다. 아이 둘이 탔는데도 리어카는 넉넉했다. 이삿짐이라야 솥과 냄비, 석유곤로와 이불, 옷가지를 싼 보퉁이 두어 개였다. 장롱도 없었고 텔레비전이나 냉장고는 그런 게 존재한다는 사실도 알지 못할 때였다. 한 남자와 한 여자가 만나 가정을 꾸리는 데 필요한 것은 그렇게 리어카 한 짐도 되지 않았다. 동생은 얼마 전 연인으로부터 조금만 더 기다려달라는 이야기를 들었다. 둘 다 혼기를 놓쳐도 한참 놓쳐 노처녀, 노총각이라는 말도 무색한 나이였다. "오빠, 난 큰 거 안 바라, 양은냄비 하나면 돼!" 동생은 전화기에 대고 큰소리쳤다. 정작 양은냄비 하나로 결혼생활을 시작했던 어머니도 세상물정 몰라도 너무 모른다며 혀를 찼다. "애는? 애는 거저루 키워?" 사무실 후배에게 결혼하기 위해 얼마를 준비할 것이냐고 물었더니 칠천만원요, 한다. 서울에 작은 평수의 집을(사실은 방을) 얻을 돈이라는 것이다. 이제 서른이 된 이 젊은 이, 살림은? 하고 묻자 글쎄요(당연히 살림은 신부가) 하며 웃는다. 저축액은 아직 목표액의 반의 반도 안된다. 부모의 도움이 없다면 그도 연인에게 기다려달라는 말만 되풀이할지도 모른다. 그날 밤 동생은 좀 울었다.

개츠비처럼 브래드 피트의 인기를 실감하겠다. 그가 주연한 영화 〈벤자민 버튼의 시간은 거꾸로 간다〉의 원작소설이 최소 여섯 곳의 출판사에서 책으로 묶여 나왔다. 160여분이라는 꽤 긴 상영시간에 비해 원작은 장편 아닌 단편소설이다. 영화와 같은 제목의 책들은 피츠제럴드의 단편선이다. 이렇게 여러 곳의 출판사가 한꺼번에 책을 낼 수 있었던 것은 피츠제럴드가 죽은 지 50년이 지나 이미 저작권이 소멸되었기 때문이다. 그나마 다행이다. 저작권이 살아 있었다면 지금쯤 많은 출판사들이 경합을 벌여 로열티를 엄청나게 부풀려놓았을 테니 말이다. 경쟁이 치열하다보니 다른 나라보다 훨씬 비싼 값에 판권을 들여오게 된다. 그런데도 우리를 향한 그들의 시선은 곱지 않다고 한다. 책을 책이 아닌 단순한 돈벌이로 여기는 풍조를 어처구니없어한다는 것이다. 아무리 생각해도 수지가 맞을 것 같지 않은 책이 작년에도 몇 있었다. 아무튼 이 많은 '벤자민 버튼' 중에 독자들은 어떤 책을 택할 것인가. 혹시 벤자민 버튼이 아닌 브래드 피트만 보고 말 사람들도 더러 있지는 않을까. 개인적으로는 브래드 피트보다 책의 저자인 피츠제럴드의 파란만장했던 삶이 매력적으로 다가온다. 한번쯤 실연당하고 개츠비의 흉내를 내본 이라면 더 그럴 것이다. 오랜만에 개츠비처럼 담배 한대 물고 싶다.

태양이라는 특수작물

오랜만의 단비로 논에 나가 물꼬를 트고 있는 농부의 사진에 마음이 흡족하다. 고등학교 때 이모네 논둑을 자전거로 지나다가 약 친 논에 빠져 허우적댄 것이 유일한 시골 체험이지만 집에서 먹는 쌀, 된장, 김치 하나까지 친지들 한숨 섞여 거두지 않은 게 없다는 걸 안 뒤로는 쌀 한톨, 콩 한알 허투루 보게 되지 않는다. 조류독감에 수백 마리의 닭이 폐사되고 큰 비에 밭이 통째로 떠내려간다. 사료값도 못 건지는 소를 팔지도 기르지도 못한다는 이야기가 들려오기도 한다. 눈부신 과학의 발전이란 말도 농촌과는 벗어나 있는 듯싶다. 그러던 차에 건축가 이명주 씨의 강의를 들을 기회가 있었다. 화석 연료는 이미 바닥을 보이기 시작했다. 이에 발맞춰 우리나라에서도 에너지제로하우스가 속속 선보이고 있는 모양이다. 필요한 에너지의 대부분을 태양 에너지에서 가져다 쓰는데 지붕에 전지판을 깔아 태양 에너지를 모은다. 일조량이 풍부한 우리나라에 딱이다. 특수 작물에 시설 투자를 하듯 농촌의 지붕이란 지붕에 전지판을 설치하는 것이다. 비용은 국가에서 보조를 받을 수 있고 다른 이에게 지붕을 대여해줄 수 있다. 남은 에너지는 국가에 팔고 지붕 대여로로 부수입을 올린다. 그러고 보니 가까운 친지분 중에 몇년째 과수원을 놀리고 있는 분이 있다. 그분께 빨리 안부전화 넣어봐야겠다.

노비의 날

봄이 오는 음력 이월 초하루. 『동국세시기』를 들춰보니 이월에도 송편을 빚었다. 손바닥만한 것에서 계란만한 것까지 반달 모양으로 만들어 팥소를 넣고 솔잎을 켜켜이 깔아 쪄낸 송편을 노비들에게 나이 수대로 먹였다. 이날을 노비의 날이라고 했다. 농사가 시작되기 전에 고생할 노비들을 대접한다는 의미였다. 오랜만에 뵌 어른이 나에게 대놓고는 못 묻고 어머니에게 돌려 물었다. "올해 몇살이누?" 고개를 갸우뚱하던 어머니가 묻는다. "니가 올해 몇살이지?" 별 생각 없이 입에 올린 그 숫자가 제법 묵직하다. 어머니도 놀라고 내 나이의 곱절도 더 드신 어른도 놀라 "하이고 세상에, 그러니 우리가 안 늙고 배겨나겠니" 하신다. 오늘은 노비의 날, 예전 같았으면 마흔 개가 넘는 송편을 받아들었을 것이다. 짧았던 평균수명을 감안한다면 연장자 중에서도 상연장자 축에 끼였을 나이다. 송편을 많이 받아 신나기보단 처량맞고 면구스러웠을 것 같다. 생목이 올라오도록 먹어도 다 먹지 못할 송편의 개수. "나이가 들수록 말수는 줄이고 지갑은 열어라"라는 선배의 말이 떠오른다. 넉넉한 송편으로 주위 사람들에게 인심 한번 쓸 수 있는 날이기도 했을 것이다. 송편은 나눌 수 있지만 나이는 나눌 수 없다. 주먹만한 송편을 한입에 넣은 듯 목이 콱 막힌다.

가상훈련 늘어지게 기지개를 펴다 우연히 사무실 천장을 올려다보게 되었다. 등박스에 동그란 딱지가 붙어 있다. 뭘까. 자세히 보니 '영안타'라고 씌어 있다. 이 건물에 방염(防炎) 자재를 댄 회사의 제품 이름인 듯했다. 평상시에도 비좁은 복도를 지날 때면 벌컥 열릴 문에 머리라도 찧일까 경계하곤 했다. 만일의 경우 복도가 연기에 휩싸인다면 우르르 한꺼번에 사람들이 몰린 복도는 피난로의 역할을 잃게 될 것이다. 비상구처럼 생긴 문도 세 개나 있다. 이 문 저 문 열어보느라 시간만 지체할 수도 있다. 불현듯 대연각 화재가 떠오른 건 요즘 계속되는 화재와 폭발 사고에 공포를 느끼고 있었기 때문일 것이다. 침대 매트를 안고 떨어지던 사람의 사진을 볼 때마다 아비규환이었을 1971년 크리스마스 아침이 되살아난다. 사망자 163명 중 38명은 창문 밖으로 뛰어내린 사람들이었다. 우리 사무실은 6층이다. 소방차의 고층 사다리가 닿을 수 있는 최고 층수는 15층. 15층 이상의 고층 아파트에 사는 사람들은 2007년 기준 500만명이었다. 강남의 초고층 아파트에서는 매일 가상훈련이 이루어진다고 한다. 내친김에 가상훈련에 들어갔다. 완강기를 펼치고 노끈은 풀었는데 그 다음이 문제다. 시간만 질질 끌다 웃음이 터지고 말았다. 다시 올려다본 천장, 강렬한 붉은 글씨의 '영안타'라는 딱지가 누군가의 염원을 담은 부적처럼 붙어 있다.

데스티네이션, 서울　여러 사람이 모이면 은연중에 그 사람의 전직이 드러나곤 한다. 한 선배의 병 따는 솜씨는 경탄을 넘어 황홀하기까지 하다. 그는 라이터나 숟가락 등 손에 잡히는 모든 걸로(병따개만 빼고) 손목의 스냅을 이용해 짧은 시간에 수많은 병들의 뚜껑을 딴다. 이 병에서 저 병으로 옮겨가는 동작의 시퀀스가 환상적일 뿐 아니라 그 소리 또한 병뚜껑에서 나는 소리라곤 믿기지 않을 만큼 울림이 깊다. 병에서 날아가는 병뚜껑을 자신이 지목한 사람들 앞으로 날리는 기술까지 있다. 이쯤 되면 병 따기에서 새로운 권법 하나 나올 만하다. 그는 젊은 시절 지방의 술집에서 웨이터 생활을 오래했다. 지금 뉴욕현대미술관(MOMA)에서는 '데스티네이션, 서울'전을 하고 있다. 매년 두 차례씩 전 세계 주요 도시를 선정해서 신예 디자인을 발굴하는 프로젝트이다. 최종 선발된 작품은 정식 상품으로 출시되어 모마의 온라인 스토어에서 팔리게 된다. '아름다운 가게'에 기증된 헌옷으로 만든 인형과 플래카드로 만든 가방 등 다양한데 그중 숟가락 병따개가 눈에 띄었다. 숟가락으로 병을 따는 남자들 모습에서 연상했을 그 병따개를 보는 순간 아름다운 디자인이란 먼 곳이 아닌 바로 우리 생활 속에 있다는 생각과 함께 병을 따며 술집 안을 돌던 그 선배가, 그 선배가 쓴 아름다운 문장들이 떠올랐다.

살다 보면　허름한 동태찌개집에서 늦은 점심을 먹을 무렵 빗방울이 떨어졌다. 20여년 동태찌개만 팔아 속속들이 동태 비린내와 양념 냄새가 밴 가게에 비 비린내가 섞였다. 점심 손님 다 받아 할 일 없는 가게의 아주머니 두 분이 빼딱하게 하늘을 올려다본다. "비가 더 오시려나?" "오시려면 지금 오셔야지." 죽이 잘 맞는다. "더 오실 것 같음 무를 더 썰구." "어째 찔끔대다 말 것 같은데……" 가만히 이야기에 귀기울였다. 오후부터 비가 내리면 술손님들이 한꺼번에 들이닥칠 테니 찌개에 들어갈 무나 동태를 미리 손질해놔야 한다는 말씀이다. 퇴근 무렵에나 비가 내리면 술 한잔 하려던 사람들도 부랴부랴 귀가를 서둘러 그날 저녁 장사는 공친다는 말씀이다. 책에는 나와 있지 않은 금과옥조 같은 말씀이 동태찌개에 든 지라만큼이나 고소하다. 일기예보에서는 한차례 비가 지나갈 거라고 했다. 그날은 다행히 일기예보가 맞았다. 지난겨울 내내 기상청은 들쭉날쭉 엇갈리는 보도를 했다. 하루종일 맑다더니 느닷없이 폭설이 내리는 식이었다. 500억원이나 들여 설치했다는 슈퍼컴퓨터에 대해 말도 많았다. 차라리 동화 속 소금 주머니를 찬 할머니의 일기예보가 낫겠다는 우스갯소리를 하기도 했다. 살다 보면 누구나 할머니의 소금 주머니 같은 주머니 하나쯤 차게 될 것이다. 날씨도 맞히고 그날 가게 매상도 맞히는.

처음처럼 동생이 조리사 자격증 실기시험에서 떨어졌다.

설마했던 '어선(魚膳)'이 출제된 것이다. 지난 몇년간 나오지도 않던 어선이 왜 하필 자신의 시험 과제로 나왔는지 지지리도 운이 없다며 종일 투덜댔다. 많은 이들이 두려워 벌벌 떤다는 어선 문제, 어선은 동태 한 마리를 포 뜨는 것부터 시작한다. 몇개월 요리 수업을 받았음에도 동생의 칼질은 여전히 서툴다. 서른이 넘도록 밥 한번 제대로 해본 적 없는 동생이 조리사 자격증을 따겠다고 했을 때 우리는 귓등으로도 듣지 않았다. 그런데 동생이 재료를 다루는 손길이나 칼질에서 눈길이 떨어지지 않는다. "요리 선생이 제일 힘들어하는 제자는 누구?" 동생이 퀴즈를 냈다. 동생처럼 칼을 처음 잡아본 사람일까 아니면 수십년 가족들에게 손수 밥을 지어먹인 주부일까. 뜻밖에도 정답은 후자였다. 무생채의 경우 고른 무채의 길이와 굵기, 고춧가루로 버무린 적당한 색이 중요하다. 무채를 5센티, 성냥개비 굵기로 써세요, 라는 선생의 말이 끝나기가 무섭게 많은 주부들이 자신들이 해왔던 방식대로 무채를 썰었다고 한다. 실습 내내 요리 선생은 조리대 사이를 뛰어다니며 "지금까지의 요리법은 다 잊으세요!"라고 소리친단다. 동생이 무채를 친다. 명 짧은 사람 기다리다 죽겠다고 어머니는 답답해하는데 나는 무 앞에서 공손한 동생에게서 내가 잃어버린 것을 읽는다. 초심이다.

삼일절 아침에　일요일 아침 아파트에 방송이 울려퍼졌다. 삼일절이니만큼 가가호호 태극기를 달자는 동대표의 말씀이었다. 방송이 끝나기도 전에 조건반사적으로 어느새 삼일절 노래를 흥얼대고 있었다. 언제 불러도 막힘이 없었다. 중학교 3학년 국어시간도 떠올랐다. 정인보 선생의 그 시가 첫 페이지에 실려 있었다. 국어 선생님은 10분의 시간을 주면서 그 시를 암송하라고 했다. 초등학교 때 목청 높여 부르던 노래였기에 시를 외우는 건 식은 죽 먹기였다. 사건은 10분 후 선생님이 학생들을 호명해 시를 외우게 할 때 일어났다. 그 시를 끝까지 외운 친구가 한 명도 없었다. 중간에 포기하고 자리에 앉은 아이들도 제 차례를 기다리던 아이들도 얼떨떨할 따름이었다. 드디어 내 차례가 되어 일어났다. '기미년 삼월 일일'까지는 순조로웠지만 '정오' 부분에선 나도 모르게 '파미레'라는 음에 맞춰 노래를 해버리고 말았다. "노래를 해라, 노래를 해!" 선생님은 고개를 흔들며 우리들을 둘러보았다. 태극기를 어디에 두었더라, 서랍을 뒤지다가 은연중에 왼쪽 가슴에 오른손이 올라갔다. 좀 민망한 그 자세가 곧바로 국기에 대한 맹세로 연결되었다. 길을 가다가도 엄숙한 그 목소리가 들려오면 태극기가 있는 쪽을 향해 서서 얼음땡이 되곤 했다. 새삼 내 몸을 구속하고 있는 것들을 확인하는 삼일절이었다.

수타 손님들이 한꺼번에 들이닥친 중국집은 말 그대로 '호떡집에 불이 났다.' 그 말의 어원에 우리의 슬픈 역사가 숨어 있다는 걸 알면서도 가게에 들어서자 그 말이 딱 떠올랐다. 얼마 전 한 방송사의 고발 프로그램에서 호되게 당한 뒤로 자장면 매출이 뚝 떨어졌단 말도 다 거짓인 듯했다. 기다리다 돌아가는 손님도 생겼다. 가게 한쪽 청년 하나가 서서 연신 반죽을 들어 메친다. 뜻밖에도 수타 기술자는 언제 저런 기술을 익혔을까 싶은 이십대 초반의 젊은이다. 반죽을 메칠 때마다 손가락 사이에서 점점 느는 면 가닥 수가 신기해 홀린 듯 구경했다. 마음이 급하다보니 중간중간 리듬도 끊기고 면발도 끊긴다. 한번쯤 또래의 젊은이들처럼 번듯한 직장을 구하려는 마음도 먹었을 것이다. 언젠가 독립해 자신만의 요리집을 내는 꿈을 키워가고 있을는지도 모른다. 몇년 전 옆집에 중국요리 기술자가 살았더랬다. 맛있는 요리 많이 해 먹겠다는 말에 집의 화력으로는 중국집의 그 맛이 나오지 않는다 했다. 중국집 화력이 어찌나 센지 큰 불소리와 기름 소리에 고함을 쳐서 귀도 잘 들리지 않는다고 했다. 한참 기다려 받아든 청년의 수타 자장면. 급한 마음이 수타면에 나타나 있다. 굵었다 느닷없이 실처럼 가늘어지고 또 굵어져서 면을 빨아먹다보니 입술이 간지럽다. 둘러보니 사람들 모두 입을 오물오물, 장난치고 있는 것 같다.

두냐자드

왕비의 부정(不貞)에 분노한 샤리야르 왕은 두 번 다시 여자를 믿지 않기로 다짐한다. 그날부터 왕은 처녀를 궁으로 불러들여 하룻밤 욕정을 풀고는 해가 뜨면 목을 베었다. 그 일을 3년이나 했다. 울음소리가 가실 날 없었고 백성들의 원성은 커져만 갔다. 딸을 가진 부모들이 도망을 쳐서 나중에는 성 안에 한 명의 처녀도 남지 않게 되었다. 셰헤라자드는 자청해서 궁으로 들어간다. 그녀에게 가려 회자되지 않지만 그녀에겐 그녀를 따라간 두냐자드라는 여동생이 있었다. 밤이 깊자 두냐자드는 언니 셰헤라자드를 졸라댄다. "언니, 아직까지 들어본 적 없는 재미난 이야길 해줘요." 마침 잠이 오지 않던 터라 왕도 귀를 기울였다. 셰헤라자드는 왕의 호기심이 절정에 달할 무렵 이야기를 멈추곤 했는데 다음날도 그 다음날도 셰헤라자드의 이야기를 부추기는 것은 두냐자드였다. "언니, 어젯밤 이야기의 그 다음을 들려줘요." 흥미진진한 이야기 속에서 아라비아의 밤은 깊어만 갔다. 책 어디에도 두냐자드에 대한 묘사는 없지만 언니를 향한 사랑과 믿음이 깊을 뿐 아니라 죽음도 두려워하지 않는 아가씨였다는 것은 쉽게 짐작이 간다. 그녀가 없었다면 셰헤라자드의 천일야화는 시작조차 하지 못했을 것이다. 지금 우리 곁에는 두냐자드처럼 손발이 맞는 조력자가 한 사람쯤 있는가. 만약 있다면 지금부터 우리들의 천일야화는 시작되는 셈이다.

납골당 동생들과 합심해서 부모님께 집을 사드렸다. 사방 45센티인 작은 방 두 개이다. 부부는 방을 터서 조금 넓게 쓸 수도 있다. 섰을 때의 눈높이인 5층이다. 보고 싶어 찾아가면 허리를 굽히거나 까치발을 들지 않고 편안하게 서서 오래오래 보다 올 수 있을 것이다. 그 바로 옆에는 아파트 한 동에 사는 아주머니 내외가 입주하게 될 것이다. 어머니와 성당도 같이 다니고 매주 성경 공부까지 하는 절친한 사이이다. 살아서도 사이좋게 지내는데 죽어서도 나란히 같이 살게 되었다면서 어머니는 신이 났다. 사실 "나 죽으면 강에 뿌려줘"라고 고집 피울까봐 늘 조마조마했다. 엄마가 보고 싶으면 그 강을 찾아가곤 할 텐데 갈 때마다 비슷비슷해 보이는 강 어디에 엄마의 유골을 뿌렸는지 몰라서 여기도 섰다가 저기에도 앉았다가 정신이 쏙 빠질 것이다. 화장(火葬)을 해야 한다는 것도 늘 마음에 걸렸다. 날 낳아준 부모님(나중엔 나)의 육신이 저 뜨거운 불 속에 들어가 있다! 생각만으로도 너무 공포스럽다. 언제부턴가 부모님은 오늘은 뭘 해먹을까, 라는 말처럼 스스럼없이 죽음에 대해 이야기한다. 납골당은 집에서 차로 한 시간 반 거리의 교외에 있다. "글 쓰다 머리 아프면 차 타고 휑 왔다 가, 바람도 쐬고 우리도 보고." "엄마, 정말 왜 그래?" 발칵 화를 내다 울고 말았다.

경제적　　영화 〈데몰리션 맨〉의 주인공인 경찰 스파르탄은 30명의 인질을 구조하지 못한 책임을 지고 70년 동안 냉동 감옥에서 복역한다. 영화의 결말은 스파르탄과 대결하던 악당 피닉스가 순간냉동 되어 얼음조각으로 산산이 부서지면서 끝이 난다. 피 한 방울 튀기지 않으면서도 그처럼 살벌했던 영화가 또 있었을까. 몇 년 전 네덜란드에서 이와 흡사한 기술이 개발되었다. 요사이 우리나라에서도 종종 회자되고 있는 빙장(氷葬)이다. 시신을 영하 196도의 질소 탱크에 넣어 순간 동결시킨 뒤에 진동을 주어 파쇄한다. 가루는 녹말 상자에 넣어 나무 밑에 심는데 일년도 되지 않아 완전 분해된다. 화장장 벤치에 앉아 검은 연기가 모락모락 오르는 굴뚝을 올려다보면서 울었던 기억이 있다. 일단 화장에 비해 시신의 훼손이 없다. 화석 연료를 사용하지 않아 친환경적일 뿐 아니라 관련 설비 및 유지비용 또한 저렴하다. 스웨덴 생물학자 수산네 비그-마삭은 "무기물인 사체가 새로운 유기물을 구성해 식물들을 자라게 한다. 그 식물은 과거 우리가 존재했었다는 것의 상징이다. 우리의 몸도 우리가 먹은 나무와 동물 즉 흙으로 만들어진 것이다. 흙에서 왔기 때문에 흙으로 돌아가는 것이 경제적"이라며 빙장의 유용성을 강조했다. 늘 골머리만 아픈 '경제적'이라는 말이 이처럼 깔끔하게 와닿기는 처음이었다.

무꽃 지난겨울 시골에서 부쳐온 무에서 파랗게 무청이 돋아 올랐다. 무국을 끓여먹으려 친정에서 가져와놓고는 연일 집에 돌아가지 못하는 바람에 까맣게 잊고 있었던 것이다. 2월의 반을 사무실에서 지냈다. 마침 봄방학이라 큰애도 친정에 맡겨둔 채 마음껏 일할 수 있었다. 오랜만에 집에 갈 때마다 한기가 돌아 내 집 같지 않았다. 그새 스위치 순서도 잊어 온 집안의 불을 다 켰다 끄기도 했다. 무는 친정에서 가져온 그대로 검은 봉지 안에 들어 있었다. 한뼘 정도 무청이 자라 있었지만 만져보니 가져올 때처럼 단단했다. 겨울 무처럼 맛있는 게 또 있을까. 무국을 끓여놓으면 살강살강 씹히는 무에 달큰한 국물맛까지 일품일 것이다. 아직은 무국을 끓여 먹을 수 있다. 생각했는데 또 며칠 집에 들어가지 못했다. 큰애 봄방학이 끝나 아이들을 데리고 집에 갔다가 무 생각이 났다. 빨리 먹어야지, 허겁지겁 베란다로 갔다가 함성을 지르고 말았다. 무청이 무성한 데다가 꽃까지 피었다. 무꽃은 처음 보았다. 엄지 손톱만한 꽃들이 동글동글 맺혀 있다. 대체 어떻게 해서 꽃까지 피울 수 있었을까. 아하, 무는 제 속의 수분을 끌어올려 꽃을 피워낸 모양이다. 쪼글쪼글해진 무가 꼭 어머니 같다. 어머니가 아이들을 돌봐주지 않았다면 일은 엄두도 내지 못했을 것이다. 무를 화분에 심어두고 요 며칠 무꽃을 보고 있다.

주부작가 소설가 박성원씨가 맞은편 아파트로 이사온 지 1년이 넘었다. 베란다 창문을 열면 12층 그의 집 창문이 올려다보인다. 가끔 창의 불빛으로 서로의 안부를 묻는다. 저녁때 불이 꺼져 있으면 잠깐 외식을 갔겠거니, 사나흘 불이 꺼져 있으면 여행을 갔겠거니, 거실과 부엌, 작은방까지 불이 환하게 밝혀져 있으면 그날은 그의 집에 손님이 온 날이다. 그의 부인인 김태정씨와 친구가 된 것은 둘 다 소설을 좋아하고 또래의 아기가 있기 때문이다. 어느새 남편들 흉을 보는 사이가 되었다. 새벽 두시가 넘도록 건너편 12층의 작은방 불이 꺼지지 않는다. 그게 아이들 다 재우고 난 김태정씨가 책을 읽고 글을 쓰기 때문이라는 걸 알게 된 뒤로는 종종 베란다로 나가 그 불빛을 건너다본다. 아기를 키우면서 글을 쓰던 십여년 전이 떠오른다. 아기는 꼭 마감을 코앞에 두었을 때 아팠다. 밤을 새우는 일이 허다했다. 아기가 낮잠을 잘 때면 곁에서 잠깐잠깐 노루잠을 자곤 했다. 그때 한 일간지의 기자가 내게 '주부작가'라는 호칭을 붙여주었다. 주부작가의 고단함을 그 기자는 알고 있었을까. 김태정씨는 서너 시간 아기를 맡길 놀이방을 알아보다가 세 돌이나 지나면 보내겠다고 마음을 바꿨다. 하루를 버티는 그의 힘은 커피 네 잔. 오늘도 밤늦도록 불이 켜져 있었다.

산사나이　　땀에 폭 젖은 어머니는 피곤해 보였다. 주말마다 어머니가 집 근처의 산을 찾은 지도 벌써 십여년이 되었다. 배낭을 쿵 내려놓자마자 걱정이 늘어졌다. 수년 사이에 등산로들이 수없이 늘어나서 무성하던 나무들이 뭉텅뭉텅 사라지고 있다고 했다. "그럼 거기도?" 몇년 전 인적이 뜸한 수풀 속에서 어머니와 나란히 앉아 볼 일을 본 적이 있었다. 빠른 길로 다니려면 뭐하러 등산은 나왔냐고 어머니는 애꿏은 집 천장에 대고 따졌다. 산에 갑자기 사람들이 늘어났는데 다시 등산붐이라도 인 거냐며 내게 묻기까지 했다. 지난 주 산에서 내려오는 길이라며 거래처 동료가 사무실에 불쑥 나타났다. 배낭도 폴도 없는 가벼운 등산복, 등산화 차림이었다. 한참 사무실에 있어야 할 시간에 그가 산에 가 있었던 것은 프리랜서이기도 했지만 요즘 어수선한 회사 사정 때문이었다. 맞벌이를 하려 세 돌이 채 되지 않은 아기도 지방의 처갓집에 맡겼다. 얼마 전 보고 돌아왔는데 그새 사투리를 배워 "보고 싶어 우짜노"라고 말해 부부를 웃겼단다. 웃다가 그만 아내는 아기를 안고 울고 말았다. 산 정상에 앉아 두 주먹에 힘 빼고 내려다보는 서울은 그래도 좀 만만해 보인다고 했다. 문득 정신을 차리고 보니 옆에도 뒤에도 사방에 자신처럼 넋 놓고 앉아 있는 산사나이들 천지였다고 했다. 그날 저녁 그와 마시는 소주 한잔이 썼다.

춘야희우　　그날 밤 늦어도 아홉시까지는 귀가하리라는 아이와의 약속을 깨고 이차, 삼차, 시간을 질질 끈 것은 순전히 '두보'라는 천이백여년 전에 태어난 한 늙은 남자 때문이었다. 왜 깔끔하게 일차에서 못 일어서느냐고, 새벽녘 겨우겨우 집을 찾아온 남편에게 큰소리치던 것이 무색하게 되었다. 그날 자리에서 한 선배가 두보의 「춘야희우(春夜喜雨)」를 읊지 않았더라면 밥만 먹고 깔끔히 일어섰을 것이다. 며칠 전 비가 내리던 봄밤, 불쑥 그 시가 떠올랐다고 했다. "호우지시절(好雨知時節), 묘한 비 시절을 아니……" 좋은 비는 시절을 알고 내리니. 그의 입에서 나온 언문을 그대로 옮겨적지 못하는 것이 아쉽다. 언문은 아름다웠다. 20여년 전에 읽었을 시를 달달 외우고 있는 그가 신기해 몇 구절 따라 읊었다. 수풍잠입야(隨風潛入夜), 봄비는 바람 따라 몰래 밤에 들어. 야경운구흑(野徑雲俱黑), 들길과 하늘의 구름 모두 어두운데…… 선배의 시낭송은 대학생이 되어 집을 떠나 있는 아들에 대한 그리움으로 끝이 났다. 그렇다면 공교육의 희망 중 하나가 바로 이런 것 아닐까, 전공도 아닌 문학에의 향수를 마흔 넘도록 가지게 한 그의 고등학교 은사님이 만나고 싶어졌다. 봄밤이었다. 도로도 하늘도 모두 어두운, 그야말로 '야경운구흑'이었다. 남편이 깰까, '수풍잠입야' 하듯 살금살금 문을 열고 집안으로 숨어들었다.

아버지 가방

금요일 저녁 정체도 걱정이 되고 피곤하기도 해서 친정에 맡긴 아기만 찾아 휑 달려나오는데 뭔가 좀 이상했다. 뭘까, 이 기분? 기저귀도 챙겼고 아기가 손에서 놓지 않으려는 장난감 칼도 있는데 뭔가 빠뜨린 느낌이다. 덜컹 과속방지턱을 넘을 때에야 떠올랐다. 아버지. 아버지에게 간다는 인사말조차 하지 않고 나와버린 것이다. 아버지는 언제부턴가 늘 안방에만 틀어박혀 있다. 대학시절 교지편집실에 있다가 한 통의 전화를 받았다. 혹시 그 학교 학생 중 하나가 '최불암 시리즈'를 만들어내는 것 아니냐는 방송국의 전화였다. 왜 유머의 주인공이 하필이면 최불암씨였을까. 그가 드라마에서 보여주던 '바로 우리 아버지'라는 이미지가 한몫했을 것이다. 유머 속의 최불암은 우직스럽다 못해 답답하다. 곳곳에서 실수를 저지른다. 'danger'라고 쓰인 병을 '단거'로 읽고 마셔버린다. 불이 나서 학생들이 전부 운동장으로 대피하지만 끝까지 교실을 지킨다. 교실 창문에서 얼굴을 내민 최불암이 소리를 지른다. "주번도 나가도 돼요?" 1990년대초 우리 사회를 강타했던 이 유머 속에서 그 당시 조금씩 흔들리던 아버지들의 위상이 드러난다. '아버지가 방에 들어간다'가 아니라 '아버지 가방에 들어간다'로 문장을 잘못 읽은 기분이다. 아버지라는 가방을 나는 자꾸 잃어버린다.

족보 학교 선후배 남자들이 모이는 자리에 어쩌다 홍일점으로 끼게 되었다. 오랜만에 한자리에 모인 그들은 학창시절 비화도 털어놓고 정치 이야기에 얼굴을 붉히기도 하면서 즐겁게 떠들고 마셔댔다. 그런데 그들 사이에 묘한 기류가 흐르고 있었다. 얼마 가지 않아 그들이 '선배'라든가 혹은 '너'나 '야' 같은 호칭을 일절 사용하지 않고 있다는 것을 알게 되었다. 어떨 때는 존댓말인지 반말인지도 알 수 없게 말끝을 흐리기도 했다. 어쩌다 실수라도 할 만한데 그들은 369게임이라도 하듯 신중에 신중을 기하고 있었다. 사정은 이랬다. A는 재수하지 않고 학교에 입학했다. 재수해 입학한 B는 재수하지 않은 C와 자연스럽게 말을 놓게 된다. 한 학번 위지만 A와 B는 고등학교 동창이다. 문제는 D에게 있다. B, C와 동기지만 D는 재수도 않고 일곱 살에 초등학교에 입학했다는 것이다. 그들이 한 자리에서 만났으니 A에게 존댓말을 하기도 그렇고 A를 생각하자니 B에게 함부로 '야자' 할 수도 없고 어정쩡해진다는 것이다. 그들의 나이 차라야 고작 두 살이었다. 학창 시절 내내 "형, 형"이라고 부르다가 나중에야 나이 정리를 하고 친구가 된 사이보다는 덜 기가 막혔다. 그래서 학창시절 어두운 술집 뒷골목, 술만 취하면 남자애들이 멱살잡이를 하곤 했었나보다. 술김에서나 "민증 까!" 소리쳤었나보다.

여고 동창생　　여고 친구 둘이 불쑥 회사로 찾아와 점심을 먹었다. 요새 봄나들이 프로젝트를 벌이는 중이라고 했다. 집에서 혼자 밥 먹는 대신 친구들을 찾아다니면서 점심을 먹는다는 그 프로젝트에 많은 친구들을 물리치고 내가 당첨된 것이다. 점심 먹고 근처의 카페로 갔다. 늘 붙어다니면서도 성격이 정반대인 두 친구, 좋은 것을 드러내는 것도 다르다. 천장을 휘휘 둘러보고 이 의자, 저 의자 툭툭 두드려보는 한 친구에 비해, 다른 한 친구는 새초롬하게 "괜찮네" 한 마디뿐이다. 종업원이 차 주문을 받으러 왔다. 별안간 한 친구가 차를 안 마시겠다고 말해 세 사람이 당황했다. 3인 중 2인이 주문했으니 된 것 아니냐고 오금을 박았다. 종업원도 호락호락하지 않았다. 1인 1주문이 원칙이라고 되받았다. 결국 그 친구도 차를 시켰지만 그렇게 통쾌할 수가 없었다. 차값도 비싼 데다 리필도 해주지 않아 가끔 갈 때마다 불만만 품곤 했다. 고등학교 때도 그랬다. 라면보다는 DJ를 보러 간 분식점, 배부른데 뭐하러 다 시키느냐고 두 그릇만 시키자고 했던 게 아무래도 그 친구이지 싶다. 나를 먼저 들여보내놓고 둘은 봄나들이 프로젝트를 계속할 거라 했다. 밀린 일들 다 팽개치고 그 프로젝트에 끼고 싶었다. 왜 그냥 친구가 아니라 '여고 동창생'이라고 부르는지 팔 아프게 작별인사를 하면서 알 것 같았다.

유료체험　지난겨울 환경재단과 일본의 피스보트(Peace Boat)가 함께하는 '피스 앤 그린보트'를 탔다. 기항지인 이시가키 섬에서는 '사탕수수 수확체험'을 할 수 있었다. 흔들리던 갑판 위에서는 반듯하게 걷던 이들이 땅 위에서는 한동안 제대로 걷지 못했다. 땅멀미였다. 먼저 섬 해안으로 떠밀려온 쓰레기를 주웠다. 습기를 잔뜩 머금은 대기는 무거웠다. 두 나라의 조류가 합쳐지는 듯, 해안가에는 양국의 쓰레기들이 떠내려와 잔뜩 널려 있었다. 술병과 과자 봉지에서 한글을 만날 때마다 사람들이 소리를 질렀다. 일행의 반은 일본인이었다. 쓰레기 줍는 일을 저렇게 즐거워하다니! 라는 표정으로 우리를 바라보았다. 두어 시간 우리가 주운 쓰레기만 한 트럭이 넘었다. 본격적으로 사탕수수 체험에 들어갔다. 전통적인 방법으로 수숫단을 묶어 나르고 돌방아를 돌려 즙을 냈다. 사탕수수 즙이 졸아드는 동안 우리는 소박한 시골 밥상을 받았다. 자기소개도 하고 노래도 합창했다. 일이 고되었던지 돌아가는 버스 안에서 사람들 절반은 졸았다. 옆의 젊은이가 하품을 했다. "아, 일 한 번 열심히 했네요. 돈 안 받아도 좋은데요." 돌아가면 열심히 공부도 하고 시급 아르바이트도 뛸 거라며 웃었는데 잠시 뒤에 뭔가 이상한 듯 고개를 갸우뚱했다. 그제야 이 체험에 적지 않은 비용을 지불한 것이 떠오른 모양이었다. 이젠 노동도 체험이고 체험료를 지불해야 하는 것이다. 저 멀리 우리가 승선할 후지마루 호가 보이기 시작했다.

국경 밖 피스 앤 그린보트에서 눈에 띄었던 것 중 하나는 혼자 여행온 중년 남녀들이었다. 특히나 가족 동반 없이 여행온 남자들은 개구쟁이 시절로 되돌아간 듯 장난을 치고 낄낄거렸다. 동행을 기다리느라 식당에 혼자 앉아 있을 때였다. 10인용 둥근 탁자였기 때문에 다른 이들과의 합석은 자연스러웠다. 일본 남성 셋이 들어와 앉아도 되느냐고 물었다. 그들 눈에는 혼자 여행온 독신녀로 비춰진 모양이었다. 그들 중 하나가 1달러짜리 지폐를 꺼내들었다. 콧김을 바르고 지폐를 펼치자 10달러짜리로 바뀌었다. 평소 같으면 웃지 않았겠지만 그 노력을 생각해서 놀란 척했다. 백 달러짜리로 바꿔보라고 하자 그는 그것은 어렵다면서 수줍은 소년처럼 웃었다. 그들 셋은 친구 사이로 도쿄 근처에 살고 있고 작은 사업을 하고 있었다. 그들과의 대화는 다른 자리에 앉은 한 일본인이 내가 그 배의 게스트로 소설을 쓰는 사람이라는 것을 알아보자마자 끝이 났다. 언제 그랬냐는 듯 그들은 사무적인 말만 하고 곧바로 일어섰다. 휴가지에서 어울리는 원색 셔츠 세 장이 멀어졌을 때에야 그들과 내가 30여분 가까이 많은 이야기를 나눴다는 사실을 깨달았다. 나는 일본어를 잘 몰랐고 그들은 한국어를 몰랐다. 둘 다 영어는 단어를 늘어놓는 수준이었다. 우리는 언어 없이도 통했던 것이다. 일본도 한국도 아닌 대만 영해 위에서였다.

가정환경

텔레비전 아침 프로에 첼리스트 정명화씨가 출연했다. 생년월일이 소개되어 따져보니 우리 엄마와 비슷한 나이였다. 첼리스트로서의 재능을 발견하고 마음껏 꿈을 펼치기까지 어머니의 도움이 가장 컸다고 했다. 세상에! 그 시절 첼로를 생일선물로 받은 것도 놀랄 일인데 그분은 발레까지 배웠다고 한다. 가정환경의 대단함을 다시 한번 깨닫는 순간이다. 산골 출신인 우리 엄마는 상경해서 한참 뒤에야 오드리 헵번 주연의 영화에서 발레를 처음 보았다. 그 시절은 내남없이 가난했다고 엄마는 시절 탓만 했다. 어릴 적 골목에서 우리집처럼 책이 많았던 집은 없었다. 아버지가 출판사에 다녔기 때문이다. 세계명작동화전집 50권짜리를 읽고 또 읽었다. 아버지가 출판사를 그만두자 집안엔 책 '찌라시'들이 굴러다녔다. 아마 아트지 300그램쯤 되지 않았을까. 동생은 그것으로 딱지를 접었는데 그 동네 어느 사내아이의 딱지에도 넘어가지 않는 '초울트라' 딱지였다. 나중에 아버지는 외풍 심한 다락방을 찌라시로 도배했다. 허리를 굽히고 다락방으로 올라서면 총천연색의 활자들이 별처럼 쏟아졌다. 누워서 작품 줄거리를 읽는 재미가 쏠쏠했다. 어느 쪽으로 눕더라도 세계 문호들의 이름이 바로 코앞에 있었다. 톨스토이, 도스토예프스키, 스탕달, 앙드레 지드 등을 친구 이름 부르듯 불러댔다. 생각해보니 다분히 문학적인 가정환경이었던 듯하다.

해피 버스데이   해피 버스(bus)데이 캠페인의 하나로 지난 3월 17일 몇몇 버스에 안내양이 반짝 부활했다. 서울에서 안내양이 사라진 지 20년 만이다. 중학교 때만 해도 등하굣길을 늘 안내양과 함께했다. 버스는 초만원이었다. 승차 정원수가 있었을 테지만 아무도 신경쓰지 않았다. 한손엔 가방을 한손엔 단어장을 들고 있다 밀리는 바람에 유리창에 얼굴이 눌린 채 질질 짜던 남학생을 한심하게 바라보던 때가 엊그제 같다. 우르르 몰려든 학생들과 직장인들을 버스 안으로 밀어넣는 기술만 봐도 신참인지 고참인지 알아챌 수 있었다. 출발하는 버스에 가볍게 뛰어오르면서 외치던 "오라이~"에서도 내공이 느껴졌다. 비가 억수로 쏟아지던 날, 승객들에게 밀려 버스를 타지 못한 내 또래의 안내양은 발을 동동 구르며 울음을 터뜨렸다. 버스가 출발하고 나서야 안내양이 타지 못했다는 걸 알아챈 적도 있었다. 버스를 놓친 안내양이 택시를 타고 버스를 따라잡을 때까지 버스 문간에 섰던 남학생 하나가 잠깐 안내양 역할을 맡기도 했다. 얼마나 능청스러웠던지 "오라이"라는 말을 안내양만큼이나 잘해서 사람들이 폭소를 터뜨렸다. 대부분 십대였고 많아야 이십대 초반이었던 안내양들, 한창 공부할 나이에 배움의 기회를 얻지 못하고 생활 전선으로 뛰어들었던 그들을 생각하면 옛 추억이라고 마냥 흐뭇할 수만은 없다.

사랑한다는 말　　문화방송의 싱글벙글쇼에서 '일톤 트럭 나의 창업 도전기'라는 수기를 공모했다. 당선자에게는 선물로 일톤 트럭이 주어진다. 편지글 서너 장에 다 담기에는 부족할 만큼 사연들이 구구절절했다. 생전 처음 글을 써본 듯한 이들도 많았다. 끝날 듯하면 다시 새로운 사연들이 꼬리를 무는 바람에 한 문장이 한 페이지 분량으로 길어졌다. 불운과 불행이 끝나지 못하는 문장처럼 자꾸 겹쳐져서 글을 읽는 내내 안타까움이 커졌다. 심사를 했다는 인연으로 방송에도 출연했다. 트럭을 후원한 기아자동차의 담당자를 보는 순간 당선자는 큰오빠라도 만난 듯 울컥했다. 당선자는 2년 전 남편을 병으로 잃고 아들딸 두 아이와 살아간다고 했다. 검고 긴 머리채가 인상적인 젊은 여성이었다. 다행히도 남편의 권유로 진작에 1종 면허도 따두었다. 트럭으로 아침에는 죽을, 저녁에는 자장을 볶아 팔겠다는 야무진 계획도 가지고 있었다. 당선자의 글은 남편에 대한 그리움으로 가득했다. 사랑한다는 말 한마디 하지 못한 게 한으로 남는다는 부분에서는 스튜디오 안팎의 사람들이 울먹였다. 그녀는 결혼반지를 여전히 끼고 있었다. 사랑한다는 말, 아이들에게는 남발하는 그 말을 부모님이나 남편에게는 한번도 해보지 않은 것 같다. 아끼고 아꼈다가 언제 하려고 하는 것인지, 어쩌면 나는 아직도 사랑이 뭔지도 모르는 숙맥이 아닐까.

아, 아, 아르바이트   이제 대형 마트의 계산원들이 의자에 앉아 일을 볼 수 있게 되었다. 손님이 없을 때도 늘 서서 기다리고 있는 모습이 마음에 걸렸다. 하루종일 서서 근무하다보면 두 다리가 퉁퉁 붓는다. 퇴근하려 구두를 갈아신을 때는 발이 들어가지도 않는다. 아무래도 인간에게 직립이란 진화 같지가 않다. 대학 시절 동생도 하루종일 서서 하는 아르바이트를 했다. 지금은 사라진 대형 의류업체였다. 세일 기간 동안 한꺼번에 몰린 손님들이 옷을 입도록 돕고 벗어놓은 옷을 정리하는 일이었다. 누가 시키지도 않았는데 그때 우리는 아르바이트를 했다. 부모님을 돕겠다는 마음 반, 사고 싶은 것들을 부모님 눈치 안 보고 사려는 마음 반이었다. 학교에는 용하게도 일거리를 잘 물어오는 친구가 있었다. 강의 시작 전에 그 친구 주위에 둘러서서 아르바이트거리를 기다렸다. 좋아하는 아이스크림 회사의 일도 했다. 한번도 가보지 못한 곳까지 버스를 타고 갔다. 그 동네의 가게들에 들러 양해를 구한 다음 아이스크림 냉장고에 든 그 회사 제품의 종류와 갯수를 확인한다. 어떤 곳은 친절했고 어떤 곳은 아이스크림통에 손가락도 대지 못하도록 버럭 소리를 질렀다. 그런데 생전 아르바이트 한번 해본 적 없고 부모님이 주신 용돈으로 택시까지 타고 다닌 사람이 다 있다. 그런 그가 이제 남편과 아버지가 되어 택시비도 아끼고 제 양말 살 돈도 아낀다.

유리 조심

가끔 베란다 창으로 비둘기들이 날아온다. 창살에 앉아 쉬기도 하고 무언가를 열심히 쪼아대다가 훌쩍 날아오른다. 어느 날 전속력으로 날아오던 비둘기가 유리창에 머리를 박고 떨어졌다. 황급히 내려다보니 다행히 화단 나무 위로 떨어졌다. 비둘기는 혼미한 듯 두리번대다가 지그재그로 날아갔다. 아무튼 이 유리창들이 문제다. 비둘기도 아닌데 나도 가끔 유리창에 머리를 부딪힌다. 몇년 전 통유리창으로 된 근사한 음식점에서 약속을 했다. 유리 너머로 만날 사람이 알아보고 엉거주춤 일어서는 게 보였다. 급히 들어간다고 머리부터 들이밀었는데 그곳은 문이 아니라 유리창이었다. 문이라는 확신이 컸던 만큼 반대편으로 격하게 몸이 휘였다. 아픈 것은 아무것도 아니었다, 창피한 것에 비하면. 그의 눈이 휘둥그레지고 저쪽에서 웨이터가 뛰어왔다. 안에서 식사를 하던 사람들도 터지는 웃음을 참느라 묘한 표정들이 되었다. 가게에서는 미안하다는 의미로 샐러드를 무료 제공했다. 그 뒤로 그는 나를 만날 때마다 웃고 본다. 집에 돌아와 유리창에 부딪히며 일그러진 얼굴이 어땠을까 몇번이나 연출해보았다. 두고두고 잊혀지지 않는 하루였다. 반짝반짝 빛이 나도록 유리를 잘 닦아놓은 가게를 지날 때면 긴장부터 한다. 생각보다 굉장히 위험하다, 잘 닦은 유리창은. 반드시 '유리 조심'이라고 써붙여놓아야 한다.

구사일생　구사일생으로 살아난 이의 경험담에 음식이 식는 줄도 몰랐다. 그는 취재차 경비행기로 이동 중이었다. 바다 위에서 비행기의 엔진이 꺼졌다. 비행기는 추락했고 조종사는 숨졌다. 해안경비대에 구조될 때까지 그는 세 시간 가량 표류했다. 수영을 할 줄 몰라 그냥 물풀처럼 떠서 흔들렸다. 차가운 물에 체온이 떨어졌다. 한 시간은 정신력으로 두 시간은 의지력으로 버텼다. 죽으려 잠수하기도 했다. 하지만 죽는 일도 쉽지는 않았다. '구사일생(九死一生)'이란 유량주(劉良注)의 '아홉 번 죽어 한 번 살지를 못한다'라는 말에서 유래했다. 초나라에 굴원이라는 충신이 있었다. 그는 아첨으로 왕의 지혜를 가리고 간사한 말로 왕의 마음을 뒤흔드는 이들을 싫어했다. 모함은 끊이지 않았고 결국 멱라수에 빠져 자결하고 만다. "길게 한숨을 쉬고 눈물을 닦으며, 인생의 어려움 많음을 슬퍼한다. 그러나 자기 마음이 선하다고 믿고 있기에 비록 아홉 번 죽을지라도 후회하는 일은 하지 않으리라." 굴원이 남긴 「이소(離騷)」를 읽은 유량주는 "아홉은 수의 끝이다. 그 충신정결이 내 마음의 선하고자 하는 바와 같다"라고 말한다. 세월 흘러 구사일생이란 말 속의 결기는 사라지고 행운의 의미만이 짙어졌다. 그런 험한 일을 겪어낸 이 같지 않게 그는 조용조용 말했다. 삶을 포기하고 싶은 때마다 떠올랐던 건 가족이었다고.

고독 우리 동네 청국장집엔 2002년 한일 월드컵 경기 때의 대형 텔레비전이 아직도 걸려 있다. 한참 구형이 된 대형 텔레비전은 그 가게의 주인과 주요리가 몇번 바뀌는 동안에도 계속 가게의 몇몇 비품들과 함께 물림이 되었다. 그 텔레비전을 볼 때마다 2002년 월드컵 때로 돌아간다. 시청 앞 광장은 물론이고 거리 곳곳이 온통 붉은 악마 티셔츠를 입은 사람들로 넘쳐났다. 아파트 부녀회에서도 이동 텔레비전 차를 대여했다. 축제가 따로 없었다. 솔직히 말하자면 그때 기억은 내게 별로 유쾌하지는 않다. 축구를 싫어했냐고? 물론 아니다. 단지 그때 깊은 고민에 빠져 있었다. 조용히 지내고 싶었다. 월드컵도 조용히 보고 응원도 조용히 보내고 싶었다. 붉은 티셔츠를 구해 입고 얼굴에 페인팅까지 한 동생들이 애와 합세해서 수시로 방문을 열고 나가자고 졸라댔다. 결국 혼자 집에 남았다. 베란다에 서서 25층 아래로 펼쳐진 주차장을 내려다보았다. 자동차들까지 몰아낸 주차장은 빨간 셔츠를 입고 모여 앉은 사람들로 얼룩덜룩했다. 왠지 다 '짜장면' 시키는 데 혼자 짬뽕 시켜놓고 기다리던 고등학교 시절로 돌아간 듯했다. 주방에선 따로 한 그릇 시킨 짬뽕 만드느라 성가셨을 테고 나는 다들 자장면을 먹고 있는 동안 낡은 중국집에 걸려 있던 알랭 들롱의 화보나 보고 있었다. 고독했다.

사차원　이제 '사차원'이란 말은 엉뚱하고 괴짜 같은 사람들을 일컬을 때 쓰는 모양이다. 초등학교 6학년 무렵 사차원에 푹 빠져 공상과학류의 글만 탐독한 적이 있었다. 버뮤다 삼각 지대에 관한 괴담은 흥미진진했다. 수많은 배와 비행기가 그곳에서 감쪽같이 사라졌다. 미 해군 함대가 사라진 다음날, 수백 구의 해골이 발견되는데 군복에 바로 어제 사라진 해군의 문장이 있었다나 뭐라나. 그런 이야기를 옮길 땐 말미에 "이건 세계 7대 불가사리야"라고 꼭 밝혔다. 불가사의와 불가사리도 구별 못하던 때였다. 사차원이란 수학 용어이다. 요즘은 사차원 대신 시공간으로 바꿔 부른다고 한다. 그런데 그 사차원적인 공간이 우리집에도 있다. 한번도 눈에 띄지 않는 걸 보면 아주 작은 구멍인 듯하다. 버리지도 않았는데 사라져서 끝끝내 발견되지 않는 퍼즐 한 조각, 소꿉놀이 컵, 머리핀과 연필 등등을 그 구멍이 없다면 어떻게 설명할 수 있을까. 그 구멍을 통해 이곳과는 다른 시공간 너머의 어딘가로 사라졌다고밖에는 이해할 도리가 없다. 그것도 모르고 우린 아기가 물건들을 어딘가에 숨긴다고만 생각했다. 숨겨놓고 그 장소를 잊어버렸다고 웃어댔다. 그사이 그 구멍은 자리를 옮겨다니는지 이젠 내 머릿속에 있는 듯하다. 어제는 냉장고 문을 열어둔 채 한참 그 앞에 서 있었다. 왜 냉장고 문을 열었는지 생각이 나지 않았다.

금연중 홍대에서 흔히 보는 것은 '연예인 차'로 불리는 밴드와 담배 피우는 여자들이다. 길을 가면서 아무렇지도 않게 담배를 피우는 여자들을 보면 처음 담배를 배웠던 시절이 떠올라 조금은 서러워진다. 여자의 흡연이 금기시되던 때였다. 예술학교라 그나마 좀 나았지만 창립자 흉상 앞에서 담배를 피우던 여학생이 한 남학생과 시비가 붙기도 했다. 그 남학생 왈, 감히 창립자 앞에서…… 불경하다는 뜻이었다. 카페에서도 주위에 나이 지긋한 분이 있으면 담배 필 엄두를 내지 못했다. 담배를 좋아한다는 말이 인터뷰 기사에 그대로 실려 곤혹스럽기도 했다. 단지 은유와 상징일 뿐이라고 어른들께 따로 설명해야 했다. 다섯 살짜리 딸애의 감시도 만만치 않았다. 베란다에서 담배를 피우다 들키면 엄하게 꾸짖기도 하고 만나는 사람들마다 묻지도 않았는데 "우리 엄마는 담배 안 펴요"라고 말해 들통나게 만들었다. 시간이 흘러 담배 피우는 사람의 성별에 관대해졌지만 담배는 흡연구역에서 피워야 한다. 담배를 피우면서 길을 걷는 것은 남자, 여자를 떠나 위험한 일이다. 키 작은 아이들이 화상의 위험에 그대로 노출되기 때문이다. 다행히 지금까지는 그럭저럭 금연에 성공 중이다. 어느 구역이 금연구역으로 지정되었다는 소식을 들으면 별안간 길게 담배 연기를 내뿜고 싶어지다가도 빌딩 밖에 나와서 옹색하게 담배 피우는 이들을 보면 금연하길 잘했다는 생각이 든다. 아예 담배라는 것이 없어지면 어떨까. 금연은커녕 담배가 절실해져서 밀주를 만들 듯 밀권련할 듯싶다.

일반인 노총각 개그맨이 은근슬쩍 자신의 열애 사실을 흘렸다. 전격 공개는 아니고 변죽만 울렸는데 화끈하게 밝히지 못하는 이유가 '일반인'인 상대방에 대한 배려 때문이란다. 언제부터 '연예인'의 반의어로 '일반인'이란 단어가 쓰였는지 모르겠다. 일반인이란 특별한 지위나 신분을 갖지 않은 보통 사람을 말한다. 어떤 일에 특별한 관계가 없는 사람을 일컬을 때도 쓴다. 어느 정도 사생활 노출을 감내해야 하는 연예인의 고충이 느껴지는 대목이다. 우리는 덜하지만 외국의 경우 연예인들 주위는 늘 파파라치들로 들끓는다. 자녀들부터 시작해 애정 문제에까지 수위 조절도 없다. 호기심 충족이란 면에서 우리들에게는 반가운 일이겠지만 당사자들에게는 여간 고통스러운 일이 아닐 것이다. 대중의 시선을 한몸에 받는 연예인이란 직업을 선망하는 청소년들에게 '일반인'이라는 말이 자존심을 상하게 한 모양이다. 왜 싸잡아 일반인이라는 표현을 쓰느냐고 누군가가 화가 잔뜩 나서 댓글을 달아놓았다. 일반인을 '이름 없는 사람'이라고 받아들인 듯하다. 그 아이는 일반인이라는 표현에서 상대적인 무관심과 외면을 떠올렸을 것이다. 일반인들의 그런 점을 이용한 상품이 미국에서 출시되었다. 일일 파파라치 체험이다. 문밖을 나서는 순간 벌떼처럼 몰려든 파파라치들에게 둘러싸인다. 체험자는 그 순간만큼은 유명인이 된 듯 행복했다고 말했다.

공포　공포가 한 인간을 얼마나 무능하고 비이성적으로 만드는지 일상 생활에서 경험한 적이 있다. 가족들 전부 외출하고 혼자 남은 어느 밤이었다. 새벽 두시쯤 되었을까. 마루 쪽에서 인기척이 났다. 발걸음 소리인가? 귀를 기울였다. 또다시 그 소리가 들렸는데 발걸음 소리가 틀림없었다. 누군가 집안에 무단 틈입했다. 가슴이 철렁했다. 재빨리 방문을 잠그고 숨소리마저 죽였다. 빈집이라고 생각했는지 누군가는 제집처럼 편안하게 집안을 돌아다녔다. 서랍장이 열리고 닫혔다. 가벼운 물건들이 떨어졌다가 튕겨올랐다. 식은땀이 흐르고 입이 바짝 탔다. 아까 건성으로 인사한 것이 가족들과의 마지막이 될 수도 있었다. 언제 벌컥 열릴지 모를 문 앞에 앉아 나는 공포로 손톱을 물어뜯었다. 창가가 밝아오기 시작했다. 겨우 용기를 내 마루로 나왔지만 마루 어디에도 발자국은 남아 있지 않았다. 세간도 그대로였다. 그럼 지난밤 그 소리들은 다 무엇이었을까. 벽에 붙여놓은 대형 포스터 한 장이 떨어져 바닥에 널브러진 것밖에는 아무런 변화가 없었다. 그림을 붙여두었던 테이프가 점성을 잃고 밤새 조금씩 조금씩 떨어지면서 낸 소리를 발소리로 들었던 것일까. 그런 줄도 모르고 공포에 질린 나는 도둑이 들었다는 생각 외의 어떤 생각도 할 수 없었다. 돌이켜보면 그런 공포 분위기가 조성되던 때가 있었다.

마릴린 먼로의 치마

길을 막다시피 한 지하철 환기구 위를 지날 때면 마릴린 먼로가 떠오른다. 그녀의 비극적인 삶과 의문투성이인 죽음에 쓸쓸해진다. 영화 〈7년 만의 외출〉에는 누구나 다 아는 인상적인 장면이 있다. 지하철 환기구 위에 선 마릴린 먼로가 바람에 날리며 부풀어오르는 흰 원피스의 치맛자락을 아슬아슬하게 누르는 장면인데 이 독특한 포즈가 마릴린 먼로의 포즈라 불릴 만큼 유명해졌다. 치마보다는 바지를 특히 청바지를 선호하게 된 뒤로는 이런 걱정에서 벗어났지만 한때 출퇴근길 나를 괴롭히던 것이 바로 바람과 치마였다. 그곳을 지날 때면 별안간 돌풍이 불곤 했다. 회오리바람이 일면서 종이들이 날리고 일제히 여자들의 머리카락과 치마들이 날아오른다. 폭 넓은 치마가 유행이었던 해에는 난리도 그런 난리가 없었다. 조금 더 바람이 셌다면 우리들은 한 5센티쯤 공중부양 했을는지도 모른다. 여자들은 비명을 지르며 쩔쩔맸다. 신이 난 건 남자들이었다. 드러내놓고 좋아하지도 그렇다고 웃음을 참는 것도 쉽지 않았을 테니 어쩌면 남자들에게도 힘든 골목이었을 것이다. 얼마 전에야 그 비밀이 밝혀졌다. 빌딩숲 돌풍이 원인이란다. 초고층 빌딩의 증가로 일어난 현상이란다. 아무튼 남자들은 그 골목을 마릴린 먼로의 골목이라 불렀고 은근히 짓궂은 돌풍이 더 자주 불기를 바랐다. 변화 없는 일상의 청량제였다나.

앞으로 나란히 　또 그 꿈이다. 문제지를 받아놓고 다 풀지도 못했는데 시험 종료벨이 울린다. "시험지 걷엇!" 뒤에서부터 착착착 시험지가 걷히며 점점 내 책상으로 다가온다. 한 문제라도 더 풀기 위해 안간힘을 쓰다쓰다 번쩍 눈을 떴다. 아, 꿈이다. OMR 카드를 하나씩 어긋나게 칠하기도 한다. 새 카드를 받아와 허겁지겁 동그라미를 칠해나가는데 다 마치기도 전에 벨이 울린다. 휴, 꿈이다. 고등학교를 졸업한 지 이십여년이나 지났는데도 여전히 일년에 두어 번 시험을 본다. 그것도 가장 취약했던 수학 과목이다. 일본도 우리와 별반 다르지 않은 듯 시험 보는 꿈에 관한 단편소설이 있다. 그 주인공은 사정이 나보다 더하다. 시험지가 아예 백지이다. 답은커녕 문제도 읽을 수 없다. 쩔쩔매다 꿈에서 깨는데 그날에는 늘 좋지 않은 일이 일어나곤 한다. 소설은 몸이 아픈 주인공이 또 그 꿈을 꾸는 것으로 끝이 난다. 아무래도 이 병에서 회복되지 못할 것 같다는 주인공의 넋두리가 인상적이었다. 화요일 큰애가 두번째로 일제고사를 보았다. 첫번째 시험 점수는 캐묻지 않았다. 당황하며 무언가를 숨기기에 성적이 좋지 않다는 것을 눈치챘을 뿐이다. 언제쯤 이 꿈에서 벗어나게 될까. 무의식 저 밑바닥에 껌처럼 붙어 있어 꺼내버릴 도리가 없다. 일제고사가 부활했고 그 많은 콤플렉스들도 부활했다.

찰스와 레이 임스　한동안 의자에 매료되어 있다. 등받이, 엉덩이받이, 다리가 기본이고 팔걸이가 추가되기도 한다. 실용적이면서도 예술적인 면을 갖춘 몇 안 되는 아이템 중의 하나라는 생각이다. 인터넷으로 이 의자 저 의자 구경하면서 찰스와 레이 임스 부부에 대해 알게 되었다. 단순하면서도 아름다운 디자인의 의자들은 부부가 죽은 뒤에도 여전히 많은 이들이 즐기며 쓰고 있다. 찰스는 건축가였다. 뉴욕현대미술관의 '가정용 가구의 유기적 디자인' 콘테스트에 참여하면서 가구 디자인에 뛰어들었다. 그가 빛을 발하기 시작한 것은 미술을 전공한 레이를 만나면서부터였다. 흑백 사진 속의 임스 부부는 때때로 진지해 보이기도 하고 개구장이처럼 보이기도 한다. 어느 사진이든 둘은 자전거의 앞바퀴와 뒷바퀴처럼 나란히 서 있다는 느낌이다. 남편과 한 사무실에서 일한 지 8개월이 되었다. 솔직히 그동안 남편이 어떻게 직장생활을 해왔는지 몰랐다. 그냥 여느 직장인들처럼 그도 힘들 거라고만 짐작했다. 같이 일하다 보니 몰랐던 그의 스타일들이 눈에 띈다. 내심 놀라기도 하고 애개, 실망하기도 한다. 같이 일한다고 하면 친구들은 하나같이 눈을 동그랗게 뜬다. 어떻게 남편과 하루종일 붙어 있을 수 있느냐는 것이다. 그러고 보니 우리는 직장 회식자리에도 같이 있다. 그럴 땐 짧게 대답한다. "동상이몽!"

우리들의 선생님

큰애를 통해 듣는 '선생님의 모습'이 우리 때와 비슷해 놀라곤 한다. 독특한 말투, 짙은 화장으로 '2센티'란 별명을 가진 선생님, 일년 내내 같은 옷만 입고 다니는 선생님 등 세대 차이란 게 느껴지지 않는다. 요새 부쩍 큰애는 담임 선생님 이야기를 많이 한다. 사회 선생님인데 묻는 것마다 모르는 것이 없다는 것이다. 사실 그동안 큰애가 불쑥불쑥 질문을 던질 때마다 말문이 막혔던 적이 한두 번이 아니었다. "엄마, 좌익은 뭐고 우익은 뭐야?" "진보는 뭐야?" 그러다가는 어느 날 "구조주의가 뭐야?"란 질문도 해올 것 같다. 선생님 덕분에 질문 공세에 시달리던 날로부터 조금씩 해방되고 있다. 중학교 때 선생님이 떠오른다. 노처녀에 유난히 키가 작은 분이었다. 늘 키보다도 긴 몽둥이를 들고 수업에 들어왔다. 몽둥이가 하도 길어 체벌을 할 때면 좁은 거리에서는 각이 나오지 않았다. 창가 쪽 아이를 때리려면 복도 쪽까지 멀리 물러나야 했다. 꼭 문제는 키 큰 아이들부터 풀게 했다. 정답을 못 맞히면 "키가 큰 것들이 이것도 못 푸냐"고 했다. 그 몽둥이가 자신보다 키 큰 아이들에게 위엄있게 보일 수 있는 하나의 컨셉이었다는 것을 이제야 알겠다. 선생님도 우리가 두려웠던 것이다. 훗날 선생님이 결혼을 했다는 소식을 들었다. 언제 그랬냐는 듯 부드러운 분이 되었다는 이야기도.

역 부근　지난여름 영등포역에서 만취해 정신을 잃은 노숙인들을 보았다. 한여름 땡볕 아래 누워 꼼짝도 안했다. 얼마나 술을 마셨는지 파리떼가 얼굴로 날아드는 것도 알지 못했다. 보다 못한 행인 몇이 달려들었다. 팔다리를 잡아끌어 간신히 그늘로 옮기는 걸 보다 자리를 떴다. 노숙인들 대다수가 이렇듯 알코올에 중독되어 있다. 역사(驛舍)가 노숙인들의 생활터전이 된 지도 오래다. 대부분의 역사들이 곧장 대형 백화점으로 연결된다. 몇 걸음만 걸어 들어가면 역사 밖과는 너무도 다른 풍경이 펼쳐진다. 이럴 때의 서울은 여러 소재의 종잇조각에 천과 쇠붙이 들을 마구 붙인 대형 콜라주 같다. 말 안 되는 일들이 없다. 신길 지하차도를 빠져나와 친정으로 우회전하는 모퉁이에서 가끔 여자 노숙인 한 명을 만난다. 엇비슷한 복장의 노숙인들 가운데 그녀가 눈에 띈 것은 그녀의 뛰어난 패션 감각 때문이었다. 전재산을 비닐봉지 두어 개에 담은 것도 겹겹이 옷을 꿰어입은 것도 비슷하지만 뭐랄까 그녀에게서는 묘한 카리스마가 느껴진다. 그사이 그녀의 옷도 가벼워졌다. 상하의의 대범한 배색과 발목 드러난 운동화까지 봄 기운이 물씬 풍겼다. 조깅을 하러 나온 듯한 차림이다. 그녀에게 어떤 일들이 있었는지 나는 짐작조차 할 수 없다. 봄이 깊어진다. 한겨울 추위가 지나가니 그나마 다행이다.

독수리 5형제　일요일엔 하루종일 아이들과 추억의 만화를 보았다. 일주일치를 연이어 재방송해준다. 〈엄마 찾아 삼만리〉에서 〈독수리 5형제〉까지 목청 높여 주제곡을 따라 불렀다. 추억의 만화 대부분이 일본 만화였다는 것을 알고 쓸쓸해했던 일이 떠오르지만 아무튼 한때 우리는 〈독수리 5형제〉에 열광해서 보자기를 둘러매고 골목을 뛰어다녔다. 내 또래의 일본 중장년층에게도 〈독수리 5형제〉는 각별한 듯하다. 영화 〈카모메 식당〉의 사치에는 어느 날 핀란드 청년이 물어온 〈갓챠만〉의 주제곡이 떠오르지 않아 심란하다. "누굴까 누굴까 누굴까", 길에서도 서점에서도 노래를 흥얼거려보지만 그 다음이 생각나지 않는다. 우연히 여행온 미도리를 만나면서 체증 같았던 다음 가사를 알게 된다. 원제목은 '과학닌자대 갓챠만'인데 우리나라에 들어오면서 '독수리 5형제'로 바뀌었다. 곰곰 생각하니 첫째만 독수리이다. 거기다 백조인 여자도 끼어 있다. '잡조 5남매'가 정확한 표현일 것이다. 그런데 내가 살던 골목의 그 어느 아이도 그 점에 의문을 가진 적이 없었다. 독수리 5형제인 것을 믿어 의심치 않았다. 아무래도 달달 외우기만 하는 주입식 교육 탓은 아니었을까. 그렇다면 지금이라도 제목을 수정해야 하지 않을까. 독수리 5형제 부분만 잡조 5남매로 개사해 불러보았다. 아무래도 무게감이 떨어진다.

뭘까? '집 나가면 개고생이다'라는 광고를 놓고 식구들 반응이 제각각이다. 그 광고의 무엇이 무서운지 작은애는 음악만 나오면 지레 겁을 먹고 도망친다. 다소 난폭한 언어에 눈살이 찌푸려졌는데 몇번 보게 되자 도대체 어떤 제품의 광고일까 궁금증이 커질대로 커졌다. "밥솥 아닐까?" 큰애가 조심스레 말을 꺼냈다. 식구들의 세끼 식사를 다 챙겨야 한다면 그야말로 광고의 그 '개고생'이란 것을 주부들은 하게 될 것이다. 그럼 뭘까? 잡지『인권』을 읽다가 궁금증에 사로잡혔던 일이 떠올랐다. 잡지 우측 상단에 1.5센티의 작은 사각형이 있었다. 시각 장애인을 위한 음성변환 바코드라고 했다. 그렇다면 음성 칩이? 두근두근 사각형에 손끝을 대보고 귀도 대보았는데 그 어떤 소리도 들리지 않았다. 대체 어떻게 쓰는 것일까 궁금했다. 나중에야 별도의 기계를 갖추어야 한다는 걸 알게 되었다. 가격은 75만원 정도, 일정 부분 지원받을 수도 있다. 음성변환 바코드가 붙은 책이나 물건에 기계를 대면 음성이 흘러나온다. 특히 변별력이 떨어지는 약 같은 것에 붙어 있다면 유용할 것이다. 이런 편리한 기계가 있는 걸 알지만 아직 구입하지 못한 채 물건을 잡고 뭘까, 갸우뚱거릴 시각 장애인들이 많을 것이다. 기곗값도 비싸지만 세상에는 아직 음성변환 바코드를 달지 않은 물건들이 너무 많다.

황혼에서 새벽까지 불현듯 영화 〈황혼에서 새벽까지〉가 떠올랐다. 1996년 로버트 로드리게즈 감독 작품으로 쿠엔틴 타란티노가 각본을 쓰고 동생 리치 역을 맡았다. 언제 어디로 튈지 모르는 선병질적인 리치가 무자비한 악당 형 세스보다 더 공포스러웠다. 영화는 감옥에 갇힌 세스를 동생 리치가 탈옥시키면서 시작된다. 그들은 훔친 자동차 트렁크에 인질을 싣고 멕시코 국경을 향해 달려간다. 그 과정에서도 잔인무도한 행각은 끊이지 않는다. 그들이 황혼녘에 도착한 곳은 술과 여자들이 있는 커다란 클럽이다. 손님들은 만취했다. 뜻밖의 총상으로 피가 튀자 돌연 클럽 안의 무희와 수많은 종업원들이 인간의 허물을 벗고 흡혈귀로 변해 인간들을 공격하기 시작한다. 아비규환이 따로 없다. 두번 다시 새벽이 오지 않을 듯한 긴 밤이 이어진다. 인간들은 수적으로 열세이다. 박쥐들이 까맣게 하늘을 뒤덮었다. 느닷없이 좀비 호러물이 된 영화 후반부에서부터 어느샌가 내가 악마인 세스를 응원하고 있다는 것을 알게 되었다. 세스야말로 흡혈귀와 다를 바 없는, 아니 목숨을 부지하기 위해 어쩔 수 없이 인간의 피를 쫓는 흡혈귀의 비애도 알지 못하는 흡혈귀만도 못한 인간이었다. 내가 흡혈귀가 아니라 인간이라는 이유만으로 세스 편에 서 있는 동안 세스는 흡혈귀에 맞서 굴하지 않는 정의의 사도로 돌변해 있었다.

화성과 금성의 거리

오랜만에 시댁에 전화를 넣었다. 예전 같으면 전화비 걱정에 용건만 간단히 하라고 말할 시어머니가 마침 전화 잘했다고, 지나가는 강아지라도 붙잡고 하소연할 판이었다고 반색을 한다. 사정은 이랬다. 매일 먹던 칼슘제가 그날따라 삼키기 어려웠다. 커다란 정제가 그만 목에 걸려 숨통이 탁 막혔는데 달려와서 등이라도 두들겨줘야 할 '영감'은 외출할 옷을 찾는 데 정신이 뺏겨 본체만체했다는 것이다. 점심때가 다 지나도록 서운함이 가시지 않았다. 부부가 한평생 같이 사는 재미가 뭐냐, 서로 아껴주고 알콩달콩 살아야 하는 것 아니냐 하던 시어머니는 급기야 눈물까지 보였다. 전화를 끊고 나자 시어머니의 앙상한 몸이 투영된 엑스레이가 눈앞에 그려졌다. 열여덟, 스물둘 홍안의 젊은이들이 만나 부부의 연을 맺고 일곱 명의 아이들을 낳았다. 큰아이와 막내의 터울은 열세 살, 시어머니는 13년 동안 끊임없이 임신과 출산을 거듭했다. 아이들 끼니와 교육 걱정에 자신의 몸 돌볼 사이가 없었다. 그사이 시어머니의 뼈에는 숭숭 구멍이 뚫렸다. 회한과 부아, 서러움이 부르르 끓어넘친 아침이었을 것이다. 아직도 '영감'의 일거수일투족에 서운해하고 즐거워하는 시어머니, 올해로 자그만치 결혼 58주년이 되었다. 화성에서 온 남자와 금성에서 온 여자는 화성에서 온 할아버지와 금성에서 온 할머니가 되었다.

나 봐라　서울에서 대학을 다니고 미국에서 7년 동안 생활했음에도 시숙은 여전히 진한 고향 사투리를 쓴다. 예전 그의 명함 한복판에는 '내씨더'라고 적혀 있었다. '접니다'란 뜻의 안동 사투리다. 고향에 대한 애틋함과 함께 표준말에 밴 우월성에 대한 반감 때문에 사투리를 버리지 않는 듯했다. 얼마 전 고향에서 가족들이 모였다. 주문을 하려는데 그가 한 손을 들고 종업원을 불렀다. "나 봐라!" 태어나서 지금까지 안동을 떠나지 않은 언니들까지도 박장대소했다. 아직도 그런 말을 쓰는 사람이 다 있냐는 것이다. 거기서도 다들 "잠깐만요"라는 말을 한다고 했다. 서울의 한 식당에서 그가 그 말을 했을 때 하대투의 말로 알아듣고 몹시 당황했던 기억이 새삼 떠올랐다. 반면 남편은 서울로 올라오던 열아홉 겨울, 청량리역에서부터 자연스럽게 표준말이 나왔다고 했다. 안동에 전학온 서울 여자애의 기억이라도 가지고 있는 듯 그의 표준말에는 상냥함이 배어 있다. 그의 목소리가 좀 사내다워질 때는 역시 사투리로 형과 대화할 때이다. 영어도 안동 사투리 억양에 실어 발음했다는 시숙이 얼마 전 업무차 호남 지역을 방문했다. 그곳에서는 자신도 모르게 '서울말'이 나오더라고 했다. 고집스럽다 싶은 그의 고향말 사랑이 한순간에 무너진 것이다. 뿌리 깊은 지역감정이라는 것이 '징헐' 뿐이다.

더블클릭 　오랜만에 놀러 온 동생이 별안간 "아, 노트북!" 하고 소리친다. 컴퓨터를 켜놓은 채 외출했다는 것이다. 전기세도 아깝고 괜히 혹사당하고 있을 컴퓨터 생각에 엄마에게 부탁하라고 했더니 동생이 절레절레 고개부터 흔든다. 몇번 이런 일로 전화를 했지만 매번 엄마는 알아듣지 못했다는 것이다. 보다 못한 큰애가 주말 틈틈이 할머니에게 컴퓨터 수업을 해주는 눈치였다. 슬쩍 경과를 물어보니 큰애도 고개부터 저었다. "할머니는 안돼." 괜히 어린것이 제 할머니를 무시하나 싶어 발칵 성부터 냈다. "해보지도 않고 포기하는 네가 더 안돼!" 큰애가 억울하다는 듯 찔끔댔다. "더블클릭이 안된다구, 할머니는." 허를 찔린 듯했다. 문제는 더블클릭이었다. 큰애와 친정엄마는 프로그램은 실행해보지도 못한 채 지금껏 바탕화면에서 끙끙대고 있었던 것이다. 클릭을 재빨리 연달아 두번 하면 된다고 아무리 설명해도 할머니는 머리로도 손으로도 따라 하지 못했다. 그럼 폴더를 만들 수도, 만든 폴더를 열 수도 없다. 인터넷은 '클릭'이면 다 되는데…… 남편이 거들었다. "그럼 더블클릭 안하면 되잖아." 다행히 폴더에 클릭을 하고 엔터키를 누르는 방법이 있다. 하지만 엄마도 더블클릭 할 때 검지에 실리는 경쾌함을 한번 맛봐야 한다. 엄마에게 더블클릭을 이해시킬 방법을 고민 중이다.

괴소문　　점심을 먹고 돌아오다 고양이를 보았다. 한참 배를 곯았는지 구슬프게 운다. 고양이를 볼 때마다 이쁜이가 떠오른다. 이쁜이가 귀가하지 않은 지 두 달이 다 되어 온다. 처음엔 귀담아 듣지 않았다. 골목에서 만난 수고양이와 눈이라도 맞았겠거니. 중성화 수술을 받아 그럴 일은 없다고 했다. 이쁜이는 결혼하지 않은 시누이 둘이 새끼 때부터 길렀다. 다른 형제들은 시누이들이 차로 전국 각지를 돌며 분양했다. 언니의 문자 메시지가 절절하다. '한번만 다시 보면 소원이 없겠어, 보고 싶어.' 내 주위에는 고양이를 좋아해 길고양이들을 돌봐주는 이들이 있다. 고양이보다는 사람이 우선 아니겠느냐고, 우리 주위의 고통에 처한 사람들부터 챙기자는 이들도 있다. 이 말도 맞고 저 말도 맞다. 고양이도 인간도 두루두루 평화로운 세상은 언제 올까. 언니들은 조심스레 두 가지 경우를 추측하고 있다. 교통사고. 또 하나는 개고기 대신 고양이를 잡아 눈속임하는 가게들이 있다는 것이다. 흉흉한 소문이다. 아닐 텐데요, 그 맛이 안 날 텐데요. 위로의 말이랍시고 한 말이었다. 이쁜이가 행동가인 수고양이를 만나 안동시를 벗어나 멀리 갔을 거라 생각해 본다. 수많은 고양이 중에 그런 고양이 두어 마리쯤 없으리란 법 없다. 새끼 낳지 못한다고 사랑까지 없어졌다는 건 인간들의 생각일 뿐이다.

누워 있어 문학을 전공하는 여학생들과 차를 마시며 수다를 떠느라 시간 가는 줄 몰랐다. 둘이 단짝인 이유를 알 것 같았다. 한 친구가 유쾌하고 발랄하다면 다른 한 친구는 질문보다는 이야기를 듣는 쪽이었다. 그들은 대학 4학년, 졸업이 바싹 다가왔다. 계속 학업을 할지 취업을 할지 고민 중이었다. 이런저런 이야기 끝에 그 또래의 친구들이 어떤 전화 통화를 하는지까지 알게 되었다. 전화를 걸어 "뭐하고 있어?"라고 물으면 "누워 있어"라는 대답이 돌아온다. 그럼 "그래, 넌 내 친구다"라고 맞장구친다고 했다. 할 일 다 미뤄두고 누워 있거나 근심거리를 안고 누워 있거나 단지 빈둥대느라 누워 있거나. 그 모든 상황이 별도의 설명 없이 그 한 동작으로 다 표현된다는 것이다. 아직은 부모님 슬하에 있어 별 걱정 없이 누워 있을 수 있지만 또 달리 그것밖에는 할 것 없는 무기력한 청춘들이라는 말도 덧붙였다. 취업난에 비정규직, 88만원세대란 말이 나왔을 땐 두 친구 모두 시무룩해졌다. 몇해 전 일본에 갔을 때였다. 택시 안에서 흘러나오는 뉴스를 친구가 통역해주었다. 독립할 나이가 넘어서도 경제적 여유가 없어 부모님 집을 떠나지 않는 젊은이들을 캥거루족이라 부른다 했다. 여학생들과 헤어져 돌아오는 길에 뇌어보았다. 누워 있어. 정말 어딘가에 딱 눕고만 싶은 봄날이었다.

관음증 누군가 물었다. "블로그 있어요?" 없다고 했더니 "정상이군요"라며 웃었다. 아마도 그만큼 블로그들이 많다는 말이겠다. 요즘은 블로그의 글이 출판으로 연결되는 경우도 많아졌다. 얼마 전 인기있는 한 블로거의 책을 읽다가 불현듯 '관음증'이란 단어가 떠올랐다. 그가 누군가에게 어제 무슨 일이 있었는지 이야기하기도 전에 이미 그의 블로그에 접속한 수많은 사람들이 그가 한 일을 다 알고 있다. 새로 산 전기밥솥은 물론이고 먹고 입은 것, 그가 본 영화와 감상을 읽으면서 그의 취향까지 꿰고 있다. 그는 연인의 얼굴도 공개했다. 무슨 일로 다투고 화해했는지 시시콜콜하다 못해 정말 비밀스러운 둘만의 이야기까지 서슴없이 밝힌다. 방문자는 "잘못하셨네요, 사과하세요"라는 코멘트를 달기도 한다. 이제 그의 방은 유리로 만든 방처럼 보인다. 관음증적인 이 사회를 향해 수위 높은 노출로 일침을 날리는 듯 통쾌하다가도 문득문득 사촌오빠의 비밀일기를 몰래 훔쳐보던 때의 죄의식이 고개를 든다. 생각은 히치콕으로 옮겨간다. 〈이창〉〈사이코〉〈현기증〉을 관음증 3부작이라고 일컫기 때문일 것이다. 훔쳐보기에만 국한한다면 모든 영화와 사진, 문학이 관음증이라는 혐의에서 자유롭지 못할 것이다. 관음증이란 훔쳐보는 것에서 성적 만족을 얻는 것을 말한다. 함부로 쓸 말이 아니다.

서울 서울 서울　충청도가 고향인 한 선배가 종로나 용산이 고향이라는 이들을 보면 좀 이상하다고 했던 기억이 난다. 왠지 '종로파' '용산파'처럼 들린다는 것이다. 얼마 전 아홉 명의 작가가 서울을 소재로 한 소설을 발표했다. 그들을 만난 곳이 서울이라 몰랐는데 그중 여섯의 고향은 서울이 아니었다. 그러면서도 어쩌면 그렇게 서울에 대해 잘 쓰고 있었는지. 그러고도 모자라 아예 서울에 대해 소설을 쓰자고 한 것도 그들이었다. 서울 밖에서 본 서울의 맨얼굴은 어떤 모습일까. 그들이 서울을 바라보는 시선이 흥미로웠다. 요란스러운 간판과 매연, 소음에 아직 적응하지 못하는 이도 있고 서울을 어디로 갈지 모르는 거대한 유람선 같다고 한 이도 있었다. 서울. 굳이 이름을 붙이자면 나는 '변두리파' 정도 될 듯하다. 서울 변두리에서 태어난 내게는 변두리 정서라는 게 있다. 소심하고 주눅이 잘 든다. 초등학교에서 집과 반대 방향으로 조금 걸어가면 경기도의 경계선이 나타났다. 물론 보이지는 않았다. 서울시와 경기도의 경계선쯤에 양다리를 하나씩 걸치는 놀이를 하곤 했다. 중학생이 되어서야 동네를 벗어나 정독도서관, 덕수궁, 경복궁을 다녔다. 서울 중심을 거쳐 반대편에 있는 고등학교에 다니면서 선다래와 태극당을 알아갔다. 얼마 전 양다리를 걸치며 놀던 곳을 찾아갔다. 오래전 이미 그곳도 서울시로 편입되었다.

엄마는 피곤해　오래전 일인데도 가끔 떠오르는 장면이 있다. 집 근처의 대형 할인마트에서였다. 집에서 급히 뛰어나온 듯 눌린 머리에 민소매, 반바지 차림인 젊은 엄마가 눈에 띄었다. 그녀는 무슨 일엔가 통통 부어 있었다. 피곤하고 사는 게 재미 하나 없다는 듯한 표정이었다. 바로 몇 발짝 뒤에 카트가 있었다. 그 카트에는 연년생으로 보이는 사내아이 둘이 대롱대롱 매달려 있었다. 카트를 밀고 당기고 올라타기도 하던 두 아이는 별안간 티격태격대기 시작했다. 큰애가 툭 친 주먹에 작은애가 떠나가라 울음을 터뜨렸다. 그 순간 엄마가 휙 고개를 돌려 두 아이들을 노려보며 소리쳤다. "조용히 못해, 이 웬수들아!" 몇몇 사람들이 돌아다보았다. 가장 놀란 건 그 말을 한 장본인이었다. 집에서나 하는 말을 밖에서까지 나와 해버리고 만 것이다. 속이 상하고 창피한지 얼굴이 울음이라도 터뜨릴 것처럼 붉어졌다. 그녀는 정신없이 카트를 밀며 다른 코너로 사라졌다. 그때 어떻게 사랑스러운 아이들에게 그런 폭언을 할 수 있냐는 눈총보다는 다 안다고 힘든 거 안다고 동지의 눈빛을 보내주었더라면, 두고두고 후회가 된다. 아기와 놀다 잠깐 존 모양이었다. 온몸이 저릿저릿했다. 팔이 아팠다가 허벅지가, 가끔은 숨이 막히기도 했다. 겨우 정신을 차리고 보니 아기가 내 몸에 올라타고 나를 질근질근 밟고 있었다.

　아기를 봐주시던 친정어머니가 그예 병이 났다.

점점　바퀴벌레를 소독하는 남자 이야기를 쓴 뒤로 정기 소독이 나오면 괜히 아는 척을 하게 된다. 이야기 속의 남자는 바퀴벌레의 내성에 대해 걱정한다. 그 어떤 약도 듣지 않는 천하무적의 바퀴벌레가 등장할지 몰라 불안해한다. 청년에게 물었다. "이렇게 내성만 키워가다 나중엔 어떻게 되는 걸까요?" 아르바이트를 하는 청년은 소독이 효과적으로 잘 되고 있는지로 질문을 알아들은 듯했다. "약 품종을 바꿔가면서 잘 관찰하고 있으니 걱정하지 마세요." 청년이 돌아간 뒤에도 내성에 대해 생각했다. 중학교 친구 어머니 중에 '사리돈'에 중독된 분이 있었다. 새벽같이 시장에 나가 밤중에야 돌아왔다. 시장에 가면 그분을 볼 수 있었다. 머리가 무거운 듯 늘 한 손으로 턱을 받친 채 얼굴을 찡그리고 있었다. 한 알에서 시작한 약은 점차 개수가 늘어 나중에는 열 알이 넘었다고 했다. 그런데도 그 어머니의 두통은 나아지지 않는 듯했다. 고만고만한 친척 아이들이 싸워 한 줄로 세워놓고 벌을 주었다. 겁을 내거나 울먹이는 아이들 틈에서 한 아이는 약간 모로 선 채 아무렇지도 않은 표정이었다. 두 귀를 꽉 막고 다른 생각을 하고 있는 듯했다. 나중에 보니 그애의 엄마인 내 사촌이 그애를 쫓아다니면서 잔소리를 늘어놓고 있었다. 초등학교 1학년밖에 되지 않은 그애는 "떠들 테면 떠들어라"는 듯 무심한 표정이었다. 요즘 남편이 딱 그 표정이다.

달콤쌉싸래한 도토리　'도토리'에서 묵 혹은 다람쥐
가 연상된다면 당신을 사이버 세대라고 말하기는 어려울 듯하다.
도토리, 은화, 콩 모두 사이버 머니이다. 마일리지로 적립하거나 실
물화폐인 돈으로 구입한다. 사이버 내에서는 기부도 사이버 머니로
한다. '삼만원' 대신 '콩 300알'을 보내는데 그 느낌이 색다르다. 이
렇게 저렇게 모아둔 도토리, 콩도 조금 되고 알뜰하게 적립한 포인
트 카드도 십여 장에 이른다. 단연 혜택이 가장 큰 건 항공사 마일
리지이다. 지금의 마일리지로는 제주도를 왕복할 수 있는데 조금
더 멀리 가보려는 생각으로 몇년째 아껴두고 있다. 염두에 두어야
할 것은 마일리지의 유효기간이다. 유효기간이 지나 소멸되고 마는
마일리지의 규모가 엄청난 모양이다. 항공 마일리지를 도토리처럼
자유롭게 쓰게 하는 것은 어떨까. 스카이 숍이나 면세점에서 물건
을 교환하기도 하고 기부도 하는 것이다. 이를테면 돈 얼마 대신
'제주도 왕복'을 기부하는 것이다. 현금으로 교환할 수는 없지만 사
이버 공간 안에서 현금과 똑같이 쓰이기 때문에 가끔 도토리를 노
리는 사이버 도둑이 나타나기도 한다. 한 시트콤의 여자 주인공이
전화로 헤어진 애인에게 울며 소리치던 것이 생각난다. "내 도토리
내놔, 이 나쁜 놈아!" 앞으론 '사랑에 속고 도토리에 울고'로 연인
들의 레퍼토리가 바뀔 듯하다.

중독의 시대

잊을 만하면 떠들썩하게 신문 지면을 장식하던 연예인 마약 사건, 큰 일 많지 않던 예전에는 두고두고 사람들의 입에 오르내렸다. 누구누구가 대마초를 했다더라, 상대의 옆구리를 찔러가며 소곤소곤 얘기하는 어른들의 목소리는 은밀했다. 동네마다 술 먹고 행패를 부리거나 상습적으로 술에 취해 몸을 가누지 못하는 '망나니들'도 꼭 하나씩 있었다. 큰길에 서서 이들에 대해 이야기하는 건 반칙이었다. 한밤의 사건은 구멍가게 한 귀퉁이, 한적한 담 모퉁이, 안방 깊숙한 곳으로 옮겨다니며 점조직처럼 퍼져나갔다. 중독에 관해 말하는 것조차 조심스러웠던 그 시절이 지나고 우리 사회의 중독은 PC통신 시절을 맞아 획기적인 전환을 이루며 양지로 나서게 된다. 대화방에서 이뤄지는 채팅은 신선한 충격을 넘어 채팅창 앞에서 사람들을 떠나지 못하게 하는 중독성이 있었다. 전화로 PC통신에 접속하던 시절 한달 전화비가 10만원 넘게 나와 집안에 풍파가 일어나기도 했다. 일상생활을 접고 아예 PC방에서 먹고 자는 게이머들을 비롯, 전원이 꺼진 휴대폰을 손에 들고 금단현상을 보이는 부류들까지 중독자들도 첨단의 길을 걷고 있다. 대학생들의 20퍼센트가 알코올 중독이라는 보도가 있었다. 디지털이 판치는 중독의 세계에서 복고적인 중독의 길을 걸어가고 있는 이들의 소식이 잠깐 반가웠다 말았다.

왈왈 　지금은 인기가 좀 시들해졌지만 몇년 전만 해도 곳곳에 애견 카페가 참 많았다. 꽉 막힌 공간 안에 수많은 개들이 어슬렁대고 뛰고 먹이를 좇아 우르르 몰려다니고 똥을 싸고 털도 많이 날릴 테고. 정말 개를 좋아하지 않고는 가기 힘든 곳일 거라 꺼리고만 있었는데 개라면 사족을 못 쓰는 큰애의 성화에 가게 되었다. 짐작했던 것과 똑같은데 거기에 추가된 게 있다면 손님들이 들어올 때마다 미친 듯이 짖어대는 개들의 소리였다. 캥캥, 왈왈, 멍멍, 을을, 문을 열고 들어가니 쇼룸처럼 생긴 칸막이 안에 든 온갖 종류의 개들이 일제히 손님들을 향해 짖기 시작한다. 뛰어오르고 구르고 눈을 동그랗게 뜨고 침을 질질 흘리면서 그러다 옆의 개를 밟는 일도 다반사였다. 제발 자신을 선택해달라는 애절한 눈빛이었다. 한때 나는 그런 눈빛을 사람에게서도 본 적이 있었다. 딱 한 마리만 골라야 되느냐고, 큰애는 울상이 되었다. 아픈 듯 가만히 누워 있거나 선택하려면 하고 말리면 말고, 경지에 오른 듯한 늙은 개가 오히려 눈에 띄었다. 큰애는 작은 강아지를 골라 품에 안았다. 개들은 연신 탁자 위로 올라오고 다른 테이블로 몰려갔다. 혼이 쏙 빠졌다. 이것은 정녕 개의 낙원인가 아니면 개판인가. 큰애는 그렇게 가고 싶다던 애견 카페에 다녀오고 나서 울적해졌다. 두 번 다시 가고 싶단 말을 하지 않았다.

곰칫국의 맛

아, 경춘가도를 달리다니, 정말 오랜만이었다. 봄이 깊어 산도 푸르고 산그림자에 강물빛도 깊어졌다. 유기농 딸기밭 사진을 찍고 일행과 근처 밥집에 들렀다. 평일 점심인데도 음식점은 사람들로 발 디딜 틈 없었다. 동료가 탄식을 했다. "아, 사는 것처럼 사네요, 저 사람들은." 다른 동료가 웃으며 맞받았다. "다 우리처럼 일하러 온 사람들이겠지." 시간에 쫓겨 허둥지둥 밥만 먹고 일어서는 우리와 달리 그들은 강물도 보고 커피도 마시며 한가롭기만 했다. 그날 일정은 코엑스의 아쿠아리움에서 끝났다. 그곳도 역시 관람객이 많았다. 필요한 사진만 찍고 돌아서려다 우연히 뒤에 선 커플의 이야기를 듣게 되었다. "오빠, 이거 먹어봤어?" 사십대 후반으로 보이는 남녀였다. "이거 국 끓이면 정말 시원해." 오빠는 수족관을 옮겨다니면서 성심성의껏 여자의 사진을 찍었다. 서울 나들이에 한껏 멋부린 여자는 오빠가 사진을 찍을 때마다 어색하게 포즈를 취하며 배시시 웃었다. 얼핏얼핏 그녀의 소녀적 모습이 드러났다. 그 둘이 어떤 사이인지는 알고 싶지도 않았고 중요하지도 않았다. 모르긴 몰라도 그녀의 일생 중 가장 행복한 한때가 아닐까. 그녀의 행복감이 내게로도 전해져 나도 웃고 말았다. 그들이 멀리 사라진 뒤에야 그녀가 시원하다던 고기가 무엇인지 볼 수 있었다. 곰치였다. 그녀가 끓여주는 곰칫국 맛이 궁금했다.

과신의 함정

내비게이션에게 조수석을 내주고 뒷자리로 물러앉을 때는 기뻐서 콧노래가 다 나올 뻔했다. 얼마 전만 하더라도 조수석에 앉아 지도책을 들여다보느라 골몰해 있었던 것이다. 수많은 국도와 지방도로, 인터체인지 등을 찾아 더듬거렸다. 차가 급정거라도 할라치면 애써 찾아 손가락으로 짚어놓은 도로를 잃어버려 다시 찾느라 애를 먹기도 했다. 우리나라 국토가 비좁다고? 지도 속의 우리 땅은 넓디넓었고 핏줄처럼 가느다란 도로들로 뒤엉켜 있었다. 길치인 남편은 모르는 길을 갈 때마다 신경을 곤두세웠다. '왼쪽' '직진' '멈추고' '일차선으로 붙어' 인간 내비게이션이 따로 없었다. 그런데 그 성가신 일을 '내비'가 도맡아주게 된 것이다. 내비의 목소리는 아름답고 정중했다. 나처럼 "또 몰라? 바보 아냐?"라고 지청구를 주지도 않는다. 경로를 계속 이탈하는데도 화내지 않고 친절히 다른 길들을 찾아봐주었다. 혼자 밤길 운전할 때 내비가 있다면 좋을 것 같다. 예의 바른 후배와 계속 이야기하고 있다는 느낌을 줄 테니 말이다. 문제는 내비를 산 지 얼마 되지 않아 일어났다. 200미터 앞에서 좌회전하십시오, 라는 안내에 좌회전 차선으로 들어섰는데 그 사거리에서는 좌회전 금지였다. 내비가 인도하는 길만 믿고 갔다가 차량이 바다로 전복되었다는 뉴스가 떠올랐다. 내비든 사람이든 과신은 금물이다.

豹死留皮 人死留名　　프랑스의 소설가인 미셸 투르니에와 그의 어머니의 대화를 읽다가 웃음이 난 적 있다. 교황이 연설 중에 미셸 투르니에의 이름을 언급하자 미셸 투르니에가 으스댄다. "것 보세요. 제가 저 정도로 유명하다구요." 어머니는 코웃음을 친다. "교황은 분명 소설가 미셸 투르니에라고 했어. 그냥 미셸 투르니에라고는 하지 않았다구." 모든 사람이 알 만큼 유명했다면 이름 앞에 소설가라는 사족을 달지는 않았을 거란 말이었다. 종종 시댁이 있는 안동에 갈 때면 죄스러워진다. 시부모님을 모시고 안동민속촌을 산책할 때였다. 어머니가 불현듯 옆의 관광객에게 "저기 소설가 하성란이라꼬 와 있니더"라고 했다. 관광객은 무슨 소리인가 싶어 고개를 갸우뚱거리며 사방을 휘둘러보았다. 오일장이 열려 참마를 사러 나갔을 때였다. 장 보는 일은 어머니가 아는 이들을 만나 인사를 나누느라 늦어졌다. 겨우겨우 참마를 파는 할머니를 만났다. 그분은 어머니의 고향 사람이었다. 수없이 참마를 캔 손이 나뭇등걸 같았다. 어머니보다도 열살은 더 들어보여 계산이나 제대로 할까 걱정이 될 정도였다. 아니나 다를까 어머니는 그분에게 나를 소설가라고 소개했다. 할머니는 놀라는 척, 부러운 척, 고개를 끄덕이면서 참마 하나를 덤으로 더 주었다. 며칠 있으면 안동에 가야 한다. 또 죄스러워져야 한다.

금요일 밤에　소설가 김별아가 아들의 학교 때문에 이사를 했다. 우리 큰아이도 진학하고 싶어하는 학교인데 다른 대안학교와는 달리 기숙사가 없었다. 통학 거리가 너무 멀어 포기해버리고 만 나와는 달리 김별아는 별 생각 하지 않고 학교 근처로 이사를 해버렸다. 아이들이 어렸을 때 우리는 몇번 아이들을 데리고 만났다. 잘 놀다가도 헤어질 때가 되면 아이들은 괜히 토닥거렸다. 그 아이들이 어느새 중학생이 되었다. 지난 금요일 김별아가 집들이를 했다. 일찌감치 길을 나섰는데도 가는 길에 해가 저물었다. 비가 내렸다. 마을버스의 안내방송만 기다리다 내릴 곳을 지나치고 말았다. 친절하게도 기사분이 샛길을 알려주었다. 꽃 지린내가 진동했다. 배가 고팠다. 맹자의 어머니를 본 적은 없지만 아마도 김별아와 비슷하게 생기지 않았을까. 그녀는 아이를 위해 두 번이나 거처를 옮겼다. 겨우겨우 찾아 벨을 누르자 인터폰에서 반기는 목소리들이 새어나왔다. 상에는 김별아가 며칠 전부터 장을 보고 준비했을 음식들이 가득했다. 맛있는 음식에 좋은 친구들까지. 이 친구들은 칭찬을 아끼지 않는다. 결점도 감싸안고 보듬어준다. 금요일 정체에 몇몇 이들은 밤 열시가 되어서야 도착했다. 힘들었을 텐데도 모두 벙실벙실이다. 그것이 김별아의 힘이다. 오랜만에 웃고 떠들고, 집에 돌아갈 일은 걱정도 되지 않았다.

냉장고 안에서 길을 잃다

열 길 물속은 알아도 한 길 사람 속은 모른다지만 사람 속과 마찬가지로 알 수 없는 게 냉장고 속이다. 나는 정말 우리집 냉장고의 심중을 모르겠다. 분명 장을 봐온 사람도, 반조리 상태로 조리해 냉동실에 넣어둔 사람도 나인데 말이다. 단단하게 얼어 있는 크고 작은 검은 비닐봉투 속에서 예상치 못한 것이라도 튀어나올까 겁이 날 때가 있다. 저 깊은 곳에는 둘째가 태어나기 전부터 들어가 있는 케케묵은 음식이 분명 존재할 것이다. 기괴한 어떤 소설의 소재는 이렇게 냉장고 속을 들여다보다 떠올랐다. 사둔 걸 잊고 똑같은 제품을 사오는 실수도 저지른다. 매일매일 냉장고 속을 체크하고 청소하기에는 냉장고 속에 든 물건이 너무 많다. 주부들의 바람처럼 냉장고도 더욱 커지고 김치와 와인 전용 냉장고에 냉동 전용 냉동고까지 줄줄이 출시되었다. 그렇다면 왜 이런 냉장고는 생산되지 않는 걸까. 지금처럼 속 깊을 게 아니라 문만 열면 모든 것이 한눈에 들어오는 속 보이는 냉장고, 그럼 지금처럼 냉장고 문 바로 앞의 음식들만 먹고 속의 것을 잊어버리는 실수는 하지 않을 것이다. 가사일이 취미인 한 남자 작가의 충고가 떠오른다. 자신은 절대 대형 마트에 가지 않는다 했다. 싸게 사오는 듯싶지만 대용량 판매라 못 먹고 버리는 것이 태반이라는 것이다. 그는 동네 슈퍼에서 파 한 단, 두부 한 모 조금씩 사다먹는다고 했다.

우후죽순 동네 칼국수집 자리에 면세점이 들어섰다. 백화점이나 공항에서 보던 면세점과는 달리 '짝퉁' 냄새가 물씬 난다. 그러고 보니 이런 면세점을 다른 동네에서도 보았다. 관광버스가 서 있을 자리가 아니라서 한 번, 중국인들로 보이는 관광객들이 줄지어 들어가서 두 번 바라보았다. 재고떨이를 하는 곳처럼 외관에 신경을 쓰지 않았다. 사실 관광객 수가 줄어들면 언제 있었냐는 듯 사라질 것이다. 관광명소도 없고 단체 여행객이 한꺼번에 들어갈 맛집도 없는 이곳까지 여행사들은 피곤한 관광객을 이끌고 들어올 것이다. 몇번 여행사의 패키지 여행을 갔었는데 그때마다 가장 곤혹스러웠던 것이 바로 이런 식의 상품점 방문이었다. 하루에 하나씩 관광 코스처럼 끼여 있었다. 유적지를 보기에도 모자란 시간에 마을회관 느낌의 회의실에 앉아 라텍스나 상황버섯에 관해 장황한 설명을 들었다. 선물로 선뜻 구입하기도 어려운 고가의 물건들이었다. 도대체 언제부터 여행사들 사이에 이런 관행이 자리잡은 건지 모르겠다. 늘 못마땅한 문화였는데 이렇듯 우리 동네에까지 자리를 잡다니 괜히 그들과 공모라도 한 듯 미안하다. 앙코르와트의 상황버섯 상점에 갔을 때가 떠오른다. 수많은 관광객을 상대했을 사장님은 언변이 뛰어났다. "상황실에 오신 것을 환영합니다"로 시작한 그의 말은 "상황 종료"로 끝이 났다.

치마 속

큰애가 호들갑을 떤다. 학교 근처의 문방구 주인 아저씨가 학생들의 치마 속을 몰래 촬영해오다 걸렸다는 것이다. "아무것도 모르는 중학교 1학년 신입생의 피해가 컸어." 심각한 문제임에도 불구하고 아이의 그 말에 실소가 터졌다. 누가 누구를 걱정하는지 모르겠다. 애들이 이 말을 듣는다면 "겨우 한두 살 많은 넌 뭘 그렇게 많이 아는데?" 따지고 들 것 같다. "혹시 그럼 너도?" 아이는 믿는 구석이 있는 듯하다. "엄마, 난 걱정 마. 맨날 속바지를 껴입으니까." 하나 더 입었다는 걸로 안심이 되는 모양이다. 목욕도 저 혼자 한 지 오래고 아기 때처럼 몸 구석구석을 들여다본 지도 오래다. 어떨 때는 내가 저애를 낳았나, 낯설 때도 있다. 아무튼 치마 속 몰카 문제는 하루 이틀의 문제가 아니다. 일본의 편의점에 들렀을 때였다. 어슬렁거리다 한쪽 서가에 꽂힌 잡지들을 넘겨보았다. 몇장이 다 치마 속 사진이었다. 사진 위에 장본인 사진도 실리고 등수까지 매겨져 있었다. 그런 잡지가 랩핑도 되어 있지 않았다. "그러고 보니 그 아저씨 좀 이상했어." 큰애가 중얼거린다. 한번도 본 적 없는 그 남자가 떠올랐다. 무엇이 그를 그렇게 비뚤어지게 했을까, 그도 가해자이면서 피해자는 아닐까.

땅이 좁아서　우리말을 특히 우리 욕을 나보다도 잘하는 미국인 친구와 커피를 마실 때였다. 그가 심드렁하니 말했다. "한국 좁긴 좁아요. 유명한 사람들 정말 자주 만나요." 자신이 글을 번역한 소설가들을 신문에서 보는 것은 그렇다 하더라도 유학 와 잠깐 연애했던 여자친구가 아나운서가 되어 텔레비전에 나온다는 것이다. 미국이라면 평생 그럴 일이 없다고 했다. 세계지리부도를 처음 받던 날 기억이 새롭다. 하도 사람들이 미국 미국 해서 우리나라 땅을 컴퍼스로 재 미국 땅을 분할해보았다. 아, 크긴 컸다. 그래도 땅이 좁아 좋을 때도 있다. 그리운 사람을 생각지도 못한 곳에서 만난다. 매번 가장 꾸미지 않아 미워 보일 때란 게 문제이지만. 얼마 전 소설가 이명랑이 물었다. 소설을 쓴다니까 아이의 친구 엄마가 혹시 이 사람 아냐고 물어보았단다. 세상에, 20년 만에 들어보는 이름이었다. 전화 속 목소리는 그때와 똑같았다. 고등학교 2학년이던 그 애를 처음 만난 곳은 단과 학원이었다. 수많이 아이들이 와글대던 강의실, 별안간 입고 있던 치마의 줄줄이 단추들이 와르르 풀어졌다. 놀란 남학생은 황급히 얼굴을 돌렸고 나는 놀라 입만 벌리고 앉아 있었다. 그때 옆의 누군가 재빨리 점퍼를 벗어 내 치마를 덮었다. 그애가 바로 유희정이었다. "언니, 나 살 많이 쪘어요." 그애가 20년 전 그때처럼 전화 건너편에서 수줍게 웃었다.

잃어버린 기억을 찾아서 몇몇 어른들과의 만남에
서 그분들의 방대한 기억력에 놀란 적이 있다. 마치 그때의 일기를
펼쳐놓고 읽는 듯했다. 지금은 타계한 강원용 목사님을 만났을 때
였다. "일천구백육십사년 오월 사일 한시 삼십분……" 그분의 모든
말씀은 그렇게 시작되었다. 기억력까지 노쇠할 거라는 건 젊은이의
만용이고 착각이었다. 인터뷰를 할 생각도 잊고 그분의 이야기에
빨려들었다. 누군가를 만난 호텔과 방 호수까지 정확하게 이야기함
으로써 과거가 현실보다 더 생생하게 살아났다. 목사님의 타계 소
식에 떠올랐던 것 중의 하나가 그분의 기억이었다. 낡고 묵은 책으
로 몇권이나 될까. 프루스트의 『잃어버린 시간을 찾아서』쯤 되지
않을까. 그 많은 책들이 한꺼번에 사라지는 그림이 떠올랐다. 시아
버님의 기억력도 비상하다. 평소 안동댐에 대해 관심이 있던 터라
사전에서 읽어간 뒤였다. 안동댐 근처를 지날 때 아버님은 가이드
처럼 댐에 관해 간략한 설명을 해주었다. 건립 연도와 수몰 지역,
가구 수까지 사전의 내용과 똑같았다. 댐 건설 당시 한 명의 인부가
사망했다는 것은 사전에도 나와 있지 않은, 새로 안 사실이었다. 반
면 여자분들은 좀 다르다. 대충 그날의 분위기나 사건을 줄거리 식
으로 두루뭉실 기억하는 경우가 많았다. 아니면 까맣게 기억하지
못하는 부분도 있었다. "아이를 낳고 나서 기억력이 떨어졌다"고 다
들 입을 모았다.

속물근성 연예인 K씨의 열애 기사가 포털 메인화면에 떴다. 상대방 아가씨와의 나이 차가 열살이 넘는다. 물론 아가씨가 열살 아래이다. 알고 싶지 않아도 알 수밖에 없는 것이 연예인 관련 기사들이다. 메인화면에 뜨기 때문에 피해갈 도리가 없다. 마약과 자살 소식에서 이야깃거리나 될까 싶은 시시콜콜한 일들까지 이쯤 되면 아무래도 우리나라를 동방연예인지국이라 불러야 하지 않을까 싶다. 아가씨가 무슨 공부를 했고 어떤 일을 하고 있는지는 아가씨의 나이에 밀려 부차적인 사안이 된다. 가장 중요한 것은 두 사람의 깜짝 놀랄 만한 나이 차이다. 적어도 열살 정도의 차는 나줘야 하지 않겠냐는 듯 점점 나이 차가 벌어진다. 아무래도 그들 사이에 나이 어린 여성과 사귀는 것이 유행처럼 번지고 있는 듯하다. 혹시 그것으로 자신의 능력을 평가받고 싶어하는 것은 아닐는지. 문제는 이러한 사실을 앞다퉈 보도하는 언론에 있다. 알게 모르게 우리는 영향력 있는 이들의 삶을 닮고 싶어한다. 몇몇 노총각 연예인 사이의 풍조에서 벗어나 보통 남자들 사이에서도 그 나이 차라는 것이 권력이 된 지는 오래다. 물론 대다수의 남자들이 냉정한 현실에 부딪히고 열패감을 느끼기 일쑤이지만 말이다. 단지 나이가 많다는 이유로 결혼하지 못하는 괜찮은 여성들이 늘고 있는 것도 그 때문이다. 우리 집에도 둘 있다.

속물근성 2

사람의 외양만으로 대접이 달랐던 건 19세기나 지금이나, 파리나 서울이나 별 차이가 없는 듯하다. 여의도에서 금은방을 하는 아는 분이 친구에게 하소연하는 걸 엿들었다. 프루스트의 『잃어버린 시간을 찾아서』에 나오는 에피소드와 똑같았다. 가게문을 열자마자 한 손님이 황급히 가게 안으로 들어섰다. 자다깬 듯 뒤통수가 눌린 데다 눈곱이 발등을 찍을 지경이었다. 보석을 살 사람도 그것이 어울릴 만한 사람도 아니었다. 첫 손님이 저러니 오늘은 재수 옴 붙었네. 인사도 하지 않고 무얼 찾는지 물어보지도 않은 채 딴청을 부렸다. 진열장을 들여다보던 손님도 주인에게 뭔가를 물으려다 그만두는 눈치였다. 가게를 나선 손님은 보란 듯 바로 앞의 금은방으로 들어갔고 고가의 다이아몬드를 구입해 총총 사라졌다. 언제부턴가 잘 차려입고 화장까지 공들여 한 뒤에 찾는 곳 중 하나가 백화점이 되었다. 돈을 지불하고 물건을 사는 건 나인데 어느 날 백화점 판매원들이 나와 내 동생을 다르게 대하고 있다는 걸 눈치챘다. '신상'을 권하는 순서도 동생이 먼저였다. 우리는 같은 어머니 밑에서 태어나 같은 음식을 먹고 자랐다. 그런데 무엇일까. 난 그들이 우리가 입은 옷으로 우리를 판단했다는 걸 알아차렸다. 기분이 상해 살 맘이 없던 물건을 덜컥 사고 말았다. 그 판매원의 눈에 들고 싶었던 것이다.

시간과 시각

글을 쓰지 않았다면 내 사전의 두께란 얄팍하기 그지없었을 것이다. 종일 쓰는 말이라곤 몇 단어 되지 않는다. 어쩌면 소설가 손홍규가 잘 쓰는 '거시기'란 단어 하나만으로도 하루를 날 수 있을지도 모른다. 모임이 끝날 무렵 K선생님이 물었다. '시간'과 '시각'의 차이가 무엇이냐는 것이었다. 차이를 알지 못한 채 '시간'이라고 싸잡아 쓰고 있는 것이 의아스럽다고 덧붙였다. '시간'은 '어떤 시각에서 어떤 시각까지의 사이'를 뜻한다. '시각'은 '시간의 어느 한 시점'으로 해 뜨는 시간이 아니라 해 뜨는 시각으로 해야 정확한 표현이다. 그런데 '시간'의 뜻 2에 얼토당토않게 '시각'이라고 명기되어 있다. 참고로 한 사전이 20여년 전에 출간된 것을 염두에 둔다면 두 단어를 혼동하여 쓴 것이 어제오늘의 일이 아닌 듯하다. 애써 의미 차를 밝혀둔 것이 무색해지고 말았다. 아무래도 언어를 단지 기호로만 사용하려는 성향이 큰 탓인 듯하다. 굳이 구별하지 않아도 의미 전달과 소통에는 아무런 문제가 없었던 것이다. 그사이 '시각'은 많은 사람들이 쓴다는 이유로 '시간'이 되어버렸다. 중국의 위대한 사상가를 상대한 떡장사에 대한 우스갯소리가 떠오른다. 사상가가 손가락으로 사각형을 만들어 보였더니 떡장사는 별 머뭇거림도 없이 동그라미를 만들어 보였다. 기호로써 두 사람은 통했다. 하지만 그 뜻은 전혀 달랐다. 이것이 기호의 함정이다.

제맛 순댓국집의 깍두기를 베어물었다가 단단해진 무의 심지를 느꼈다. 세질 대로 세진 무의 섬유소를 질근질근 끊어 먹자니 이제 당분간 맛있는 무는 먹기 힘들어졌다는 사실이 실감난다. 예전에는 이렇듯 사소한 일에 아쉬워하지 않았고 특히 먹을 것에 집착을 보이지 않았다. 그러고 보니 지금은 무꽃이 피는 계절이다. 꽃은 아름다울지 몰라도 그때부터 무는 수분이 줄어 쭈글쭈글해지고 기능을 상실한 물관들이 질겨지면서 가장 맛없는 무가 되어버린다. 설렁탕, 곰탕은 물론 평양냉면까지 덩달아 제맛을 잃게 되었다. 무때문이란 걸 몰랐을 때는 괜히 선대가 돌아가시고 난 뒤로 그 집 냉면 맛이 변했다고 투덜댔다. 무절임 맛도 떨어져 걱정인데 괜히 음식 솜씨까지 의심받게 된 냉면집 주인은 속이 무척 상했을 것이다. 무는 역시 겨울무다. 살이 단단하고 수분도 많다. 깍두기도 무절임 맛도 겨울이 절정이다. 아, 겨울무가 출하되는 11월까지 어떻게 기다리나. 우리 몸도 계절과 함께 순환한다. 오이 맛도 가지 맛도 옛날 제맛이 나지 않았던 건 제철이 아니었기 때문일 것이다. 한겨울 파묻어둔 무를 찾느라 여기저기 애먼 구덩이만 파던 이모부 생각에 웃음이 터졌다. 자신이 파묻어둔 무를 찾지 못하고 어이가 없다는 듯 허리춤에 두 손을 대고 크게 웃던 그 젊은이가 어느새 할아버지가 되었다.

두두물물 미국 드라마 〈섹스 앤 더 시티〉의 한 장면이다. 실연을 당한 주인공 캐리가 '마놀로 블라닉' 구두를 신은 채 세 블럭이나 걷는다. 따로 흐르는 내레이션이 아니더라도 수백 달러를 호가하는 명품 구두가 망가지는 것도 개의치 않고 걷는 그 장면만으로도 그녀가 받은 실연의 충격을 짐작할 수 있다. 구두 하나로도 인물의 내면 묘사가 가능해졌으니 이것이 바로 현대판 두두물물(頭頭物物, 사물 하나하나가 전부 도이고 전부 진리이다)인 것일까. 십년도 더 지난 일이다. 작가들이 관광버스를 대절해서 속초로 여행을 갔다. 외국인 관광객들도 이용하는 버스인 듯 좌석 등받이 시트에는 세계 유명 브랜드의 상표들이 자디잘게 인쇄되어 있었다. 그것을 물끄러미 보고 있던 한 선배가 누구에게랄 것도 없이 물었다. "프라다가 뭐야?" 주위의 누구도 대꾸하지 않았다. 침묵이 길어졌다. 선배가 무안해할까봐 나서고 말았다. "고가의 구두, 지갑 등을 팔걸요?" 고개를 끄덕이던 선배가 다른 브랜드도 물었다. 그러다보니 등받이에 인쇄된 브랜드의 이름을 전부 입에 올리게 되었다. 고개를 깊이 끄덕이던 선배가 내 얼굴을 보았다. "어? 하성란씨 면세점에서 근무했었어?" 값이 비싸 사지는 못하지만 여자라면(요즘은 웬만한 남자들도) 유명 브랜드 몇개쯤은 꿰고 있다는 걸 그 선배는 몰랐던 것이다

칸막이 　사무실 책상 배치의 변천에 관한 재미있는 기사를 읽었다. 1980년 후반 대기업의 사무실 풍경이 떠오른다. 넓고 넓은 사무실에 수많이 책상들이 앞으로 나란히, 하듯 줄을 맞춰 놓여 있었다. 칸막이도 없었다. 자리에서는 앞사람의 뒷모습이 보였다. 물론 앞사람보다는 뒷사람의 직위가 높았다. 앞사람은 뒷사람의 시선을 의식해 딴짓을 할 수 없었다. 그 부서의 가장 높은 직위의 사람은 사무실 가장 안쪽 창가 자리에 앉았다. 칸막이는 창가 쪽에 앉을 직위는 아니지만 그렇다고 직위가 낮지도 않은 중간자들을 배려해 생겼다고 한다. 가끔 복도를 지날 때 열린 문틈으로 다른 사무실의 모습이 들어온다. 대세는 큐비클인 듯하다. 한 사람, 한 사람이 삼면이 막힌 큐비클 속에 들어가 일을 한다. 팀이 아닌 개인 실적 위주의 일들이 많아졌기 때문인 듯한데 큐비클 안에 있는 직원이 사망한 사실도 몰랐을 만큼 폐쇄적이기도 하다. 실장 포함 직원이 셋뿐인 우리 사무실의 책상 배치는 비교적 자유롭다. 가장 안쪽에 앉게 된 것은 손님들이 방문해도 비교적 덜 소란스럽기 때문이었다. 어느 날 실장과 이야기를 나누던 손님이 책장 뒤에서 일어서는 나를 보았다. 가장 안쪽에 있어 가장 직위가 높은 사람으로 오해한 듯했다. 실장 위의 직함이 언뜻 생각나지 않은 그는 엉겁결에 나를 "선생님"이라고 불렀다.

막차 풍경　여의도에 갔다가 뜻하지 않은 풍경을 홀린 듯 바라보았다. 땡, 열두시가 되자 빌딩 밖으로 와르르 회사원들이 쏟아져나왔다. 대로에서 수를 불린 그들은 마치 스크럼을 짜듯 인도를 점령했다가 사거리에서 자연스럽게 나뉘어 총총 사라졌다. 그들을 왜 '넥타이 부대'라고 하는지 알 것 같았다. 사열하는 군인을 보는 듯했다. 오랜만에 지하철의 막차에 올라탔다. 전용칸이라도 된 듯 마침 내가 탄 칸에는 양복을 입은 남자들이 술에 취해 졸고 있었다. 목을 죄던 넥타이를 느슨하게 풀어두고 와이셔츠 단추도 세 개나 풀렸다. 회식 자리에서 용케 일어나 막차를 탄 듯한데 저 지경으로 어떻게 막차 시간을 기억해 전철을 탈 수 있었는지 요상하기만 하다. 태엽 인형처럼 규칙적으로 목을 끄덕이며 조는 사람, 졸다 옆으로 넘어지는 사람, 그걸 보고 웃는 사람, 졸다 별안간 고개를 들고 주위를 두리번거리는 사람…… 마신 주종과 안주 냄새로 자신의 알리바이를 다 들킨 채 그들이 지하철의 막차를 탄 것은 단 하나 택시비 때문일 것이다. 다행인 것은 아무리 취해도 대부분의 남자들에게는 집을 찾아가는 본능이 있다는 것이다. 가끔 열에 한 명 정도 그러지 못한 사람도 있지만 말이다. "옆자리의 주무시고 계신 분들을 깨워주십시오." 종점이 가까워지자 이런 안내방송이 흘러나왔다.

직업정신   고백하건대 나는 서점에 잘 가지 않는다. 필요한 책은 온라인 서점에서 주문하고 어쩔 수 없이 가게 될 땐 국내문학 쪽은 후다닥 재빨리 지나친다. 소설을 쓰는 친구와 전화 통화중에 그 친구가 지금 서점에 가 있고, "참! 내 책을 한 권도 가져다놓지 않은 거 알어?"라고 분개하면 내심 놀란다. 글만 쓰고 만 것이 아니라 현장에 가볼 만큼 배짱이 두둑한 것이다. 종로 한복판에서 만난 두 동창은 다른 동창을 기다리며 대로에 서 있었다. 한 친구가 건너편 상점들의 간판을 유심히 바라보았다. 버스가 지나가면 잠시 기다렸다 손구구를 하던 친구가 마침내 고개를 끄덕이며 중얼거렸다. "프랜차이즈 일색이로군." 서울 근교에서 치킨집을 한 뒤로는 다른 가게의 간판 하나도 그냥 지나쳐지질 않는다고 했다. 오랜만에 서울에 나온 길에 서울에서는 어떤 가게들이 성업중인지 그 짧은 시간에도 시장조사를 하고 있었던 모양이었다. 그 친구는 요즘 치킨집을 좀더 확장할 것인지 아니면 아예 다른 업종으로 바꿀 것인지 고민하고 있다고 했다. 낯간지럽기도 하고 의기소침해질까 두려워 가지 않던 서점의 문학코너 앞에 섰다. 정말 오랜만에 베스트셀러 서가에 꽂힌 책들을 들여다보았다. 그 친구가 프랜차이즈 수를 세듯.

불시착　한 동물원에서 오랑우탄이 탈출해 소동이 벌어졌다. 체중 64킬로그램의 이 오랑우탄은 전기 펜스에 나뭇조각을 던져 넣어 전원을 끄는 기지를 발휘했다. 관람객은 혼비백산, 마취총을 든 수의사까지 달려왔지만 정작 오랑우탄은 태평했다. 비명을 지르며 도망치느라 바쁜 사람들을 구경하다가 별일 아니라는 듯 우리로 되돌아갔다. 아침밥을 먹으며 이 해프닝을 보던 큰애와 나는 동시에 탄성을 지르며 눈을 맞췄다. 오랜만에 우리 둘의 마음이 맞은 것이다. 큰애가 말한다. "엄마, 저러다 원숭이들이 지구를 지배하는 날이 오는 건 아닐까?" 찰턴 해스턴 주연의 〈혹성탈출〉이라는 영화가 떠올라 들려주었다. 승무원들이 우주선을 타고 지구로 귀환하던 도중에 한 혹성에 불시착하게 된다. 인간은 언어를 사용하지 못하는 원시인 수준이고 그들을 지배하는 것은 유인원들이다. 지배자의 폭정을 견디지 못한 몇몇 유인원들이 반란을 꿈꾼다. 마침내 이 혹성의 정체가 밝혀진다. 사랑하는 여인과 함께 길을 떠나 도착한 바닷가. 언제 무너졌는지 알 수 없는 자유의 여신상이 바닷물 위로 솟아 있다. 아무래도 인간은 자신들이 만물의 영장인 줄 착각하고 있은 듯하다. 우리 또한 지구에 불시착한 존재라는 것을 늘 잊고 산다. 아이와의 짧은 교감은 아이가 '원숭이'라고 말할 때마다 내가 '오랑우탄이야'라고 정정해주는 바람에 끝이 났다.

거절 요즘 새삼 내가 '거절' 당하는 것에 익숙지 못한 사람이라는 걸 깨닫는다. 그간 후한 대접만 받아 버릇했다기보다 '부탁' 하는 일에도 익숙하지 않았다는 뜻이다. 책을 출판할 때마다 제일 어색하고 곤란한 과정이 바로 책 뒤에 실릴 추천사를 받는 일이다. 그 긴 글을 다 읽어야 하고 한참 고민해서 한 편의 시와 같은 문장을 추리는 일은 결코 쉬운 일이 아니다. 이 자리를 빌려 그 귀찮은 일을 해주신 선생님과 동료들에게 머리 숙여 감사드린다. 아무래도 요즘은 연예인의 영향력을 무시하지 못하는 모양이다. 어제 하루 추천사를 부탁하느라 몇통의 전화를 걸었고 매번 거절을 당했다. 친분도 없는 이가 불쑥 전화로 번거로운 일을 부탁한다면 선뜻 응하기 쉽지 않을 것이다. 그런 면에서 얼마 전에 구입한 책은 무척 마음에 든다. 유명 인사나 연예인 일색의 추천사 책 가운데 그 책이 눈에 띈 것은 독자들에게서 추천사를 받았다는 점이다. 그 책을 정말 필요로 할 독자보다 그 책의 장점에 대해 잘 아는 이들이 있을까. 길에서 인형을 사달라고 아버지에게 떼를 쓰던 때가 떠오른다. 조르면 다 들어주던 아버지는 이참에 버릇을 고치겠다고 작정을 했는지 혼자 가버렸다. 흙바닥에 누워 버둥대던 나는 벌떡 일어나 울면서 아버지 뒤를 쫓아갔다. 그게 아마 최초의 거절이었지 싶다.

노래가 좋아서   우리나라 사람들처럼 노래 부르기를 즐기는 이들도 없다고 한다. 그러나 여러 나라 사람들을 두루 겪어보지는 못했지만 최소한 일본인들은 우리보다 앞서면 앞섰지 결코 뒤지지는 않는 것 같다. 두 번 목격했다. 한번은 어느 해 여름 사이판에서였다. 수영장과 이웃한 노천 카페에서 칵테일에 취한 일본인들이 밤 늦도록 노래를 불러댔다. 또 한번은 얼마 전 회식 후에 들른 노래주점에서였다. 작은 홀에 피아노와 간단한 노래방 기기를 갖춘 곳이어서 노래를 부르고 싶은 손님들이 순번을 정해 노래를 불렀다. 우리가 들어갔을 때는 이미 초로의 일본인 관광객 대여섯이 피아노 주위에 둘러선 채 노래를 부르고 있었다. 좀처럼 다른 이들에게 차례가 가지 않았다. 노래방이 자연스럽게 2차 장소가 된 지는 오래되었다. 직장인들이라면 애창곡을 두어 곡쯤 준비해둔다. 신곡을 따라잡는 센스가 있는 간부라면 신입 사원들 사이에서 인기 만점이다. 노래가 서툴다면 탬버린으로 박자를 넣어주는 것쯤은 매너가 되었다. 애써 익혀놓은 애창곡이 한 곡뿐인데 다른 이가 홀랑 먼저 불러버리면 낭패도 그런 낭패가 없다. 꼭 사회생활 때문이 아니더라도 애창곡 한 곡쯤 멋들어지게 부르고 싶은 날이 있다. 자신의 애창곡을 먼저 불렀다고 해서 주먹질이 오고갔다는 기사를 읽었다. 노래방에서밖에 위안을 받을 길 없는 우리의 이야기에 조금은 서글퍼졌다.

고독 2

번역하는 이은주씨 덕분에 '종이 접기'가 아니라 '종이 오리기'라는 것도 있다는 걸 알았다. 책상에 굴러다니는 포스트잇을 한 장 집어 반으로 접더니 한 삼분 가위질을 했을까, 머리를 총총 땋아내린 빨강머리 앤이 만들어졌다. 일본 유학시절에 배웠다고 했다. 수업과 아르바이트를 마치고 밤늦게 자신의 상자 같은 방으로 돌아오면 불안하고 외로웠다. 아무 잡지나 찢어 종이 오리기를 했다. 타지에서의 외로움이 어땠을지 그가 블로그에 올린 루돌프 사슴을 보니 알 것 같다. 성탄절 전야 집 생각을 하며 종이를 오려갔을 것이다. 지금까지 통틀어 내가 혼자 지냈던 시간이라야 몇 년 전 원주에서의 여름이 처음이자 마지막이었다. 장편을 마무리할 작정으로 대학의 기숙사를 빌려 들어갔는데 가방 두 개의 짐을 풀고 나자 할 일이 없어 멍하니 앉아 있었다. 방해 없이 마음껏 책을 읽고 글도 쓰고, 식사도 하고 싶을 때 하면서 빈둥대는 것이 소원이었는데 정작 혼자가 되자 어쩔 줄을 몰랐다. 방학이라 학생들이 빠져나간 기숙사는 너무 고요해서 오히려 시끄러웠다. 버스를 타고 원주 시내로 나가 배회하다 돌아오곤 했다. 이은주씨가 말했다. "혼자 남겨진 시간 속에서야 비로소 내가 보이지 않을까요?" 그 여름 그렇게 돌아와놓고는 여전히 혼자만의 시간이 필요하다고 툴툴대고 있는 내 모습이라니.

네이밍　　영화 〈내 남자의 아내도 좋아〉는 제목 때문에 영
보기 싫었다. 다소 선정적인 네이밍 전략이 효과 있었을지 의문이
다. 이름에 관해서라면 『키다리 아저씨』가 제일 먼저 떠오른다. 주
인공인 주디 애버트가 자신의 이름이 어떻게 지어졌는지 고아원 원
장에게 묻는 장면이 있다. 선생은 전화번호부를 뒤져보라고 말한
다. 애버트는 전화번호부의 맨 앞장에 나오는 성(姓)이다. 주디는
고아원 근처의 묘비에 적힌 여자의 이름이다. 죽은 여자가 살지 못
한 목숨만큼 오래 살라고 붙여주었다지만 성의 없이 붙인 이름이라
는 것을 알 수 있다. 그만큼 그 시대에 고아들이 많았다는 뜻도 될
것이다. 이름을 보면 언제 태어난 사람인지 감을 잡을 수도 있다.
한때 여자애도 남자애도 이름 끝에 빈(彬)자를 붙이던 시절이 있었
다. 아무래도 그건 이문열 선생의 『추락하는 것은 날개가 있다』를
읽은 부모들에 의한 거라고 짐작이 간다. 주인공 이름이 형빈이었
다. 이름으로 본다면 지금이 이름의 춘추전국시대인 것 같다. 소아
과에 가면 시대를 짐작할 수도 부모의 취향을 알 수도 없는 이름들
이 가득하다. 지금처럼 '네이밍'이라는 말도 없던 시절, 대학 근처
의 족발집 이름은 시대를 앞섰다. 사장님의 센스는 분명 아니었던
듯한데 그 족발집 이름은 '두발로'였다. 생각해보니 공포스러운 이
름이다. 돼지 발은 네 개 아니던가.

목포행 KTX

광주에 가려 목포행 KTX에 몸을 실었다. 읽으려 챙겨간 책은 펼치지도 못했다. 갯놀이를 가는 아주머니들로 역방향 좌석까지 꽉꽉 찼다. 계원들은 부시럭부시럭 봉투를 풀어 떡을 돌리고 며느리가 싸주었다는 김밥을 나눠 먹었다. "김밥 참 얌전하네." 계원들이 돌아가며 며느리 칭찬을 했다. 김밥 얻어 먹었다고 뒤의 아주머니는 오이를 뚝뚝 분질러 나눠준다. 오이, 단무지 냄새에 곳곳에서 터지는 트로트 벨소리까지 영 KTX 분위기가 나지 않는다. 객차 안에서는 잡담은 삼가고 휴대폰 벨소리도 진동으로 해주십사는 안내방송이 몇번이나 흘러나왔지만 아주머니들한테는 이도 박이지 않을 소리였다. 여덟살 때 외가로 가는 장항선 완행열차에서 본 풍경과 별반 다르지 않다. 외가까지는 다섯 시간 걸렸는데 그 시간이 영원처럼 길었다. 앞으로 달려도 시원치 않은 마당에 한번은 온양온천역에서 뒤로 달렸다. 긴 의자가 두 줄 놓인 기차였다. 자리도 없는데 할머니들은 슬쩍 엉덩이부터 들이밀고 보았다. 내 옆에는 술에 취한 아저씨가 앉아 있었다. 넥타이를 매지 않은 양복 차림이었는데 별안간 안주머니에서 돈다발을 꺼내 흔들더니 내게 삶은 달걀을 사주었다. 어린 마음에도 누군가 그 돈을 훔쳐갈까 걱정이 되었다. 아저씨가 졸 때마다 눈에 불을 켜고 도둑으로부터 돈을 지켰다. 무엇을 판 돈이었을까. 돌이켜 생각하니 조금은 슬픈 돈이었던 듯하다.

남겨진 사람들 가끔은 내가 이렇게 '먼 미래'에 살고 있다는 것이 실감나지 않을 때가 있다. 미야자키 하야오의 〈미래 소년 코난〉에서 지구가 대변동을 겪고 멸망하는 시기는 2007년으로 벌써 2년이나 흘렀다. 데즈카 오사무 〈철완 아톰〉의 아톰은 2003년 태어난다. 1952년 아톰을 연재할 당시 항의가 빗발쳤다고 한다. 로봇과 인간이 공존한다는 설정이 아이들에게 허무맹랑한 생각을 심어준다는 것이 그 이유였다. 리들리 스콧의 영화 〈블레이드 러너〉 또한 먼 이야기가 아니다. 400층 높이의 초고층 빌딩들이 즐비하고 리플리컨트(복제인간)와 식민 행성이 등장하는 그 미래까지는 불과 10년밖에 남지 않았다. 몇십년 전의 사람들이 예측했던 미래란 이렇듯 암울하기 짝이 없었다. 아무런 이유 없이 서울에 초고층 빌딩이 들어선다는 소식을 들으면 그들이 내다본 그 미래에 가까이 가고 있는 건 아닐까 불안해지기도 하지만 아직까지 내가 사는 이곳은 살 만한 곳이다. 〈미래 소년 코난〉의 원작 제목은 '남겨진 사람들'이었다. 앞만 보고 내달리는 이 거대한 열차의 속도를 늦추려는 움직임이 조금씩 조금씩 일어나고 있다. 2003년 아톰의 생일에 맞춰 도쿄에서는 아톰 화폐가 만들어졌다. 일회용 젓가락을 사용하지 않아도 아톰 화폐를 받는다. 친환경적일 뿐 아니라 지역경제를 살리는 데 도움이 된다고 한다.

행방불명　　IMF 금융위기 때였을 것이다. 앙증맞은 미니트럭들이 눈길을 사로잡았다. 1톤 트럭을 개조한 이동 가게로 오뎅이나 문어빵 등 다양한 종목의 음식들을 팔았다. 흔히 보던 비닐막을 친 포장마차와는 격이 달랐다. 짐칸을 덮은 뚜껑을 열면 작은 주방은 물론 간이 식탁까지 뚝딱 만들어졌다. 화려한 페인트칠과 귀여운 캐릭터로 거리의 활력소가 되었다. 이런저런 이야기들로 뒤숭숭했지만 그 트럭들을 보면 그 모든 뒤숭숭한 이야기들이 근거 없는 소문일지도 모른다는 착각마저 들었다. 한눈에도 장사는 처음인 듯한 남자들이 비좁은 주방에서 오물락조물락 음식을 만들었다. 그들은 신입사원처럼 좀 얼떨떨한 표정이었다. 그 트럭들의 빠른 퇴장은 등장만큼이나 느닷없었다. 약속이나 한 듯 트럭들이 일제히 골목에서 사라졌다. 무엇이 문제였을까. 장사를 너무 쉽게 생각한 것, 그 수가 너무 많아 경쟁력이 떨어진 것, 단순히 목의 문제일 수도 있었다. 가끔 그 많은 트럭들이 어디로 갔을까 궁금해졌다. 다시 제 모습으로 개조되어 트럭 본연의 모습으로 도로를 달리고 있는 것일까. 아니면 찾는 이 없어 폐기된 채 버려졌을까. 외국의 자동차 묘지라는 사진을 본 뒤로는 우리가 모르는 커다란 공간에 그 트럭들이 버려져 있을지도 모른다는 생각을 한다. 여전히 아무 근심걱정 없는 밝고 생기찬 그 모습으로 말이다.

돌아오지 않는 아이들　애엄마가 되고 나서 새로운 꿈을 꾸기 시작했다. 분명 아이를 업고 있었는데 어느 순간 아이는 온데간데없고 빈 포대기만 두르고 있다. 아이를 어디다 빠뜨린 것일까. 울고불고 미친 듯 사방을 뛰어다니다가 꿈에서 깬다. 아이들은 잘 자고 있다. 꿈이라서 다행이다. 오래전, 텔레비전을 통해 알게 된 준원이는 놀이터에서 놀다 사라졌다. 집주소와 이름을 알고 있음은 물론 한글을 깨친 똑똑한 아이였다. 준원이의 부모는 그애를 데려간 이들에게 울며 호소했다. "제발 그 아이를 어딘가에 내려만 달라. 주소를 아니 제 발로 물어 물어 집을 찾아올 것이다." 준원이가 돌아오지 않은 지 긴 세월이 흘렀다. 며칠 전 텔레비전에서 준원이의 아빠를 보았다. 그사이 가정은 무너졌고 그는 피폐해졌다. 집으로 돌아오지 않는 아이들의 수가 우리의 상상을 뛰어넘는다. 아이를 잃어버린 부모들에게 현실은 영원히 깨어나지 않는 악몽이다. 그들의 고통을 나 몰라라 하는 듯 정부의 미아찾기 시스템이란 아직 체계조차 잡히지 않은 모양이다. 어디로 튈지 예측 불가능한 작은애를 위해 미아방지 물건들을 구입했다. 이름과 연락처를 새긴 목걸이, 부모로부터 5미터 정도 떨어지면 버저가 울리는 미아분실 방지기. 다른 하나는 목줄이다. 아이를 줄로 묶고 외출한 날 많은 이들이 신기한 듯 돌아보며 웃어댔다. 우리 아이가 꼭 줄에 묶인 강아지 같았다.

오 마이 갓 어제 오후에는 다른 일 다 미뤄두고 원서를 읽었다, 라고 말할 수 있으면 얼마나 좋을까. 사실 두 쪽 분량의 원서를 해석하느라 종일 씨름했다. 그나마 인터넷 사전으로 단어를 쉽게 찾는다는 걸 위안 삼으면서. 그러다 묘안이 떠올랐다. 아, 구글 번역기가 있었지! 번역기에 문장을 쳐넣고 번역하기를 눌렀다. 웬걸 얼토당토않은 문장이 떴다. 단어와 단어가 이렇듯 비틀어지고 왜곡될 수도 있는 걸까. 해독 불가였다. 그러고 보니 구글 번역기 사용 후기가 줄줄이 올라와 있다. 대부분의 평가는 '절대 믿지 마세요'이다. 참 심심했던가보다. 누군가 장윤정의 노래 '어머나'를 구글 번역기로 번역해놓았다. '어머나'는 '오 마이 갓'이었다. 별 기대 않고 읽었다가 한참 웃었다. 이렇게 구글 번역기랑 노는 이들이 적잖은 모양이다. "심심할 때 뭐하지?"라는 선생의 질문에 아이들이 "구글 번역기요!"라고 대답하는 만화도 있다. 중, 고등학교 6년 내내 영어 점수는 80점 이상이었다. 짬짬이 영어학원에 다니는 시늉도 했다. 한때 영어사전 한 권을 달달 외우리라 마음먹기도 했다. 외운 페이지는 염소처럼 뜯어먹자 작정했는데 그때 그 사전은 새것처럼 남아 있다. 정말 다 외운 페이지를 뜯어먹었다는 이가 있다. 시인 함민복씨다. 생각해보니 영어사전이 아니라 국어사전이었던가.

달팽이의 꿈

누가 먼저랄 것도 없이 집 문제를 꺼낸 것은 요 며칠 심경 변화와 무관하지는 않을 것이다. 아파트를 사서 들어올 때를 떠올리니 만감이 교차한다. 낡은 아파트를 손수 수리하겠다는 의욕에 타일도 고르고 페인트도 손수 구입했다. 그 일이 아니었더라면 어떻게 목수나 전기 기사, 페인트칠을 하는 분들을 직접 만날 수 있었을까. 성실한 분도, 그렇지 않고 진을 빼는 분도 있었다. 한 삼년 지나자 그분들 모두 추억이 되었다. 융자금도 추억이 되면 얼마나 좋을까. 지난 삼년 열심히 일했지만 원금은커녕 이자만 갚는 일도 힘에 부쳤다. 편안히 쉴 수 있는 집이 아니라 집의 넓적한 엉덩이에 깔린 기분이다. 얼마 전 안동민속촌의 한 집 앞에서 떠날 줄 몰랐다. 안동댐 건설로 수많은 집들이 수몰되었는데 수몰 직전 몇몇 집들을 육지로 옮겨왔다. 동화 속에서만 보던 초가삼간이었다. 기둥과 기둥 사이가 한 칸으로, 세 칸이란 기둥이 셋인 일자집이다. 방과 부엌 외엔 아무것도 없다. 발로 방 크기를 재어보았다. 겨우 어른 한 명이 눕고 머리맡에 물그릇을 놓을 만한 공간이었다. 사방 채 2미터가 되지 않는, 가구는 꿈도 꿀 수 없는 방, 식구들이 툭툭 부딪히면서 살았을 것이다. 옛날 훈훈한 동화가 왜 초가삼간에서 시작되곤 했는지 알 것 같았다. 이제 내 욕망 중 하나를 내려놓는다.

슬픈 드럼을 쳐라

극동방송국과 카페 호호미욜 사이의 전깃줄에 작년 7월부터 운동화 두 짝이 매달려 있었다. 의외로 하늘을 올려다보는 이들은 많지 않았다. 많은 이들이 그 아래를 무심히 지나쳤다. 길 건너편에 서서 누군가를 기다리다 불현듯 하늘을 올려다보지 않았더라면 나도 그 운동화와 만나지 못했을지도 모른다. 끈으로 두 짝을 묶어 돌팔매질하듯 뱅뱅 돌려 힘껏 던져 올린 듯했다. 여름 가고 가을, 겨울이 왔다. 운동화는 그 자리에 대롱대롱 매달린 채 빗물을 가득 채웠다가 바람에 말랐다가 흰눈을 소복이 뒤집어쓰기도 했다. 땅과 하늘 사이를 청소하는 것이 어느 부서의 소관인지 모르겠다. 청소를 나온 분들은 땅에 버려진 것을 치우기에도 너무 바빴다. 부르르 끓어넘친 한 젊은이의 객기 때문에 공중에 매달린 운동화를 볼 때마다 자연스럽게 신현림 시인의 「지루한 세상에 불타는 구두를 던져라」라는 시가 떠오르곤 했다. 불타는 운동화, 극동방송국과 카페 호호미욜 사이에서, 그 열정이 버거워 운동화를 벗어던진 그 젊은이는 그날 밤 맨발로 걸어 집에 갔을 것이다. 그 운동화는 올봄 가로수를 정리하러 나온 사람들에 의해 치워졌고 잘린 잎사귀들 틈에 버려졌다. 하지만 운동화가 걸렸던 그 자리를 볼 때마다 나도 불타는 내 구두를 벗어던지고 싶다. 드럼을, 슬픈 드럼을 치고 싶다.

까치밥

왜 하필 '구멍가게'란 이름이 붙었을까. 구멍처럼 몹시 작은 가게란 뜻일 것이다. 일년 전 동네 골목에 대기업의 이름이 적힌 슈퍼마켓 간판이 붙었다. 세일을 알리는 울긋불긋한 전단지가 수시로 우편함에 꽂혔다. 우리 아파트의 중앙상가에 있던 '미니슈퍼'가 문 닫은 것은 그즈음이었다. 말이 좋아 '미니슈퍼'였지 조금 큰 구멍가게랄까. 과일 상자를 들일 공간도 없어 상자들을 인도에까지 늘어놓곤 했다. 몇번 발이 상자에 걸려 넘어질 뻔했을 때는 투덜대기도 했다. 가게가 문을 닫기 얼마 전부터 주인 내외는 가게 앞에서 배드민턴을 쳤다. 무엇이 그리 즐거운지 배드민턴을 치는 내내 웃고 있어서 어느 날 쓰레기가 굴러다니는 텅 빈 가게 앞에 섰을 때는 어안이 벙벙했다. 대형마트를 축소한 슈퍼를 가지고 동네까지 공략하자는 착상을 제일 처음 한 이는 누구였을까. 대형마트보다도 오히려 이 슈퍼들의 매출 실적이 상승하고 있다는 기사를 읽기도 했다. 아니나 다를까 앞다퉈 매장 수를 늘리려는가보다. 대기업의 윤리의식이라는 것은 어디로 사라졌는지 모르겠다. 적반하장이라고 그 대신 일자리를 창출하지 않았느냐고 큰소리를 칠까 걱정이다. 옛날 감나무를 둔 집에서는 감을 다 따지 않고 남겨두었다. 까치밥이었다. 구멍가게, 누군가 쓴 글처럼 빠져나갈 구멍 없어 구멍가게라 이름 붙여진 것 같다.

낙화　　나이가 들면서 문상을 가는 일도 조금씩 늘고 있다.
익숙해질 법도 한데 문상은 언제나 어렵고 마음은 한없이 무겁다.
제단 앞에서는 손이 조상하고 상주가 조문을 받는다. 예전에는 손
도 곡을 하고 상주도 곡을 했다지만 요즘 그렇게까지 하는 경우는
드물다. 상가에서는 예를 차려 손을 대접하고 손은 자리에 앉아 망
자를 추모한다. 이것이 우리의 예법이다. 돈이 많건 적건 좌파건 우
파건 상관없이 우리 국민이라면 누구나 알고 실제 행동으로 옮기는
상식적인 규범이다. 반만년 역사까지 들먹일 필요는 없더라도 적어
도 몇백년간 이어져온 예절임에는 틀림없다. 지난 이레는 이런 상
식이 지켜지지 않은 날들이었다. 추모객들은 경찰의 통제 아래 힘
겹게 분향을 마쳤다. 슬퍼하는 것조차도 쉽지 않은 상황에 많은 사
람들이 힘들어했다. 바보 노무현은 마지막 가는 길조차 평탄치 않
았다. 만장에 쓸 대나무는 PVC로 교체되었고 전직 대통령의 추모
사도 거부되었다. 한술 더 떠 검찰은 추모제가 끝나면 불법집회에
강력 대응할 것이라 으름장을 놓고 있다. 정말 무서운 것은 불법집
회 따위가 아니다. 혼자서 꾹꾹 슬픔을 눌러 참고 있는 이들의 마음
이다. 오늘 노제에서는 수십만의 사람들이 그의 마지막 길을 따라
갔다. 이들의 마음 대신 풍선이 소리내며 터졌고 낙화하듯 종이비
행기들이 길 위에 널렸다.

지못미 인터넷 용어 중에 '지못미'라는 말이 있다. '지켜주지 못해서 미안해'라는 뜻이다. 주로 외모나 체형이 급변한 연예인들을 대상으로 쓰는 말인데 가볍지만 진정성이 읽힌다. 모교 은사 박기동 선생의 정년 기념식이 있었다. 마지막 강의를 청해 듣고 싶었지만 선생은 조용히 보내자고 했다. 제자들이 모여 간단한 모임을 갖고 식사를 했다. 학생들이 만든 동영상은 반응이 뜨거웠다. 하루종일 캠코더를 들고 선생의 뒤를 쫓아다닌 듯한데 나중에는 견디지 못한 선생이 촬영을 못하도록 문을 닫기도 했다. 20여년 전과 마찬가지로 선생의 복장은 바뀌지 않았다. 청바지에 티셔츠. 선생은 격의 없는 복장처럼 학생들에게도 툭툭 농담을 던지곤 했다. 한참 어른이라 생각했는데 그때 선생의 나이가 지금의 내 나이보다 오히려 한두 살 아래였다니 뒤통수를 맞은 기분이다. 선생의 청바지에서는 '이기적인' 몸매의 모델들이 입는 청바지와는 다른 청바지의 정신이 느껴진다. 행사 내내 선생은 오랜만에 맨 넥타이와 양복 때문에 불편해했다. 하지만 이 모든 상황이 쑥스러워 그런다는 걸 안다. 동영상 속, 오랜만에 선생의 엉덩이를 보고 말았다. 예전과 변함없는 색이 바랜 청바지이지만 그때와는 달리 마르고 납작해진 선생의 엉덩이. 덜 속상한 듯 덜 간절한 듯 소리치고 싶었다. "선생님! 지못미!"

책상은 책상일까　페터 빅셀의 『책상은 책상이다』의
원제는 '아이들 이야기'이다. 누가 바꿨을지 알 수 없는 이 제목이
아예 원제처럼 굳어졌다. 처음 이 책을 낸 '문장사'일까. 그렇다면
책을 편집한 오규원 선생이었을까. 어느 날 한 노인이 '책상'을 '사
진'으로 부르자 결심하면서 이야기는 시작된다. '사진'은 '침대'가
'침대'는 '의자'가 된다. 기존의 이름으로 딱딱하게 굳어진 사물들
에 새롭게 이름을 붙이는 이 명명식은 노인에게 크나큰 즐거움이
다. 그 과정이 마치 옹알이를 하던 아이들이 한순간 말문을 트고 하
나하나 단어를 익혀가는 과정과 흡사하다. '개는 짖어도 개라는 낱
말은 짖지 않는다'는 말처럼 책상이 반드시 '책상'이어야 할 필요는
없다. 소통을 위한 사회적인 약속일 뿐이다. 언젠가 '총'이란 단어
를 떠올렸다가 그 기표와 기의가 너무도 동떨어져 둘이 하나가 될
때까지 뇌어본 적이 있었다. 시간이 흐르면서 단어들은 뒤죽박죽되
었다. 사람들의 말을 그는 자기 식대로 바꿔 받아들인다. 결국 의사
소통조차도 불가능해지고 아무도 그를 이해하지 못하게 된다. 그는
침묵했고 그 누구와도 인사를 나누지도 않았으며 자기자신과 자신
의 언어로 이야기할 뿐이다. 둘째의 말 배우기에 가속도가 붙었다.
옹알이하던 때의 갇히지 않았던 그 말들이 이제 딱딱한 형식과 약
속 속에 갇히고 있다. 책상은 역시 책상일까.

크리스마스의 악몽

큰애가 잠을 설쳤다며 몸서리를 친다. 새벽에 별안간 눈이 떠졌는데 전날 친구들과 나눴던 이야기가 되살아나더라는 것이다. 아침까지 이불을 뒤집어쓰고 덜덜 떨었단다. 이야기는 이렇다. 산타클로스가 한 소년에게 크리스마스 선물을 했다. 예쁘고 튼튼한 자전거와 축구공. 그런데 소년은 기뻐하지 않고 구슬프게 울었다. 소년에게는 두 발이 없었다. 공포라기보다는 슬픈 이야기이다. 이런저런 유머나 괴담들은 그 시대의 잣대 역할을 했다. 한바탕 웃게 하던 유머도 사라진 지 오래되었다. 그만큼의 여유도 사라진 것 같아 씁쓸하기도 했다. 대신 아이들 사이에서 홍콩 할머니다, 유영철이다 괴담만 떠돌았다. 이번 이야기는 이전의 두 이야기와는 판이하다. 아이들에게 꿈을 주는 대상이었던 산타클로스의 유별난 행동이 거슬린다. 실수라기보다는 어쩐지 산타클로스의 심술처럼 느껴진다. 어쩌면 산타클로스가 아닐지도 모른다. 선물이 아닐지도 모른다. 그 소년에게는 크리스마스의 악몽이 따로 없다. 잘못 배달된 선물은 두 발이 없는 아이의 설정만큼이나 공포스럽다. 동화 『빨간 구두』에서처럼 빨간 구두를 신은 두 발목만이 어딘가를 헤매고 있을 것 같다. 그렇다면 아이들은 왜 모여서 이런 이야기들을 나누며 무서워하고 있는 걸까. 단지 아이들뿐일까. 괜히 자전거와 축구공이 섬쩍지근해지는 아침이다.

인과응보 당인리 발전소에서 상수역 사거리 방향으로 걸어오다 문득 간판 하나를 보았다. 검고 큰 글씨로 업보연구소라고 씌어 있었다. 위엄스런 글씨체 때문에 처음에는 어느 대학의 부설 연구기관쯤 되는 줄 알았다. 나중에야 그 '업보'라는 걸 알고 대체 업보에 대해 무슨 연구를 할까 궁금했는데 간판 밑의 닫힌 창에 글씨들이 씌어 있었다. 사주 보는 일에서부터 천도제까지 많은 일을 하는 곳이었다. '업'이라고 발음하는 순간 커다란 응어리가 생기는 기분이었다. 아고 뜨거워라, 부랴부랴 그곳에서 멀어졌다. 업보란 업과 과보를 이르는 말이라 한다. 전생에 지은 선악에 따라 현재의 행과 불행이 있고, 현세에서의 선악의 결과에 따라 내세에서의 행과 불행이 있다는 것이다. 현세에는 사람으로 태어났으니 전생의 누군가에게 감사해야 할 일이다. 다음 생의 누군가에게도 누가 되지는 말아야 할 텐데. 자료를 찾느라 웹 서핑을 하다 우연히 암투병 중인 한 엄마의 일기를 읽게 되었다. 오랜만에 한 아이와의 외출이 무척 즐거웠다고 썼다. 위로와 격려는커녕 인과응보로 암에 걸렸다고 생각하는 이들 때문에 암투병이 더 힘들다고 쓴 날도 있었다. 대체 어쩌려고 저렇게 혀끝으로 과를 쌓는지 모르겠다. 얼마 전 그 길을 지나다 자연스레 그 간판을 찾았다. 그사이 자란 가로수들 때문에 잘 보이지 않았다.

엘리베이터 정기 점검중인 엘리베이터의 내부를 들여다보았다. 여러 줄의 끈과 커다란 도르래가 달려 있다. 엘리베이터가 부단히 움직였을 통로를 올려다보는데 아찔하다. 고층 건물과 더불어 태어났을 이 공간, 참 묘하다. 특유의 폐쇄적인 구조로 영화의 단골 소재가 된다. 층과 층 사이, 엘리베이터가 서지 않는 곳에 신비로운 공간이 생기기도 하고 고장난 엘리베이터에 꼼짝없이 갇힌 남자 이야기도 있다. 그는 그곳에서 한 여자가 주는 음식을 먹으며 사육된다. 엘리베이터는 혼자 타기에도 누군가와 단둘이 타기에도 무서운 공간이다. 그 때문인지 엘리베이터에 관한 영화 중에는 유난히 공포물이 많다. 다른 이들의 이목을 잠깐 피할 수 있다는 점에서 연인들의 비밀스런 공간으로도 활용된다. 엘리베이터 안에서 우린 사랑을 나눴네, 라는 조금은 자극적인 노래가 나오기도 했다. 상하 수직으로 빠른 시간에 이동한다는 특성 때문에 급속히 신분 상승한 이들을 빗대는 말로 쓰이기도 한다. 엘리베이터가 운반하는 것은 짐이나 사람들만이 아니다. 고층까지 올라오는 냄새로 오늘 지하 식당의 메뉴도 알 수 있다. 또 모기들도 힘들여 나는 대신 엘리베이터를 타고 쉽게 고층까지 올라온다. 가끔은 체중계가 되어 한 사람을 무안하게도 만드는 이 작은 상자. 한곳에 붙박여 있는 '공간'이라는 개념도 흔들어놓은 요상한 공간이다.

한줄 혹은 두줄 지하철 에스컬레이터 앞에 설 때마다 갈등을 겪는다. 우에 탈 것인가, 좌에 탈 것인가. 어쩌면 나도 기성 사회에 편입했을지 모른다는 생각이 드는 것도 바로 이 앞에서이다. 예전 같으면 왼쪽에 올라타 누가 뭐래도 꿈쩍하지 않았을 것이다. 노란색으로 중앙을 가른 에스컬레이터의 좌와 우. 얼마 전에는 왼쪽에 올라타고 가다 무안을 당하고 말았다. 분명 두줄서기로 바뀌었다고 알고 있었기에 그렇게 했을 뿐인데 급히 올라온 누군가가 성가시다는 듯 내 등을 손가락으로 찔러댔기 때문이다. 두줄서기로 바뀌었다고 알려주려 뒤돌아보았는데 그 사람의 표정은 마치 자기 좌석에 잘못 앉은 사람 보듯 완고했다. 옆으로 비킬 공간도 없고 할 수 없어 쫓기듯 걸어올라갈 수밖에 없었다. 에스컬레이터의 왼쪽은 시간이 급한 이들을 위해 비워두는 공간이었다. 그러다보니 한쪽으로만 무게가 치우쳐 에스컬레이터의 고장도 잦아졌다. 움직이는 에스컬레이터에서 오르내리다 다치는 이들도 많았다. 두줄서기를 홍보한 지 오래되었지만 정착되기까지는 좀 긴 시간이 걸릴 듯하다. 한줄서기가 급속도로 자리잡은 이면에는 우리의 정서도 한몫했을 것이다. 빨리빨리. 가뜩이나 일이 분이 아쉬운 출근 시간, 한줄서기는 반가운 일이었다. 환승하는 전철을 놓치지 않으려 많은 직장인들이 헐레벌떡 에스컬레이터를 뛰어오르고 있었다.

사이버 스페이스에서 며칠 전 한 인터넷 카페에 가입했다. 실명 공개인 줄 모르고 그 포털에서 쓰던 닉네임을 그대로 썼다가 경고를 받았다. 실명을 공개하지 않으면 오늘 자정 부로 강퇴시키겠다는 주인장의 쪽지를 받고서야 화들짝 놀라 실명을 공개했다. 불심검문에 주민등록증을 내미는 심정이었다. 사이버 스페이스에서 닉네임 대신 실명을 밝히려니 여간 낯 간지러운 것이 아니다. 회비를 납부하거나 의견을 남기려 몇번 들어갔는데 그때마다 작은 창에 접속자들의 이름이 줄줄이 떴다. 현실에서는 한번도 그렇게 만난 적 없는 조합이었다. 한참 선배도 있고 격 없이 지내는 후배도 들어와 있다. 이름만 알 뿐 만나지 못한 이들도 섞여 있다. 서먹해서 쭈뼛거리다가 얼른 볼 일만 보고 나오기를 반복했다. 이쯤 되면 우리 그냥 닉네임 사용하게 해주세요, 부탁하고 싶은 심정이었다. 그즈음 두 사람의 망명 보도를 접했다. 주변 인물들의 숙청설과 함께 떠오른 K씨의 중국 망명설은 아직 진위 여부가 확인되지 않고 있다. K씨가 중국으로 실질적인 망명길에 오를지도 모른다면 J씨는 진작에 망명을 했다. 미디어다음에서 구글로의 **사이버 망명**. 블로그에 올린 글이 명예훼손으로 접근금지 조치가 내려지자 그는 자신이 머물던 사이트를 떠나 미국에 서버를 둔 사이트로 망명했다. 우리는 지금 두 세계를 살고 있다.

네번째 아이 금요일 오후가 되면 사무실이 있는 건물의 지하 주차장은 한꺼번에 밀려든 차들이 뒤엉켰다. 지하일층과 일층에 있는 대형 음식점 때문이었다. 평일에는 영업을 하지 않다가 금요일이 되면 불을 환히 밝히고 손님들을 받았다. 주로 돌잔치 행사가 많았다. 식당 앞을 지날 때면 고소한 기름과 향이 강한 양념 냄새가 한껏 과장된 진행자의 목소리와 함께 새어나오곤 했다. 엘리베이터 안에도 아기들의 사진이 나붙었다. 한창때는 열 명이 훌쩍 넘었다. 2년 전 황금돼지 해에 붐처럼 탄생한 아기들이었다. 그 아기들이 돌잔치를 다 마칠 무렵, 확실히 올봄부터 상황이 바뀐 듯하다. 엘리베이터에 아기 사진이 한 장도 붙지 않을 때가 있다. 방문객들이 돌아가면서 버린 스티커들로 얼룩덜룩하던 복도도 깨끗하다. 불과 일 년 뒤의 상황도 예측하지 못하고 일층까지 가게를 확장한 사장님의 고민이 큰 듯하다. 어두컴컴한 텅 빈 식당 안을 그는 혼자 서성거렸다. 몇십년 뒤면 우리나라의 전체 인구가 오백명에 불과할 거라는 기사를 공상과학소설 읽듯 흥미진진하게 읽었다. 이렇듯 출산율이 저조하다간 엄포에 그치지 않을 듯하다. 발맞춰서 강남구에서는 아기들이 탄생할 때마다 출산 지원금을 준다고 한다. 넷째아이가 태어나면 천만원을 받는다. 넷째아이. 체감되지 않고 공상과학소설 속의 한 인물처럼 읽힌다.

나도풍란을 키운다네

임동헌 선배의 장례식장에 다녀왔다. 「나는 풍란을 키운다네」라는 그의 소설로 '나도풍란'이라는 식물이 있다는 걸 알았다. 그와의 마지막 추억은 한 선배의 조촐한 결혼식 뒤풀이에서였다. 식탁 여기저기에 그대로 남은 와인과 안주가 아까워 같이 챙기다가 "여기 나 같은 사람 또 있네" 웃던 모습이다. 동인들과 동료들 특히 그가 가르쳤던 대학의 젊고 예쁜 제자들이 많이 찾아온 쓸쓸하지 않은 장례식이었다. 올해로 쉰둘. 그의 수첩은 이런저런 계획과 소설에 관한 단상 등으로 빽빽했다고 한다. 오랜 시간 동인을 해왔던 정길연 선배는 상의할 일이 있을 때마다 누르던 그의 핸드폰 전화번호를 지워야 한다며 쓸쓸해했다. 그의 때이른 죽음에 우리가 쓸쓸한 것은 바로 그의 모습이 우리들의 모습과 크게 다르지 않기 때문이었다. 줄기차게 소설을 쓰고 직장생활을 했지만 대중적인 인기와는 거리가 먼, 그럼에도 불구하고 끝끝내 문학을 붙들고 있던. 작가의 평균 수명이 62살이라는 통계 수치를 입에 올리면서 평균을 10년이나 채우지 못한 그의 삶과 그의 채우지 못한 수첩 생각을 했다. 돌아와 한참 그의 블로그에 머물렀다. 사진과 글이 참 좋다. 이청준 선생의 장례식에 청바지 차림으로 황망히 문상한 글도 있다. "선생님이 어디로 떠난 것인지 알고 싶다"로 끝을 맺었다. 그렇다면 선배는 어디로 간 것일까.

만약에 비행기 승무원인 동생이 신종플루 의심 환자를 태우고 귀국하면서 집안은 돌연 비상사태 국면으로 접어들었다. 음성인지 양성인지 판가름나는 열 시간 뒤라야 동생과 접촉한 어머니에게 안심하고 아이를 맡길 수 있다. 아무래도 우리의 방역 체계란 허술하기 짝이 없다. 그 시간이면 승객들이 전국으로 흩어지고도 남을 시간이다. 지금쯤 그 몇배수나 되는 사람들과 스쳤을 것이다. 별수 없어 아이를 데리고 출근했다. 아이 손을 꼭 쥐고 걷는데 문득아버지가 내 손을 꼭 쥐던 감촉이 떠오른다. 지방으로 떠나는 아버지 배웅길이었다. 아버지가 버스에 오르려는 순간 터미널 바닥에 대(大)자로 뻗어 바둥거리며 울어댔다. 창피스러웠는지 안쓰러웠는지 아버지는 그대로 나를 안고 버스에 올랐다. 볼품없이 썰렁하기만 하던 출판사의 지방 영업소. 경리 언니가 감자를 삶았다. 양은 냄비 뚜껑 들썩이며 감자 비린내가 가득 고였다. 아버지의 월세방은 바닷가 방파제 바로 아래였다. 바다보다도 낮아 어린 마음에도 바닷물이 방으로 밀려드는 불안감에 새벽마다 깨곤 했다. 아이는 불과 두 시간도 되지 않아 사무실을 뒤집어놓고 과자 부스러기를 몸에 잔뜩 묻힌 채 사무실 한쪽에서 잠이 들었다. 점심때쯤 동생의 전화를 받았다. 다행히 그 손님은 음성 판정을 받았다고. 수많은 사람들을 대신해 휴, 안도의 숨을 쉬었다.

행복한 만찬 온난화 영향으로 산딸기 철도 한두 달 앞 당겨진 모양이다. 어쩌면 산딸기도 하우스 재배를 하는지 모르겠다. 그래도 산딸기라 이름 붙여야 하나. 슈퍼마켓 매대에 잔뜩 쌓인 산딸기 앞에서 몇번이나 산딸기 상자를 들었다 놓았다. 얼마 전 소설가 공선옥의 『행복한 만찬』을 읽다 몇번이나 짜르르 침이 고였다. 산딸기를 그의 고장에서는 때왈이라 부른다 했다. 푸른 숲속 핏방울처럼 동글동글 맺힌 산딸기를 발견한 아이들은 행여 누군가에게 들킬까봐 함성도 못 지른다. 산딸기를 따다 낭떠러지 아래로 떨어지거나 산딸기 밭에 들어가 영영 나오지 못한 아이들의 이야기가 있는 걸 보면 산딸기에 불처럼 이는 욕망과 그 욕망에 대한 죄의식을 아이들도 경계했던 것 같다. 통통한 걸로 기껏 집어들었다가 슬그머니 도로 내려놓은 건 평생 두어 번 맛본 산딸기가 배리착지근하니 별 맛 없었던 기억 때문이었다. 도시에서 나고 자란 내가 공선옥 선배와 음식에 대해 공유할 것은 별로 없지 싶었다. 내게 추억의 음식이란 대개 불량식품이거나 공장에서 만들어낸 과자나 음료수들이었다. 불현듯 그리워지는 맛은 쑥이나 산딸기 맛이 아니라 인공적인 써니텐 포도맛이다. 카스텔라를 한 입 가득 물고 마시는 미지근한 사이다의 맛. 소풍의 맛. 그래도 두 사람 다 공감하는 맛이 있다. 타지에서 마시는 소주 맛이다.

쓸모 있는 수중에 들어온 물건을 잘 버리지 않는 탓에 친정이나 집 곳곳에서 케케묵은 물건들이 발견되곤 한다. 가격표도 떼지 않은 20년이 넘은 공책에서 30년도 더 지난 하모니카까지. 아이를 데리러 친정에 들렀을 때였다. 아이가 뭔가에 발을 올려놓고 질질 끌며 다니고 있었다. 30년 가까이 된 내 주판이었다. 예전에 나도 주산은 뒷전이고 저렇게 주판에 발을 올려놓고 롤러스케이트처럼 굴리며 다녔다. 그때 아이들 사이에 주산 학원이 인기였다. 텔레비전 묘기 프로에 주산 신동이 등장해 경력 수십년의 은행원과 한판 대결을 벌였다. 주판과 계산기의 대결이기도 했다. 그 어떤 어려운 연산도 신동이 이겼다. 학원에만 다녔지 연습은 뒷전이어서 실력은 늘 그 자리였다. 주판은 다른 때도 요긴했다. 답이 틀리거나 딴청을 하다 걸리면 주판 선생님은 주판알 쪽으로 아이들의 이마에서 뒤통수까지 드르륵 긁었다. 숫자를 부를 때면 요상해지던 선생님의 음성을 들으면서 이 세상의 주판이 사라지기를 바랐다. 주산은 생각보다 빨리 사라졌다. 제발 좀 버려라. 어머니의 잔소리를 뒤로 하고 슬그머니 가방에 주판을 넣어 왔다. 어디에 쓸까. 툭툭 발에 밟혔는데 얼마 전부터 요긴하게 쓰고 있다. 아침 운동으로 시작한 백팔배. 횟수를 헤아리다 늘 잊어버리기 일쑤였는데 절 한번에 주판알 하나씩, 주산은 살아 있다.

그 사람의 신발을 보면 왜 남의 얼굴 빤히 쳐다보느냐고 시비를 거는 이 때문에 혼쭐이 난 적 있다. 눈이 나빠서라고 해명해도 막무가내였다. 그 뒤로는 지하철이나 버스에 타면 책부터 펼쳐들거나 바닥만 내려다보았다. 사람들의 발목 아래, 또다른 세상이 있었다. 이목구비가 제각각이듯 발과 신발도 다 달랐다. 우선 트렌드가 보인다. 밑창 얇은 운동화와 굽이 10센티 이상인 '킬힐' 샌들이 대세이다. 굽이 닳은 모양으로 그 사람의 걸음걸이도 추측할 수 있다. 그러다보니 사람들을 만날 때도 저절로 신발에 눈이 간다. 며칠 전 두 켤레의 구두를 보았다. 하나는 소설가 송기원 선생의 구두였다. 길이 잘 든 구두 같았다. 그렇게 되기까지 걸린 시간만큼 조금은 낡고 잔주름이 졌다. 먼 길 행차에 손수 구두를 닦은 듯했다. 전문가가 한, 물광 불광 구두처럼 번쩍이는 대신 수수하고 단정했다. 또 한 사람의 구두는 지하철 역 에스컬레이터를 두 계단 앞서 올라가던 이의 구두였다. 다른 곳은 새것처럼 멀쩡한데 굽만 바깥쪽으로 심하게 닳아 있었다. 에스컬레이터에서 내린 그는 한손에 두툼한 서류 봉투를 들고 쩔뚝이면서 걸어갔다. 걸을 때마다 조금 큰 듯한 구두 밖으로 **발꿈치가 덩달아 딸려** 올라왔다. 그가 입고 있는 양복도 조금 컸다. 옷도 신발도 기성 치수와 딱 맞지 않는, 나와 비슷한 사람이었다.

별 헤는밤

불을 끄고 별을 헤는 밤. 작년 여름밤 우리 아파트는 에너지의 날 행사에 동참해 5분간 소등을 했다. 하나 둘 불이 꺼지고 어둠 속에 잠겨가는 건너편 아파트를 아이들과 바라보다 여전히 불 켜진 창을 향해 나도 모르게 "불 꺼"라고 소리치고 말았다. 지금은 없어진 등화관제 훈련이 떠올랐다. 순식간에 온동네가 어둠에 잠기고 골목에서는 민방위 대원들이 돌아다니면서 불 켜진 집들을 향해 반말로 "불 꺼!" 외쳐댔다. 동생은 그런 날 결코 가만 있지 않았다. 그애의 성화에 일어나기는 했지만 다시 옷을 챙겨 입으려니 여간 귀찮은 게 아니었다. 그때나 지금이나 그애는 꾀를 잘 냈다. 이렇게 캄캄한데 옷은 뭐하러 입느냐는 거였다. 문 밖으로 한 발 내딛기가 어려웠지 어느새 나는 동네 개구쟁이들을 따라 거리를 활보하고 있었다. 그러다 얼룩덜룩한 어둠속에서 반짝 빛나는 것을 보았다. 동네 청년의 희디흰 이였다. 그가 웃은 건 속옷 차림으로 나온 내 모습 때문이었다. 그것도 모르고 나는 어둠이 모든 것을 감춰줄 거라고 믿었다. 흰 옷을 더욱 희게 하기 위해 형광증백제라는 것을 사용했을 때니 내가 위아래로 입은 백양표 러닝과 속바지는 하얗다 못해 파랗게 빛나고 있었을 것이다. 열일곱 고2, 말만한 처녀가 그러고 나와 골목을 뛰어다니고 있었으니 동네 개도 웃을 일이었다.

도금봉　　몇해 전 어둠이 내린 삼청동 골목길을 걸을 때였다. 비좁은 인도 위를 한 줄로 걸어가는데 맨 앞에 가던 남자 선배 하나가 별안간 걸음을 멈추더니 골목 안쪽의 가게를 기웃거렸다. 저기가 바로 배우 도금봉씨가 하는 가게라고 했다. 자신은 벌써 가봤다는 의기양양함이 잔뜩 밴 목소리였다. 바로 뒤의 선배도 반색하더니 둘은 잠깐 나란히 서서 작은 한옥 대문을 지그시 바라보았다. 사춘기 시절 그들에게 도금봉이라는 배우는 지금의 섹시 스타 누구누구와 비길 게 아니었다고, 어린 마음에도 그녀만 나오면 그렇게 섹시할 수가 없었다고 둘은 소곤거렸다. 김지미나 윤정희라면 모를까, 도금봉이라니. 도금봉, 하면 〈월하의 공동묘지〉라는 공포영화가 먼저 떠오르는 나로서는 도대체 알 수 없는 게 남자들이란 생각뿐이었다. 도금봉씨는 악녀 역할을 맡았다. 어린 마음에도 얼마나 얄미웠는지 죗값을 받는 장면에서는 무서워 뒤집어쓴 이불이 벗겨지는 줄도 모르고 환호성을 질렀다. 그 뒤로 삼청동 길을 걸을 때면 선배들이 멈춰섰던 골목길 안을 힐끗거리면서 여전히 알 수 없는 남자들에 대해 생각했다. 한번도 만난 적 없지만 늘 그 한옥 문 안에 도금봉씨가 있을 거라 믿었기에 그의 **쓸쓸한 말년과 죽음 소식에는 만감이 교차했다.** 그날 골목을 기웃거리던 선배 둘도 무척 쓸쓸했을 것이다.

시아버지들의 수난

어제 만난 방송대학TV의 김피디는 이제 세 돌을 넘긴 남자아이의 엄마였다. 직장에 가 있는 동안에는 아이를 어린이집에 맡겼다가 오후가 되면 시아버님이 찾아온다고 했다. 시아버님이? 혹시나 우리 동네에 사는가 물어보았는데 그건 아니었다. 우리 아파트 단지에는 직장 다니는 부모를 대신해서 아기를 돌보는 시아버님이 두 분 있다. 한 할아버지는 고만고만한 아이들을 셋이나 본다. 막내는 유모차에 태우고 그 위의 남매는 유모차 양쪽에 나란히 세운 채 놀이터에도 오고 병원에도 간다. 다른 한 할아버지는 2년 전부터 아기를 업어 키우고 있다. 그렇게 아기를 업었는데도 좀처럼 안정된 자세가 나오지 않는다. 아기의 몸이 편하도록 앞으로 조금 몸을 구부려줘야 하는데 등을 빳빳하게 세웠다. 그래도 아기는 그 등이 편한가보다. 늘 외출복 차림이어서 불편하시겠다 생각했는데 골목 하나 건너에서 작은 복덕방을 하고 있는 걸 얼마 전에야 알았다. 며칠 전 아침에는 아파트 단지가 아기들의 울음소리로 시끄러웠다. 엄마와 떨어지지 않으려는 우리 아이가 할머니 등에서 몸을 뒤틀며 울어대고 다른 날과는 달리 할아버지 등이 아닌 유모차를 탄 그 집 아기도 할아버지가 손을 놓을 때마다 어떻게 알고 바락바락 울었다. 아기를 다른 이에게 잠깐 맡긴 할아버지는 이제나저제나 도망갈 기회만 엿보았다. 바야흐로 시아버지들의 수난시대다.

보물찾기

양평의 유기농 딸기밭을 방문했을 때였다. 비좁은 농로를 끼고 끝간데 없이 펼쳐진 비닐하우스의 대열이 장관이었다. 점심때가 되자 비닐하우스 밖으로 일꾼들이 하나, 둘 모습을 드러냈다. 다리도 굽고 허리도 굽어 어떻게 일을 하실까 염려가 되는 할머니들이었다. 작업복이나 키도 얼추 비슷해서 분간이 잘 가지 않았다. 농장 사장님 내외분은 정성껏 밥을 차려 대접했다. 멸치를 우려 끓인 아욱국을 할머니들은 둘러앉아서 맛있게 먹었다. 사장님이 보물을 보여주겠다며 손짓을 했다. 그러지 않아도 비닐하우스 하나하나가 내겐 전부 보물창고였다. 우리가 도착한 곳은 다른 곳보다 좀더 습하다는 것을 빼면 휴경지라는 느낌이 들 만큼 휑한 곳이었다. 보물찾기하듯 뚫어지게 바라보니 그제야 땅 위로 뾰족뾰족 솟아오른 식물들이 보였다. 아스파라거스였다. 몇년 공들인 끝에 올해 처음 수확을 앞두고 있었다. 농약을 일절 쓰지 않기 때문에 사람의 손으로 일일이 김을 매야 했다. 며칠만 손을 놔도 금방 잡초들로 뒤덮여 할머니들이 없다면 이 일은 꿈도 꿀 수 없다고 했다. 저분들이 돌아가시면 이 일도 접어야 할지 모른다며 사장님이 한숨을 쉬었다. 2026년이면 우리나라도 초고령사회로 접어든다. 도시에서는 해야 할 일 없어 뒷방으로 물러앉는 노인들이 이곳에서는 대접받는 인력이었다.

15분간의 말벗

택시 운전사가 말문을 연 건 우리 큰애가 자신의 큰애와 또래이기 때문이었다. 택시 운전을 한 지 이제 한 달, 아내와 두 아이는 처가가 있는 미국에 가 있다고 했다. 가끔 조용히 가고 싶을 때도 이렇듯 운전사의 말벗이 되어야 할 때가 있다. 언젠가 까칠함이 매력인 한 선배와 택시를 탔을 때였다. 뒷좌석에 여자 손님 둘이 오르자 신이 난 운전사가 농담을 던졌다. 선배는 예의 그 까칠함으로 대꾸했다. "조용히 가고 싶거든요." 오늘 따라 기본요금인 거리는 추적추적 내리는 장맛비와 토요일 정체에 더디기만 했다. 그는 그사이 프로필처럼 자신의 이야기를 늘어놓았다. 대학과 전공과목에서 은행에서 명예 퇴직하기까지, 그는 택시 운전을 하는 지금의 처지를 조금 부끄러워하는 듯했다. 룸미러 속으로 슬쩍 본 그는 내 또래로 단단한 표정을 한 남자였다. 열심히 일할 나이에 퇴직한 이들이 부지기수라고 했다. 끝이 이럴 줄 알았더라면 앞만 보고 달리는 맹목적인 삶을 택하지는 않았을 거라고, 무엇 때문에 그렇게 살았는지 허탈하다고 했다. 그에게는 택시 운전 경력 3년을 쌓은 뒤 개인택시를 할 야무진 꿈이 있었다. 행여 비 맞을까 우리를 아파트 현관 앞까지 데려다 준 그는 여전히 조금은 어색한 표정으로 차를 돌려 멀어졌다. 이런 날이라면 기꺼이 누군가의 말벗이 되어주어도 좋았다.

왜 대관절 버스들은 왜 두세 대씩 몰려다니는 것일까. 추운 겨울 아침, 좀처럼 오지 않는 버스를 기다리는 일은 고역이었다. 약이 바짝 오른 어른들은 왜 배차간격을 지키지 않느냐고 운전사에게 호통을 치기도 했다. 속 시원히 대답해주면 좋으련만 운전사도 무언가에 속은 얼굴이었다. 정말 버스들은 배차간격을 지키지 않는 걸까. 몇번 종점에서 출발하는 버스를 탈 기회가 있을 때마다 살펴보았다. 웬걸 버스들은 정확히 배차간격을 지키고 있었다. 그 간격을 지키느라 사람들이 제법 탔는데도 시동을 켜둔 채 출발하지 않았다. 그렇다면 10분 간격으로 출발한 버스들이 어느 순간 몇대씩 꼬리를 물고 도로를 달리고 있는 것을 어떻게 이해해야 할까. 난 그걸 머피의 법칙이라고 믿었다. 버스뿐 아니라 종종 그런 일들이 있었다. 산더미처럼 쌓인 물건 속에서 딱 하나를 골라 사온 물건이 불량품이거나 세일 제품이 다른 사람도 아니고 딱 내 앞에서 판매 완료가 되는 등 유난히 재수가 없는 사람이라고 생각했는데 리처드 로빈슨의 『왜 버스는 세 대씩 몰려다닐까』를 읽다보면 이 모든 것이 명쾌해진다. 첫 버스가 많은 승객을 태우는 동안 두번째 버스와 간격을 줄이고 두번째 버스는 첫 버스가 태운 승객보다 적은 승객을 **태우면서 또 그 시간차를 줄인다. 운이 아니라 생활 속 과학이다.**

버스 인심

친환경적인 푸른색과 초록색으로 칠한 외관뿐 아니라 요즘 버스들은 어딘가 좀 달라졌다. 예전엔 버스를 놓치지 않으려 죽어라 뛰어오는 손님을 본체만체 줄행랑을 놓는 일은 없었다. 버스 기사분들은 행여 그런 손님이 있는지 백미러를 지그시 지켜본 뒤에야 출발했다. 내릴 정류장을 지나친 손님이 당황해서 버스를 두들겨대더라도 화내지 않고 정류장이 아니지만 슬쩍 손님을 내려주었다. 물론 도중에 버스를 만난 손님을 태우는 일도 다반사였다. 며칠 전 왜 버스 인심이 변했는지 택시 기사분에게 들었다. 서울시의 버스들이 대부분 시에서 임대한 버스라고 설명해주었는데 그 부분이 잘 이해가 가지 않았다. 아무튼 손님 수에 상관없이 일정액을 월급으로 받기 때문에 예전처럼 손님을 더 태우려 같은 회사의 버스들끼리 경쟁하던 것도 없어졌다고 했다. 그러니 중간에 손님을 태우는 일도 달려오는 손님을 기다려줄 일도 없어졌다. 버스 기사분의 처우가 좋아진 것은 반가운 일이지만 한편으로는 쓸쓸한 이야기였다. 그런데 광주에서는 예전 버스 인심이 지하철에도 남아 있다. 출발하려던 지하철이 별안간 멈춰섰다. 무슨 일인가 손님들이 궁금해하고 있는데 지하철 문이 열리고 간발의 차로 지하철을 타지 못한 손님들이 몇 들어섰다. 그러고도 지하철은 계단을 내려오던 아주머니까지 다 태운 뒤에야 출발했다.

태연한 척 오늘도 점심 먹으러 가는 길에 일행을 기다리게 하면서까지 구두가게의 진열장에 눈도장을 찍었다. 사고 싶은 구두는 팔리지 않은 채 그대로 놓여 있었다. 굽이 10센티인 이른바 '킬힐' 샌들인데 그 아름다움에 끌리는 만큼 그 가공할 고통도 덩달아 떠올라 선뜻 사지는 못했다. 지난여름 내내 멋을 내느라 하이힐을 신었다. 태연한 척 두 다리를 쭉쭉 내뻗고 걸었지만 울퉁불퉁 솟아나온 보도블록에 발이 걸릴 때마다 식은땀이 흘렀다. 높고 가느다란 굽이 맨홀의 구멍에 빠지기도 했다. 머릿속은 온통 빨리 구두를 벗어던지고 싶은 생각뿐이었다. 극심한 고통에도 불구하고 많은 여성들의 마음을 흔들어놓는 하이힐. 남자들은 그 고통을 짐작도 하지 못할뿐더러 '무지외반증'에 대해서도 생소한 것 같다. 그 증상은 선천적인 원인을 제외하면 대부분 신발코가 좁고 굽이 높은 하이힐을 오래 신은 여성들에게 나타난다. 발 모양이 하이힐의 바닥 모양처럼 변하는 것이다. 두번째 발가락이 엄지발가락과 겹쳐지거나 관절이 탈구되고 새끼발가락 쪽에서도 관절이 돌출될 수 있는데 그럴 땐 수술을 받아야 한다. 이렇게 발이 변형된 여성들의 수가 우리의 상상을 뛰어넘는다. 오늘도 거리에는 가느다란 발목과 긴 다리를 뽐내느라 많은 여성들이 하이힐을 신고 걸어다닌다. 태연한 척 아무렇지도 않은 척.

행복한 결혼생활

『책상은 책상이다』의 노인도 아닌데 우리집 '식탁'은 '책상'이 된 지 이미 오래다. 언제부턴가 책과 고지서, 잡동사니들이 수북이 쌓였다. 며칠 전 그 위에 펼쳐진 남편의 카드청구서를 보았다. 일부러 그렇게 놓은 것처럼 사용액이 한눈에 보이도록 펼쳐져 있었다. 생각해보니 그는 언제부턴가 쭉 그렇게 해왔던 것 같다. 내게도 카드청구서가 오지만 나는 다른 사람의 눈에 띄지 않도록 혼자 본다. 카드청구서처럼 은밀한 것이 또 있을까. 매월 그걸 보았으면서도 그날 따라 그가 일부러 청구서를 보란 듯 펼쳐놓았을 거란 의심을 해보았다. 맞벌이인 우리는 되도록 반반씩 부담하려 노력해왔다. 그런데 내 속에는 데이트 비용의 많은 부분을 남자가 냈듯 생활에 들어가는 비용도 남편이 더 부담해야 한다는 편견이 있었던 것 같다. 어쩌다 목돈을 내놓을 때면 남편 앞에서 생색이란 생색은 다 냈다. 그의 청구서는 이렇게 말하고 있었다. 힘들게 일하고 있지만 저축액이 모이지 못하는 것은 보다시피 이렇듯 큰 살림규모 때문이라고. 그렇다면 그린필드의 글에서처럼 자본주의는 별다른 동기를 부여할 수 없기 때문에 사랑이라는 동기를 부여하여 핵가족을 이루도록 한 것일까. 재생산과 상품의 분배, 소비를 위해? 책상도 식탁도 아닌 곳에서 좀 혼란스러워졌다.

사랑을 잃고 나는 쓰네 그동안 남자들은 남자라는 이유만으로 데이트 비용에 대해 허심탄회하게 말하지 못해왔다. 사무실의 후배만 해도 그렇다. 얼마 전 그는 여자친구의 생일 이벤트를 준비하면서 좀 고민하는 눈치였다. 여자친구가 생일선물로 콕 찍어준 스포츠 회사의 점퍼는 준비해두었는데 문제는 저녁식사였다. 생일이니만큼 좀 특별한 곳으로 예약하고 싶었지만 비용이 부담되어 어느 곳이 좋을까 저울질하는 중이었다. 갓 서른이 된 그의 연봉이라야 빤했다. 선물에 저녁식사까지? 아무래도 세대 차이이지 싶었다. 생일을 맞은 사람이 축하해주러 모인 친구들에게 밥 한 번 내는 것이 우리들의 상식이었다. 한 신문에서 연애 칼럼니스트가 쓴 글을 읽었다. 데이트 비용을 대느라 힘이 든다는 남자들의 하소연이었다. 문제는 연애가 끝난 뒤다. 사랑을 잃고 긴 상심의 시간이 지나간 뒤에 밀려오는 원가 생각이다. 남자들에게 남은 것은 텅 빈 지갑뿐이다. 그에 비해 남자들에게 많은 것을 의지했던 여자들의 경우 경제적인 면에서는 별 손해가 없다는 것이다. 한 여자가 발끈했다. "데이트하는 동안 난 오빠에게 예쁘게 보이려고 옷들을 사느라 돈을 마구 써댔다구." 칼럼니스트는 충고했다. 헤어진 뒤에 무일푼이 되는 남자들에 비해 **여자들의 옷들은 고스란히 옷장에 남을 테니 이제부터 데이트 비용은 좀 같이 부담합시다!**

역설적으로 한여름 대낮, 그늘 한점 없는 광화문 사거리를 지났다. 땡볕 아래 머리는 달아오르고 뜨거운 지열은 구렁이처럼 맨발목을 휘감았다. 지하도로 내려서자 날아갈 것 같았다. 돌바닥은 서늘해서 딱 맨발로 걷고 싶었다. 기둥과 기둥 사이 돌바닥을 제 안방처럼 누워 있던 한 사내가 사람들을 향해 두 팔을 내밀며 중얼거렸다. 술 취해 꼬부라진 혀 때문에 발음이 샜다. 그를 지나친 뒤에야 그가 한 말을 주워들을 수 있었다. "안아주세요"였다. 마침 읽고 있던 『아담, 이브, 뱀』의 한 부분이 떠올랐다. 최고의 자유란 최고의 절제, 특히 금욕적인 삶이라고 믿었던 기독교인들에 대한 이야기이다. 자유와 금욕을 동일시한 것이 매우 역설적이다. 웅변가로 성공을 한 아우구스티누스는 다음날 있을 연설 걱정을 하며 거리를 걷고 있었다. 그러다 술 취한 거지를 발견했다. 곤혹스러운 처지에 빠져 괴로운 자신과는 달리 그 거지는 한없이 행복해보였다. 아무것도 가진 것 없고 오갈 데 없는데도 저 거지는 어찌 저리도 행복해 보이는 걸까. 결국 그는 명성과 야망, 아이들을 낳아준 아내와 유산마저도 포기했다. 그 해방감을 그는 기록으로 남겼다. 아우구스티누스의 깨달음과는 반대로 나는 지하도의 찬 돌바닥에서 술이 깰 그에 대해 생각했다. 차가운 등과 뺨만큼이나 그에게 다가올 차갑고 요지부동인 현실에 대해.

독자분으로부터   잘못된 정보를 바로 잡아달라는 독자분의 편지를 전달받았다. 지하도에서 마주친 술 취한 사내를 보고 언뜻 생각났던 아우구스티누스에 관한 이야기였다. 그분은 "아이들을 낳아준 아내와 유산마저도 포기했다"라고 한 부분을 지적했다. 부랴부랴 일레인 페이걸스의 『아담, 이브, 뱀』을 뒤적여 그 부분을 확인했다. 아우구스티누스는 "자신과 결혼해 자식까지 낳으며 함께 살아온 여인도, 많은 유산을 상속한 여인과 결혼하는 것도 포기했다"라고 되어 있었다. 결혼했다는 한 단어 때문에 아내라고, 여러 명의 아이들을 낳았을 거라고 독단적으로 오해했던 듯하다. 유산을 상속한 여인과의 결혼도 결국 결혼하면 그에게 남겨질 유산이라고 착각했을 것이다. 그렇다면 저자 또한 아들이 있으니 당연히 결혼했다고 생각했던 것일까. 원서에도 그 부분이 '결혼'이라고 표기되어 있는지 모르겠다.* 독자분의 지적에 허를 찔린 듯 당황한 것은 단지 이 글뿐 아니라 일상 곳곳에서 그런 실수를 하고 있을지도 모른다는 생각 때문이었다. 중세철학을 전공하고 아우구스티누스에 관한 책을 쓴 적도 있는 독자는 정정했다. "아내가 없었고 이름이 알려지지 않은 창녀 사이에 아들 하나를 두었지만 그도 곧 죽고 말았다. 유산으로 시골에 조그만 땅이 있었고 수도 공동체를 지을 생각이 있었지만 이런저런 이유도 실행하지 못했다."

---

* 편집자 주: 원문엔 "live with"(함께 살다, 동거하다)로 되어 있음.

삼풍백화점 1995년 6월 29일, 삼풍백화점이 붕괴되었다. 수많은 사람들이 죽고 다쳤다. 구사일생으로 살아남은 이들은 두고두고 화제에 오르기도 했다. 그곳에서 내가 아는 두 사람의 운명이 교차했다. 한 사람은 같은 동네에 살던 두 학년 위의 언니였다. 또 한 사람은 백화점 안에서 수입 신발 가게를 하던 지인이었다. 한 사람은 용케 죽음을 비켜갔지만 한 사람은 피하지 못했다. 지인은 마침 퇴근을 일찍 했고 가게의 종업원이던 C씨는 매몰 11일 만에 극적으로 구출되었다. 뒷집에 살던 그 언니는 멋쟁이였다. 하복을 입을 때 학생이 준수해야 할 사항이 몇 있었다. 양말은 흰색을 신되 복사뼈 위로 접어 신을 것. 언니는 양말을 돌돌 말아내려 복사뼈가 살짝 드러나도록 했다. 물론 눈치껏 학교 밖에서만 그랬을 것이다. 하얀 양말 위로 드러난 복사뼈와 가느다란 발목이 어린 눈에도 조금은 선정적으로 보였다. 건너건너 언니의 사고 소식을 들었을 때 다른 건 다 잊었는데 하얀 양말과 살짝 도드라진 그 복사뼈만이 반짝 떠올랐다. 사고가 난 몇년 뒤 다시 그곳을 찾았다. 옆의 고층건물의 옥상으로 올라가 백화점 터를 내려다보았다. 그렇게 엄청난 희생자를 낸 장소치고는 너무도 아무렇지 않게 포클레인 몇대가 서 있을 뿐이었다. 벌써 14년 전이다. 그때 엄마를 여읜 언니의 어린 딸도 이제 처녀가 다 되었겠다.

서랍 속의 부끄러움

책상 서랍의 동전 칸에 작년 가을부터 긴 머리카락 십수 올이 돌돌 말린 채 들어 있다. 큰애에게 느닷없는 전화가 걸려왔을 때만 해도 학교폭력이란 남의 일인 줄 알고 있었다. 잔뜩 흥분한 아이는 빨리 지도부로 와달라고 외쳤다. "엄마, 나 밟혔어." 아이들 사이에 사용되는 그 용어를 한번에 알아들을 수 있었다. 부랴부랴 학교로 달려갔다. 지도부의 이쪽과 저쪽 끝에 두 아이가 대치하듯 앉아 있었다. 두 아이의 머리카락은 엉클어졌고 아이들은 무슨 전리품이라도 되는 양 뽑힌 머리카락을 책상 위에 올려놓고 있었다. 뽑힌 머리카락 올수로 자신의 결백을 증명이라도 하는 듯했다. 큰애의 교복에는 상대편 아이의 운동화 발자국이 나 있었다. 상대편 아이는 또래에 비해 비교적 작은 우리 아이보다도 몸집이 작았다. 선생님은 학생 수가 너무 많고 아이들도 예전과 같지 않아 힘이 든다며 처벌을 원하느냐고 물었다. 우리가 원한 건 그 아이의 진심어린 사과 한마디였다. 아이들은 지도부 밖에서도 서로를 노려보았다. 그날 밤 아이는 잠이 들었지만 나는 오랫동안 깨어 있었다. 나는 우리 아이에게 더이상 네 일이 아닌 일에는 끼어들지 말라고 말했다. 왜 폭력을 썼느냐고 상대편 그 아이를 혼내지도 못했다. 나는 무엇이 두려웠을까. 서랍 속의 돌돌 말린 아이의 머리카락을 볼 때마다 한없이 부끄러워진다.

동안 열풍

십대 후반에도 나는 곧잘 "아가씨"로 불렸다. 나이가 좀 들어 보이는 타입이었던 것이다. 왜 그 나이에 세상의 고민이란 고민은 다 짊어진 사람처럼 갖은 폼을 다 잡았는지 모르겠다. 생각해보니 지금까지 단 한번도 '귀엽다'라는 찬사를 듣지 못했다. 정작 귀여울 나이에도 듣지 못했으니 앞으로는 더더욱 가망 없을 것이다. 그래도 그땐 어른스러워 보인다라는 말이 싫지는 않았다. 실제 나이에 대한 자신감에 차서 고민하지 않는 청춘이란 청춘이 아니라는 생각이 지배적이었다. 얼마 전 만난 한 후배는 조금 늦게 공부를 시작했다. 그 학교의 선생인, 우리가 다 아는 시인 H씨가 또래들 가운데 끼여 있는 그녀를 콕 집어 한마디 했다고 한다. "액면가가 좀 되시는 듯한데……" 그 말을 전해들은 여자들 모두 동시에 풍선의 바람 빠지는 소리를 냈다. 여느 남자들과 다를 바 없는 시인의 그 표현에 한번, 그 역시 보통 남자들처럼 젊음에 관심이 있다는 것에 또 한번. 실은 나조차도 언제부턴가 어려 보인다는 인사성 멘트가 싫지 않았다. 어두운 강남의 밤거리, 청년이 정신없이 건네준 전단지를 받고 뛸 듯이 기뻐하기도 했다. 100% 부킹이 자랑인 젊은이들 전용 클럽이었던 것이다. 한편으로 주름 하나 없는 동안(童顔)으로 늙는 것도 난처할 것 같다. 아무 생각도 고민도 없는 사람처럼 보일 테니 말이다.

남자와 여자　아버지는 오랫동안 지방을 떠돌았다. 우리 집은 늘 여자만 넷 있는 집이었다. 기르던 강아지도 하필 암컷이었다. 처녀시절 호리호리하던 어머니의 몸집이 별안간 커진 것도 바로 그 때문이 아닌가 싶다. 큰 덩치의 어머니 앞에서 웬만한 남자들도 절절맸다. 어머니는 목소리도 컸다. 덩치나 목소리가 크진 않았지만 나도 어머니 덕분에 수도꼭지의 고무 패킹이나 전기 퓨즈를 갈아 끼우고 웬만한 못질은 하는 여자애였다. 결혼해서 딸을 낳자 어머니는 한숨을 쉬었다. "어이구, 여자가 하나 더 늘었네." 요새 뒤늦게 생긴 손자를 돌보느라 몸은 고달프지만 어머니는 신기한 일의 연속이라며 즐거워한다. "할머니 베개 좀 갖다줘"라는 말에 작은방에서 큰방까지 베개를 가지고 오는 손자를 그대로 흉내낸다. 베개를 품속에 품고 걸어오던 나나 손녀와는 달리 손자는 그 말이 떨어지기가 무섭게 베개를 번쩍 들어 어깨에 짊어졌다고 한다. 며칠 전이었다. 무심코 한 둘째의 말을 듣고는 깜짝 놀랐다. 이제 말을 하나 둘 배워가는 아이가 불분명한 발음으로 나를 안으며 말했다. "엄마, 걱정 마. 내가 도와줄게." 한번도 네가 남자고 남자라면 이렇게 해야 한다라고 가르친 적이 없는데 누구에게 그런 말을 들었을까. 이제 29개월. 벌써부터 누군가 그 작은 어깨에 '남자다움'이라는 짐을 얹어놓은 듯하다.

특수 주름

만리동 고개를 다 넘어갈 무렵 낡은 간판 하나가 눈에 들어왔다. 그 동네의 터줏대감인지 하얀 간판 곳곳이 매연과 먼지로 얼룩덜룩했다. 스타주름이라는 상호 옆으로 기계, 특수, 손, 부채 주름 전문이라고 씌어 있었다. 치마나 옷감에 주름을 넣는 가공집인 듯했다. 만리동 고개가 익숙해진 지 이제 3년밖에 되지 않았다. 예전에는 이 가게를 중심으로 크고작은 봉제 공장들이 있었는지도 모르겠다. 둘러보았지만 큰길가에는 하나도 없었다. 기계나 손 주름까지는 이해가 가는데 특수 주름은 뭐고 부채 주름은 또 뭘까. 혹시 그 옷이 바로 특수 주름 아니었을까. 십수년 전 멋쟁이인 동생에게 주름투성이인 투피스가 한 벌 있었다. 세로나 가로 주름이 아니라 무규칙적인 주름이 자글자글 잡힌 멋스러운 옷이었다. 동생은 그 옷을 딱 한번밖에 입지 못했다. 세탁소에 세탁을 맡기면서 아무런 언질을 하지 않은 것이 문제였다. 단골 세탁소 사장님은 동생이 세탁소에 들어서자 한껏 생색을 냈다고 한다. "아, 이 주름 다 없애느라 팔 떨어지는 줄 알았어요." 원래 주름진 옷이라는 걸 모르고 사장님은 몇 시간이나 다림질을 했던 것이다. 주름은 또 얼마나 강했던지 그 다림질에도 불구하고 완전히 펴지지도 않았다. 주름이 풀려 여기저기 늘어진 옷을 입고 거울 앞에 서서 울던 동생 얼굴이 선연하다.

물과 말 신인일 땐 어딘가 모르게 촌스럽던 연예인들도 몇 년 지나면 세련된 모습이 된다. 그런 걸 '방송국 물 좀 먹었다'라고 사람들은 말하곤 한다. 시골 사는 친척들도 내가 놀러 갈 때마다 서울 물은 다르네, 라며 웃곤 했다. 물도 물이려니와 먹는 음식에 따라 쌍둥이의 얼굴도 다르게 바뀌는 듯하다. 어쩌다 헤어져 서울과 유럽에서 따로 자란 쌍둥이는 어딘가 모르게 모습이 많이 달랐다. 작년 여름 아빠와 떨어져 시카고에 살고 있는 시조카가 서울에 왔다. 그곳엔 한국인이 많지 않다고 했다. 그애는 어릴 적 배웠던 우리말을 떠듬떠듬 섞어가며 이야기했다. 못 알아듣는 우리말은 영어 사전을 뒤적여 알려주었다. 그애의 아버지는 7년 동안이나 미국에 가 있으면서도 고향 사람들보다 더 사투리를 진하게 하는 이였다. 방송국 물이나 서울 물처럼 시카고 물이라는 것도 있다. 제 아빠를 닮은 그애는 뭐랄까 어딘가 모르게 버터를 좀 바른 듯한 '미국에 사는 한국인' 표시가 팍 났다. 제 아빠가 엉뚱한 말을 하자 그애가 곧바로 되받았다. "아빠, 약 했어?" 미국 친구들과 하던 우스갯소리를 우리말로 그대로 옮기니 좀 이상하긴 했다. 그애 아빠는 아이도 못 알아들을 진한 사투리로 버럭 화를 냈다. 음식과 마찬가지로 언어도 사람의 얼굴을 변화시킨다. 두 사람의 얼굴은 점점 더 달라질 것이다.

동시에　　인간은 동시에 몇가지 일이나 할 수 있을까. 한창 기말고사 공부로 정신없는 큰애가 밥을 책상에서 먹겠다고 했다. 군말 없이 밥 위에 김치와 밑반찬 몇개 얹어 가져다준 건 나도 그맘 때 그애와 똑같은 생각을 했기 때문이었다. 그애도 나처럼 밥을 먹으면서 시험문제를 동시에 풀 수 없다는 현실을 곧 깨닫게 되겠지. 시간을 절약하는 듯 보이지만 따져보면 둘 다 집중할 수 없으니 더 손해였다. 다 같은 생각이었는지 그때 몇몇 아이들은 쉬는 시간에 모여 그런 실험을 했다. 한 손으로는 밥 먹는 시늉을, 다른 한 손으로는 글 쓰는 시늉을 하는 것이다. 얼마 지나지 않아 두 손은 뭘하고 있는지조차 잊어버린 듯 뒤엉켜버렸다. 지금은 폐지된 한 방송사의 오락 프로그램에서도 그런 게임을 하곤 했다. 두 사람이 한 팀이 되어 스피드 문제를 푼다. 그걸로는 별반 특이하달 게 없다. 한 사람이 정답을 맞히면서 손으로 지폐 다발을 쥐고 돈을 센다. 대부분의 출연자들은 갈팡질팡했다. 돈을 세는 일에 정신을 쏟으면 엉뚱한 대답을 하기 일쑤였고 퀴즈에 집중하면 돈을 세던 숫자를 잊고 다시 세고 또 세곤 했는데 바로 그 우스꽝스러운 모습에 시청자들은 박장대소했다. 그런데 웬걸 큰애는 밥을 먹으면서 문제를 잘만 풀고 있었다. 게다가 이어폰으로 음악을 들으며 두 발로는 박자까지 맞추고 있었다.

온 난화대응연구센터

1975년의 일이다. 입원한 어머니를 문병하고 신촌의 긴 골목을 내려오고 있었다. 겨우 서너 살이던 막내동생을 안고 앞서가던 아버지가 별안간 과일가게로 들어가더니 바나나를 샀다. 딱 하나였다. 버스 안에서 나와 둘째는 막내가 꼭 쥐고 있는 샛노란 바나나를 훔쳐보았다. 바나나는 금값이어서 아이 머릿수대로 살 수 없었다. 망설이던 아버지는 엄마 품에서 일찍 떨어진 막내가 가여워 하나만 샀을 것이다. 왜 우리나라에서는 바나나도 하나 안 열리냐고 둘째가 투덜댔다. 겨우 한 살 위였지만 언니는 언니였다. 나는 바보 그것도 모르냐고, 원숭이가 없으니 바나나도 없는 게 아니겠냐고 알은체를 했던 것 같다. 우리는 동네 골목에 노란 바나나가 주렁주렁 열리는 공상을 하기 시작했다. 그런데 그때 우리의 바람이 곧 이루어질지도 모르겠다. 우리나라의 온난화는 세계 평균보다 두 배나 빠르게 진행되고 있다고 한다. 온난화대응연구센터라는 곳도 있다. 열대작물들을 시범 재배하고 있다. 지중해나 아프리카가 원산지인 아티초크나 오크라 같은 입에 선 식물들의 이름도 이제 곧 시금치나 콩나물처럼 입에 올리게 될 것이라고 한다. 이렇듯 위기를 기회로 삼는 이들이 있다는 것도 모르고 나는 차를 버리고 자전거를 타야 한다고, 소의 트림이 온난화에 영향을 주니 쇠고기도 덜 먹어야겠다고만 생각했다.

쓸쓸한 말년 길에 서서 돈거래 하는 사람들을 정말 오랜만에 보았다. 어릴 적에 걸핏하면 보던 모습이었다. 신용카드나 온라인 송금도 없었고 폰뱅킹, 인터넷뱅킹은 꿈도 못 꿀 때였다. 대개 셈을 덜 치른 잔금이나 이자 같은 푼돈으로 얼굴 본 김에 갚는다는 식이었다. 세브란스 병원 앞 횡단보도, 반은 환자고 반은 보호자였다. 부녀뻘로 보이는 두 사람은 받네 안 받네 좀 투닥거리더니 어쩔 수 없다는 듯 할아버지가 호주머니에 지폐를 도로 찔러넣었다. 딸은 아니고 조카딸일까. 오랜만에 만난 조카에게 차비를 주려 했던 건지, 오랜만에 본 아저씨에게 조카가 약값을 보태준 건지, 단지 꾼 돈을 갚는 것인지 잘 모르겠지만 할아버지가 한마디 했다. "돈 걱정은 않고 살아, 걱정 말어." 젊은 여자는 오금을 박듯 말했다. "죽을 때까지 꼭 쥐고 있어요. 덥석덥석 퍼주지 말고." 그래야 괄시를 받지 않는다면서 마치 노인이 되어 그 괄시를 당해본 사람처럼 야무지게도 말했다. 할아버지의 대답은 건성이었다. 시골 전답 다 팔아 아들에게 주고 서울에 올라와 뒷방 노인네가 되었던 외할아버지의 말년이 떠올랐다. 언젠가 병문안을 갔는데 깔고 누운 요 밑에서 반듯하게 사등분으로 접은 만원짜리 석 장을 꺼내 엄마에게 주었다. 엄마는 모서리가 딱 맞는 그 3만원을 할아버지가 돌아가신 뒤에도 계속 간직해오고 있다.

舊 신촌역사 그 시절 우리는 툭하면 이렇게 말했다. "신촌역에서 만나." 만날 사람에 따라 두 개의 신촌역으로 갈렸다. 그렇다. 신촌역은 두 개다. 지하철 신촌역이 있고 경의선 신촌역이 있다. 두 개의 역은 꽤 떨어져 있다. 지금처럼 휴대폰이 있다면 행여 텔레파시가 통하지 않아 다른 신촌역에서 기다리더라도 문제가 될 건 없었다. 그 시절은 달랐다. 이쪽 신촌역에 서 있다가 만날 이가 오지 않으면 헐레벌떡 다른 신촌역으로 뛰었다. 지하철 신촌역 주변이 늘 젊은이들로 북적거리던 데 반해 경의선 신촌역은 조금은 한산해서 쓸쓸해 보이던 곳이었다. 몇몇 친구들과 마음이 맞아 교외로 놀러 갈 때면 그곳에 모였다. 그날 돌아올 여행인데도 전철을 타는 것과는 마음가짐부터가 달라졌다. 그곳에서 경의선을 타고 우리가 자주 가던 백마역은 비만 오면 진흙밭이 되었다. 진흙이 더께로 붙은 신발로 역에 내려 역사 바닥에 붉은 발자국을 찍던 일이 선연한데 이제 그 신촌역은 없어졌다. 마지막으로 신촌역을 이용했던 땐 큰애가 한살 무렵이었다. 그때 이미 백마는 재개발이 되어 아파트가 들어서 있었다. 백마가 변할 때까지도 가장 늦게까지 버티고 있던 신촌 역사. 간이역 같던 역사 뒤로 대형 쇼핑몰과 화려한 민자역사가 들어섰다. 거대한 자본주의 사이에 시공간을 초월해 날아온 타임머신처럼 구 신촌 역사가 서 있다.

소설가라니…… 단편영화를 준비하는 세 명의 젊은 이들을 만났다. 영화의 가제는 '사랑해'. 주인공 직업은 소설가였다. 연출과 조연출, 주인공을 맡은 배우가 무더운 여름에 날 찾아온 건 다름아닌 소설가가 어떤 사람인지 관찰하러 온 거였다. 그렇다면 소설가라는 직업 때문에 실연당하는 이야기인가. 누가 배우자나 연인으로 소설가를 좋아하겠는가. 배우의 나이는 내가 데뷔를 하던 꼭 그 나이였다. 그 겨울, 젖먹이 아기와 잠깐 졸다가 당선 통보를 받았다. 졸음이 번쩍 달아날 크리스마스 선물이었는데도 전화를 끊고 나자 너무도 큰 열망이 지어낸 낮꿈 아닐까 의심하느라 마음껏 기뻐하지도 못했다. 그날로부터 13년이 흘렀다. 맹목적이던 열망으로부터 숱한 날들이 지나갔다. 그 나이 또래의 소설가라면 연수입은 얼마나 되는지 책은 몇권이나 출간하게 되는지 질문이 이어졌다. 솔직하게 말해주었다. 사소한 것에서 시작된 이야기는 세 사람에게는 불안을, 한 사람에게는 현실 확인을 시켜주는 자리로 끝나고 말았다. 소설가나 연출자나 배우나 고민은 다 비슷했다. 자리를 털고 일어설 무렵 연출자는 영화의 제목이나 주인공의 직업 중 하나를 바꿔야 할지도 모른다며 난처해했다. 영화의 내용은 스물아홉 갓 데뷔한 소설가가 찾는 순수한 사랑 이야기였다. 현실감이 떨어진다고 따끔하게 꼬집은 건 바로 나였다.

그녀들의 힘

길을 잃었다. 운 좋게도 야쿠르트 아주머니를 만났다. 그 동네 지리를 그녀들만큼 꿰고 있는 이도 없을 것이다. 아! 언제부터 야쿠르트를 먹었던 걸까. 그 시절 그걸 먹느냐 아니냐로 생활수준을 알 수 있었다. 6학년 내 짝꿍의 엄마도 '야쿠르트 아줌마'였다. 그 일로 아이들 셋을 키웠다. 지금의 아이들을 키운 1할이 그녀들이라고 해도 과언은 아닐 것이다. 내가 이정표로 삼은 건 월드로 시작되는 아파트였다. 반대 방향으로 한참을 내려왔다며 그녀는 자기 일처럼 안타까워했다. 짐작은 했지만 활동 범위가 그렇게 넓을 줄은 몰랐다. 약속 장소인 카페 이름을 되뇌었다. 그녀가 반색했다. "거긴 바로 조긴데?" 월드로 시작되는 곳은 아파트가 아니라 오피스텔이었고 바로 몇 미터 앞에 있었다. 가야 할 카페 간판을 기웃댈 필요도 없었다. 바로 그 앞에 우리에게 너무도 친숙한 야쿠르트 통이 있었으니까. 전국에 그녀들이 몇명이나 있는지 알 수 없다. 그녀들은 웬만해선 담당 구역을 바꾸지 않고 갓난아기가 대학생이 되는 것을 부모와 같이 지켜본다. 웬만한 아이들 이름은 다 알고, 야쿠르트를 넣는 개수로 대략적인 호구도 파악하고 있다. 누구든 그녀들을 화나게 하지 않는 게 좋을 것이다. 야쿠르트 아줌마들의 폭 넓은 연계망과 정보력을 소재로 한 소설을 상상하면서 집으로 돌아왔다.

바리캉의 역사

광화문에 나갔다가 집회 현장을 지나쳤
다. 무슨 집회일까, 둘러보았지만 웅성대는 사람들에 가려 현수막
도 잘 보이지 않았다. 간신히 전자카드라는 단어만 알아보았는데
어떤 집회인지 감이 잘 잡히지 않았다. 잠시 구호가 멈춘 시간, 붉
은 조끼 차림의 남자들은 이탈해서 약국에도 들리고 길가에 서서
담배도 피웠다. 강단 위에 선 남자는 준비해온 떡으로 잠깐 요기라
도 하며 쉬시라고 모인 사람들을 다독였다. 발목이 덮일 만큼 수북
이 쌓인 머리카락은 나중에야 눈에 들어왔다. 여러 명의 삭발식이
있었던 모양이었다. 머리카락을 밀면서 최고조로 격앙되었던 만큼
탈진한 사람들이 멍하니 앉아 있었다. 내 것이었다가 아닌 게 되는
순간, 머리카락처럼 이물스러운 것이 또 있을까. 짧고 색이 바랜,
곳곳에 흰 머리카락도 섞인, 부석부석 영양 상태가 좋지 않아 풀풀
날릴 것 같은 머리카락을 보는 순간 나도 모르게 울컥했다. 머리카
락을 자르는 일에 언제부터 사람들이 의미심장함을 담게 되었는지
모르겠다. 두발 검사에 걸려 바리캉으로 목덜미 부근의 머리카락을
밀리던 일에서부터 공부에 매진하겠다며 눈썹까지 다 밀었던 맨송
맨송하던 사촌 얼굴도 떠오르고 얼마 전 등록금 인상을 반대하던
총학생회장도 생각났다. 긴 머리카락이 밀리는 동안 그 여학생은
울었다. 눈화장이 지워져 검은 눈물이 흘렀다.

얼키설키　돈은 땀 흘려 벌어야 한다고 가르친 건 어머니였고 지금까지도 일한 만큼 댓가가 돌아온다는 믿음에는 변함이 없다. 로또도 한번 사본 적 없었다. 요행이나 한번에 큰돈을 쥐어보려는 헛된 꿈이 싫었다. 집회 현장을 지나다가 현수막에서 읽은 '전자카드'라는 단어만으로는 무슨 시위인지 알 도리가 없었다. 궁리 끝에 내린 결론은 한국경비협회였다. 전자카드의 도입으로 설 자리를 잃게 된 경비원들의 항의집회라, 그럴 듯했다. 로또를 사거나 경마장, 경륜장 등에 한번만 가보았더라면 전자카드라는 말에서 금방 '사감위'(사행산업통합감독위원회)를 떠올렸을 것이다. 집회 다음날에야 기사를 보고 전자카드의 비밀을 알게 되었다. 그날 광화문에 모인 이들은 강원랜드 노동조합, 신동읍살리기비상대책위원회, 전국농민단체협의회, 축산관련단체협의회 등의 회원들이었다. 사감위에서 로또를 제외한 전 사행산업에 전자카드를 도입할 거라는 계획을 세우면서 문제가 불거졌다. 전자카드를 이용하려면 실명정보등록이 불가피하게 된다. 이용 고객들이 떨어질 것은 불 보듯 뻔한 일이다. 강원랜드가 있는 신동읍 주민이 나선 것은 이해가 가는데 축산관련단체협의회는 무슨 상관이 있는 걸까. 한국마사회의 수익이 감소하게 되면 축산발전기금 또한 바로 줄어들게 된다는 것이다. 이렇게 우리는 얼키설키 살아간다.

루왁 죽기 전에 꼭 하고 싶은 것들을 적어보는 버킷 리스트 (bucket list). 동명의 영화에서 사업가인 에드워드는 막상 이 리스트를 작성하려 하지만 아무것도 떠오르지 않는다. 평생 돈벌이가 되는 일만 생각해왔기 때문이다. 기껏 떠오른 것이 최고급 커피인 '루왁'을 마시는 일. 이 루왁 커피는 영화 〈카모메 식당〉에서도 언급된다. 너무도 귀해 매번 마시지는 못하고 대신 평범한 커피에 주문을 건다. 커피 가루 속에 검지손가락을 살짝 찔러넣고 "루왁!"이라고 소곤거리는데 신기하게도 커피를 마시던 사람들이 원두를 바꿨냐고 물어온다. 양동이로 들이붓듯 비가 쏟아지던 날, 루왁 커피를 판다는 작은 카페에서 비가 그치기를 기다렸다. 차마 루왁 커피 맛은 못 보고 대신 루왁 커피의 재료라는 사향고양이의 배설물만 구경했다. 긴꼬리사향고양이는 붉게 열린 커피 열매만 따먹으며 한 철을 난다. 겉껍질과 과육은 전부 소화되고 커피 알갱이들만 배설물로 나온다. 바로 그 커피의 속껍질을 벗기고 씻어 만드는 것이 루왁 커피다. 서울의 한 호텔에서는 수만원을 호가한다는 루왁 커피. 알갱이, 알갱이로만 된 사향고양이의 배설물을 가만 들여다보고 있자니 사향고양이의 너무도 힘들었을 배변 시간이 떠오른다. 루왁은 그 고통의 맛인지도. 요즘 배변 훈련을 하며 아기 변기에 올라앉아 묘한 표정을 짓는 둘째도 떠오른다.

기술가정

'기가' 시험을 앞둔 큰애가 공부한 티를 낸다. 우리 때와는 달리 요즘은 기술과 가정이 한 과목으로 둘 다 배운다. 갑자기 멈춘 자동차 앞에서 어찌할 바를 몰라 허둥대는 여자도 줄고 생선 요리를 먹다가 뒤집는 바람에 애인에게서 한 소리 듣는 남자도 줄어들 것이다. "앙트레는 뭘까요?" "포크와 나이프를 쓰는 방향은?" 문득 김수현 작가의 드라마 〈사랑과 진실〉의 한 장면이 떠올랐다. 완벽한 조건을 갖춘 남자의 사랑을 한몸에 받는 여자 주인공. 대리 만족을 느끼듯 매주 빼놓지 않고 시청했다. 주인공인 남자가 애인의 행방을 알기 위해 애인의 고향 친구를 불러낸다. 고급스러운 양식당이다. 여자는 시골 출신에 형편도 여유롭지 못하다. 복잡하고 낯선 차림표에 여자가 난감해할 거라는 남자의 짐작과는 달리 여자는 술술 막힘없이 요리를 주문해서 남자를 놀래킨다. 여자는 무심한 어조로 툭 한마디 던진다. "가정관리학과 출신이에요." 수십 년이나 지난 그 장면이 대사까지 선명하게 떠오르다니 나도 놀랍다. 예상이 빗나가 당황하는 부잣집 남자의 모습에서 쾌감을 느꼈을는지도 모른다. 밤 깊도록 큰애가 '기가' 책을 달달 왼다. 그애가 어렸을 때 회원제 할인마트에서였다. 호주산 스테이크 시식코너 앞에서 고기 굽는 아주머니에게 그애가 주문했다. "레어로 주세요." 대체 이 꼬마 엄마는 누구냐고 기가 막히다는 듯 아주머니가 사방을 둘러보았다.

물의 나라 검은 구름이 낮게 깔리더니 순식간에 거센 빗줄기가 쏟아졌다. 늘 다니던 고가도로 위로 올라섰는데 그곳은 벌써 물바다이다. 경사가 진 곳마다 물웅덩이가 생겼다. 물의 위력을 새삼 알겠다. 1993년 여름, 운전면허를 따고 처음으로 자동차를 몰고 나와 이 고가도로를 탔다. 택시로 한번 가본 길이었는데 그때 기사님이 말했다. "개통된 지 얼마 되지 않아 이 길을 아는 사람들이 적습니다." 목동으로 연결되는 신정교 쪽만 출퇴근 시간에 좀 밀릴 뿐 다른 곳은 한적했다. 그런데도 손에 땀이 날 만큼 핸들을 꼭 쥐고 제 속도를 내지 못했다. 그때는 이곳이 상습 정체로 몸살을 앓게 되리란 것도 게릴라성 호우가 잦아질 거라는 것도 예측하지 못했을 것이다. 도로 어디에 배수구가 있는지 모르겠다. 아주 작은 구멍 몇 개뿐일 듯하다. 문득 요르단의 페트라를 찾아가던 일이 떠올랐다. 바닥에 깔려 있는 정방형 돌 때문에 발바닥이 불편했다. 고대 로마의 흔적이었다. 마차들이 잘 들어오도록 돌을 깔아 길을 닦았다. 침략을 일삼던 제국주의를 두둔하려는 것이 결코 아니다. 불과 16년 뒤의 급변할 기후나 차량의 통행수도 짐작하지 못하고 놓인 고가도로가 답답할 뿐이었다. 그사이 차는 다시 한번 물웅덩이를 지나갔다. 물벼락이 요란하게 차체를 치고 물속에서 바퀴 한쪽이 위태롭게 들렸다.

셀카하다 택시문을 열고 내리던 한 아가씨가 거스름돈을 돌려받는 그사이에 셀카를 했다. 발 한쪽을 차 밖으로 막 내딛는 그 포즈를 카메라에 담느라 시간을 좀 지체했는데 그새를 못 참고 뒷 차들이 경적을 울려댔다. 사람들의 눈총 따위는 개의치 않는다는 듯 아가씨는 사진을 다 찍고 유유히 그 자리를 떠났다. '셀카'란 다 알고 있듯이 '셀프카메라'를 뜻하는 신어(新語)이고 그것의 동사형 은 '셀카하다'이다. 아무래도 셀카 열풍이 분 것은 셀카 기능이 추 가된 핸드폰의 영향인 듯하다. 재작년 겨울 갓난아기와 단둘이 앉 아 있다가 하도 심심해서 셀카를 한번 해보았다. 손이 조금 흔들렸 고 핸드폰의 카메라는 미세한 흔들림까지도 포착해냈다. 무수한 사 선으로 나타난 손떨림의 흔적 뒤로 거무스레한 형체가 떴는데 도저 히 내 얼굴이라고는 믿어지지 않았다. 그 뒤로는 아예 카메라 기능 은 무시한 채 핸드폰을 사용해왔다. 이젠 유원지에서도 사진 좀 찍 어주겠느냐고 부탁해오는 이들이 없다. 대신 풍광이 좋다는 곳 앞 에서 사람들이 삼삼오오 모여 독특한 셀카 포즈를 취한다. 올 봄 마 을버스에서의 일이다. 앞에 중국교포로 보이는 내 또래의 여성이 곱게 화장을 하고 앉아 있었다. 부시럭부시럭 핸드폰을 꺼내든 그 녀는 어디에 전화를 하려나보다는 내 예상을 깨고 셀카를 찍었다. 그녀도 알고 있었다. 셀카 찍는 요령을.

지퍼의 활용

러시아어 동시통역사이자 작가였던 요네하라 마리의 음식 기행을 읽다가 YKK 지퍼의 품질과 **활용도**를 자랑하는 이야기에서 웃음이 터졌다. 청바지나 가방에 달려 있어 우리에게도 꽤 친숙한 지퍼인데 1969년 달나라 우주비행사의 우주복에도 이 지퍼를 달았다. 그렇다면 대체 이 지퍼는 어디에까지 달 수 있는 걸까. 일본인들은 우주복도 성이 차지 않아 이 YKK 지퍼를 철갑상어의 배에 달 생각을 했다. 세계에서 캐비어 소비 1, 2위를 다투는 일본인지라 아마도 그런 생각을 했던 것 같다. 철갑상어의 알은 세계 3대 진미인 캐비어이다. 철갑상어는 연어나 청어처럼 강을 거슬러 올라가 산란하지만 산란 뒤에도 죽지 않는다. 몇번이나 산란을 할 수 있다. 단 한번 알을 채취하기 위해 철갑상어를 죽이는 일이 안타까웠던 이들은 궁리한다. 철갑상어를 잠깐 기절시킨 뒤에 캐비어만 꺼내고 그 개복부에 바로 성능 좋은 일본산 YKK 지퍼를 다는 것이다. 알이 차면 지퍼를 열어 다시 알만 꺼내고 지퍼를 닫고 또 꺼내고 닫고. 그럼 귀한 캐비어를 지금보다 마음껏 먹을 수 있다는 것. 희소성 강한 음식에 대한 집착과 인간의 이기심이 드러나는 부분인데 물론 다 거짓이다. 하지만 조만간 YKK 지퍼를 단 철갑상어들이 진짜 등장할지도 모른다. 여닫다 지퍼 이빨에 살점이 물리는 일도, 녹이 슬 일도 없는 특수 지퍼를 단.

간판이 많은 길은 "간판이 많은 길은 수상하다. 자세히 보라. 간판이 많은 집은 수상하다." 오규원 시인의 시 「간판이 많은 길은 수상하다」의 한 구절인데, 간판들이 한눈에 들어오는 도로변에 서게 되면 자연스럽게 이 시가 떠오른다. 선생이 이 시를 썼을 1990년의 명동은 그야말로 간판들의 무법천지였다. 가게 입구는 물론 이면도로의 벽에도 허용 규격을 초과한 대형 간판들이 달려 있었다. 비좁은 골목에 입간판을 내놓아 걸어다닐 때면 툭툭 발에 차였다. 화가 난 보행자들이 발로 걷어차는 바람에 입간판들은 하나같이 찌그러지고 흙투성이였다. 일단 사람들의 눈길을 사로잡아야 한다고 생각한 상인들은 옆 가게의 간판보다 좀더 큰 간판을 달았다. 그 골목에서 어느 가게가 가장 최근에 생겼는지 간판만 봐도 알 수 있다. 그 무렵의 간판은 도시의 또다른 공해였다. 그 간판 밑으로 우리는 머리를 숙이고 허리를 굽히고 들어갔다. 오규원 시인이 지금 홍대의 골목을 걷는다면 조금은 조용해진 간판들에 흡족해할 것 같다. 작은 간판에 쓰여진 글자를 보려 사람들이 다가간다. 간판들이 두런두런 속살거리고 있는 느낌이다. 그런데 얼마 전 한 어른의 명함을 받고 떠오른 것도 바로 이 시였다. 명함에 빽빽하게 협회와 직위가 나열되어 있었다. 간판 많은 집이 떠올랐고 나도 모르게 어떤 분이실까, 수상쩍은 눈으로 보고 있었다.

길 위에서

쓸쓸한 분위기를 풍기는 고속도로를 달리는 기분이란. 이상하게도 그날 중앙고속도로에는 차들이 별로 없었다. 안동을 알리는 이정표 아래를 쏜살같이 지났다. 남편이 엉덩이를 한번 들썩했다. 고향을 가진 이가 부러운 순간이다. 땅 끝도 아닌데 한번 다녀오는 일이 쉽지 않았다. 고속도로는 늘 정체였고 아이는 칭얼거렸다. 왜 KTX도 없는 걸까, 불만스럽기도 했다. KTX는 멀게만 느껴지던 도시들을 근교처럼 바싹 당겨주었다. 반면 KTX와 연결되지 않은 소도시들은 좀더 먼 곳으로 물러났다. 사실 예전의 안동은 지금보다 훨씬 더 먼 곳이었다. 국도를 타고 가다 문경새재를 넘어야 했다. 이차선 좁은 산길은 마음과는 달리 자꾸만 속도를 늦추게 했을 것이다. 그때 비하면 세상 좋아진 거라지만 그래도 내게 안동은 늘 먼 곳이다. 결코 며느리와 시댁 간의 감정적인 거리를 말하는 것이 아니다. 띄엄띄엄 운항되던 비행기도 아예 없어졌다. 사업성이 떨어진다며 새마을호 운행도 정지되었다. 자동차나 고속버스를 이용할 수밖에 없는데 고속도로처럼 예측불가능한 곳도 없다. 서울과의 접근성이 조금씩 떨어지고 있는 느낌이다. 그러다 찾는 이들이 없다는 이유로 기차 편수가 더 줄거나 아예 없어지면 어쩌나. 어떤 오지들은 문명의 발달로 세상에 드러나기도 하지만 어떤 오지는 문명의 발달 때문에 생길 수도 있을 것 같다.

휴게소의 맛

점심과 저녁 사이, 밥도 아니고 호두과자도 아닌 딱 라면이었다. 그런데도 한참 망설였다. 지갑을 꺼낸 채서 있다가 몇번이나 계산대 여직원과 눈이 마주쳤다. 하행선 휴게소에서 먹은 라면맛이 떠올랐다. 의아했던 건 옆의 한식 코너와는 대조적인 주방 모습이었다. 셰프 모자를 쓴 요리사들이 분주히 움직이는 한식과는 달리 라면 주방에서는 이 일 저 일 교대하는 아주머니들이 라면을 끓이고 있었다. 굳이 요리사 복장이 아니더라도 음식 내공은 금방 드러나는 법이다. 라면을 맛있게 끓이는 건 의외로 어렵다. 죄송하지만 휴게소 라면은 맛이 없었다. 적어도 내가 끓인 라면보다는 맛있어야 하는 것 아닐까. 아니나 다를까 상행선 휴게소도 다르지 않았다. 아르바이트생으로 보이는 청년이 라면을 끓였다. 눈물이 쏙 빠지는 매운 국물과 졸깃한 면발로 유명한 브랜드 라면은 아니더라도 동네 분식점 아주머니의 라면이 생각나 침이 고였다. 휴게소들에도 유명 브랜드들이 입점하기 시작했다. 아이스크림에서 피자까지 지금은 아홉 개 브랜드가 22개의 휴게소에 들어섰지만 그 수는 순식간에 더 늘어날 것이다. 왜 진작에 휴게소마다 변별성을 가지지 못했을까. 화장실만 변화할 게 아니었는데, 그 휴게소 그 맛을 찾아 손님들이 오도록 만들어야 했는데. 어쩔 수 없이 라면을 먹으며 툴툴댔다. "달걀 좀 넣어주면 큰일나나?"

휴게소의 맛 2

빙글빙글 돌아가는 호두과자 레일을 한참 내려다보았다. 자동화되었지만 왠지 고장이 날 것처럼 어수룩한데 별 실수 없이 삐걱거리며 잘 돌아간다. 날이 더워 찾는 이가 줄어서인지 여섯 구 중 두 구에만 반죽이 부어진다. 굽는 개수까지 조절되는가보다. 예전엔 호두 조각이 따로 떨어졌는데 그 공정이 아예 생략되었다. 팥앙금 속에 섞여 있겠지. 뒤에서 서 있던 한 아주머니가 한숨 쉬듯 한 말씀 하신다. "호두과자도 돌고 우리 인생도 돌고!" 그 말씀을 듣고 보니 나도 제법 돈 듯한 느낌이다. 어느 한 시절 팥앙금처럼 달콤했던 시절도 있었으리라. 괜히 코끝이 찡해졌다. 우리나라 휴게소란 휴게소에는 빠짐없이 호두과자가 있다. 틀 모양도 조금씩 달라 6구짜리도 있고 4구짜리도 있다. 호두 주름도 제각각이어서 어느 것은 밋밋하고 어느 것은 자글자글하다. 전국의 휴게소를 돌아다니면서 호두과자 봉지만 60여장을 모아둔 젊은 요리연구가 김노다씨가 비밀스럽게 말했다. 휴게소마다 호두과자 봉지가 다 다르다고. 우리나라 휴게소 어딘가에는 호두과자 하나에 호두 한 알을 통째로 넣어주는 곳이 있다고. 어딘지 콕 찍어 대지 못하는 걸로 봐서 그 역시 그것이 현실적으로 불가능하다는 걸 알고 있는 듯하다. 그래도 그런 꿈 하나는 영원히 찾지 못할 휴게소에라도 심어두고 싶은 것이다.

몽유록 이런저런 자료를 찾다가 우연히 한 줄의 글귀를 발견했다. 『달천몽유록』은 조선 중기의 문신 윤계선이 지은 고전소설이다. 임진왜란 당시 신립이 이끌던 우리 군은 충주 달천에서 대패했다. 충주 탄금대에 배수진을 치고 북상해오는 적과 대결하다 패한 신립은 부하 장수인 김여물과 강물에 투신해 자결하고 만다. 전쟁이 끝난 2년 뒤 윤계선은 달천에 도착했다. 죽은 군사들의 백골이 그대로 널려 있는 장면을 그는 이렇게 썼다. "달빛 아래 백골들이 흰 꽃처럼 피어올랐다." 바로 그 문장. 마치 눈으로 본 듯 선명하게 펼쳐졌다. 몇번이나 만월이 휘영청 떠오른 달천, 흰 꽃처럼 피어오른 백골들 사이를 맨발로 걸었다. 뼛속의 인으로 하얗다 못해 파랗게 빛을 내뿜었을 백골들. 거둬가는 손길 하나 없이 쓸쓸히 잊혀져간 이들. 채 꽃피워보지 못한 어린 청년들도 많았을 것이다. 500년 전 달천에서 60년 전 진주로 시간이 흘러도 사정은 크게 달라지지 않았다. 1950년 이맘때 국민보도연맹원과 진주형무소 재소자 등 천여명의 민간인들이 학살되어 암매장되었다. 우부룩했던 커다란 구덩이는 시간이 흐르면서 평평해지고 흔적 없어졌다. 공포도 억울함도 없는, 표정이 사라진 백골은 맑은 소리를 낼 것처럼 아무렇지도 않다. 모든 게 꿈이라고, 아직도 못 믿겠다고 동그랗게 두 눈을 뜨고 있는 듯하다.

괜찮다 세계수영선수권대회를 보면서 또다시 선수의 고독에 대해 생각했다. 박태환 선수의 좌절감과 허탈감을 생각했다. 어린 시절 달리기 시합이 겹쳐졌다. 죽을힘을 다해 **달렸지만 하나, 둘** 아이들에게 따라잡히고 꼴찌로 들어오던 때가, 끝까지 달려보지도 못하고 중간에 넘어지고 말았던 때가 떠올랐다. 실망한 어머니의 눈빛도. 사실 이번에도 물살을 가르며 헤엄치는 그의 박진감 넘치는 경기를 보고 싶었다. 그가 자신보다 머리 하나는 큰 외국 선수들을 따돌릴 때는 벌떡 일어서서 그의 이름을 외쳐댔다. 주민센터의 수영장에 나가 몰래 그의 영법을 흉내내보기도 했다. 얼마 가지 못하고 풀장 바닥에 발을 딛고 서서 헉헉댔지만 말이다. 어린데도 이 정도니 한창때면 얼마나 멋진 역량을 선보일까. 이번 선수권대회에서 기대했던 것은 단지 1등이라는 순위가 아니라 그간 갈고 닦아 달라졌을 그의 기량이었다. 하지만 기대와는 달리 그는 결승전에도 진출하지 못했다. 관심이 컸던 만큼 실망도 큰 모양이다. 그의 부진에 대해 한동안 책임 공방이 이어질 듯하다. 그렇지만 그 어떤 대회보다도 이번 로마 대회는 그의 추억에 남을 것이다. "괜찮쓰, 괜찮쓰." 아이들은 시합에 지고 들어오는 아이들에게도 응원을 보내주었다. 신발이 닳아서 미끄러졌다는 내 투정을 어머니는 모르는 척 받아주었다. 괜찮다. 박태환!

눈소리

수해 걱정만 아니라면 매일 아침 빗소리에 잠이 깼으면 좋겠다. 예전엔 빗물이 들이치지 않도록 창이나 지붕 위에 '루핑'을 덧대곤 했다. 빗방울에도 얇은 플라스틱 루핑은 과장된 소리를 냈다. 빗줄기가 쏟아질 때면 귀가 얼얼해질 만큼 소란스러웠다. 집도 그렇고 사무실도 그렇고 요즘은 비가 내릴라치면 허겁지겁 창부터 닫고 본다. 처마가 없는 반듯한 건물들의 단점이다. 빗소리도 비 비린내도 즐길 수 없다. 비만 소리를 내며 내리는 것이 아니라 눈도 내리면서 기척을 낸다. 이십년 전 대학시절이었다. 학창시절 내내 학교 교지를 만들었고 그해 겨울에는 마무리 작업을 하느라 혼자 남아 있었다. 석유곤로 위에서 주전자의 물이 끓었다. 쪽자 작업을 하느라 3M 풀이 묻은 손끝은 거무스름했고 끈끈했다. 얼마나 시간이 흘렀을까. 문득 어떤 기척에 책상에서 고개를 들었다. 밀도 높은 고요와 침묵이 바로 문밖까지 와 있었다. 홀린 듯 일어서서 문을 열었고 밖으로 한 발 내딛었다. 눈이 발목까지 쌓여 있었다. 지붕과 지붕들의 경계가 사라지고 길도 숨었다. 온세상이 눈빛으로 환했다. 눈은 내리면서 야금야금 세상의 소음들을 빨아들이고 있었다. 한여름 눈 덮인 흰 세상을 생각하니 눈이 다 밝아진다. 눈이 내리면 당신과 나 사이의 거리도 가까워질 텐데. 지금 딱 눈이 내렸으면 좋겠다.

홍대자치구　　어디에서부터 어디까지를 '홍대'라고 불러야 하는 걸까. 홍대는 이미 한 대학의 이름을 넘어 문화가 된 지 오래다. 홍대에 첫발을 내디뎠던 건 중학교 2학년 때였다. 미술 시간에 쓸 고무 판화를 사서 옆구리에 끼고 아이스크림을 빨며 둘러본 홍대는 화방과 미술 학원이 많은 평범한 대학가였다. 스무 살 중반 직장에 다니느라 몇년 머물렀던 홍대, 막 개발이 시작되어 한두 채 헐린 집 마당에 관정봉이 박혀 있었다. 그리고 지금, 홍대는 몸살을 앓고 있다. 땅값이 몇배로 뛰자 가정집들의 지하와 일층은 대부분 상점으로 개조되었다. 눈에 익었던 건물이 어느 날 홀연히 사라지고 없다. 예전 직장이 있던 자리는 요란한 일본식 주점이 들어서서 추억을 되새길 여유조차 주지 않는다. 단층 양옥이 헐린 자리에는 방이 많은 건물이 들어선다. 밤이면 술집들은 환하게 불을 밝히고 어디선가 하나 둘 모여든 젊은이들로 골목 골목이 꽉 찬다. 며칠 전 밤, 홍대 끝에서 반대편 홍대 끝으로 가로질러 걸어왔다. 많은 청년들이 거리를 떠돌고 술집과 카페는 만원이었다. 그 밤에도 누군가 극동방송국 담벼락에 락카로 '예술, 예술인을 이용하지 맙시다'라고 써놓기도 하고 와자지껄 떠드는 취객들에 술집 옆 가정집의 갓난아기가 깨어 울기도 한다. 홍대는 점점 영역을 넓혀간다. 이곳은 서울특별시 홍대자치구이다.

맨땅에 헤딩　생면부지인 사람들과 겸상을 하게 된다. 점심시간이면 맛집 앞은 길게 줄이 늘어선다. 자리가 나는 대로 머릿수 채우듯 앉다보니 그런 일들이 종종 생긴다. 예전이면 생각도 못할 일인데 아무래도 맛집이 만들어낸 문화인 듯하다. 대부분 4인용 식탁이 협소한 내부에 다닥다닥 붙어 있다. 일행이 다섯이라면 그 중 한 명은 함께 앉지 못하고 바로 옆의 식탁. 두세 명이 앉고 남은 자리에 앉게 된다. 여러 명이 함께 앉는 장의자라면 처음 본 사람들끼리 합심해서 의자를 당기거나 물리기도 한다. 자연스럽게 그들의 대화가 건너오고 우리의 대화가 건너간다. 안 들리는 척 무심한 얼굴을 하고 있지만 누군가의 말에는 귀가 솔깃해지기도 한다. 드라마를 좋아하는 아가씨도 있고 면접을 앞둔 청년도 있다. 밥 먹는 그 이십여분 동안이면 옆 사람의 프로필 정도는 어느 정도 꿰게 된다. 아무렇지도 않게 우리가 우리의 이야기를 하는 건 이 자리를 떠나면 영영 만나지 못하리라는 걸 알기 때문이다. 얼마 전 그렇게 옆 자리에서 건너온 말을 들었다. 정말 오랜만에 들어보는 말이었다. "완전히 맨땅에 헤딩하기야." 살짝 곁눈질로 보니 막내동생 또래인 삼십대 중반의 두 남자가 우동 그릇을 앞에 둔 채 말이 없었다. 무슨 고민이 있는 걸까. 두 사람은 정말 맨땅에 헤딩이라도 한 듯 얼떨떨한 표정이었다.

사이 　휴가를 보내고 후배가 출근했다. 드러난 팔이 흑자색이다. 자외선 차단제도 바르지 않고 윗옷을 벗은 채로 한참 스노클링을 했다는 것이다. 간단한 장비만으로 즐길 수 있는 스노클링의 매력을 모르는 바 아니다. 맑은 제주 바닷속 물고기들을 보는 재미에 등이 익는 것도 몰랐을 것이다. 통증 때문에 의자에 앉아 있지도 못하더니 점심시간 피부과에 다녀왔다. 먹는 약과 바르는 약을 처방 받았다. 어머니에게 약을 발라달라고 해야 하는데 퇴근시간까지는 반나절이나 남았다. 마침 실장은 외출 중이었고 기꺼이 내가 나섰다. 후배와의 나이 차는 열 살이 훌쩍 넘는다. 정말 아무렇지도 않은 상황이었는데 믿었던 후배가 우물거리는 바람에 미묘한 상황이 되고 말았다. "실장님이 오신 다음에 발라주시면……" 해변에서의 오일도 아니고 단지 약을 발라주는 일이 누군가의 입회하에 해야 할 이상한 일일까. 괜히 나선 것인가 후회했다. 그럴 바에야 같은 남자인 실장이 발라주면 될 일이었다. 그게 더 이상하다며 후배가 질색한다. 그와 같이 일한 지 이제 7개월. 그사이 이 친구의 재정상태도 알고 연애에도 슬쩍 충고하기도 했다. 직장 선배와 후배, 우리 사이에 금 그어진 편견에 대해 생각했다. 복잡할 거 없었다. 나는 그의 등을 내리쳤고 그는 비명을 질렀다. 나는 일부러 쓱쓱 억세게 약을 발라주었다.

빠라빠라빠라밤 '요즘 젊은것들'의 버릇없음을 개탄하는 목소리가 함무라비 법전에 있었다던가, 나폴레옹 원정군이 발견한 로제타 지방의 비문에 있었다던가. 그 누구도 '요즘 젊은것들'을 피해갈 수 없었다니 통쾌할 뿐이다. 그런데 왜 기성인들은 그런 시절을 겪지 않은 척, 아이들을 뜨악하게 바라보는 걸까. 중학교 동창 중 삐딱선만 타던 친구가 있었다. 그애가 결혼해 사내애 둘의 엄마가 되고 별수 없이 제 엄마가 했던 잔소리를 그대로 하고 있는 걸 보고는 웃지 않을 수 없었다. 얼마 전 청소년문학상 투고 작품들을 읽으면서 든 생각도 '요즘 젊은것들'이었다. 이상하게도 내 십대 때의 고민이 잘 떠오르지 않는다. 분명 어른들로부터 곱지 않은 눈총을 받은 적이 있었는데 말이다. 청소년문학이라는 장르가 이렇듯 빠르게 자리잡는 걸로 보아 부모든 청소년이든 필요가 절실했던 모양이다. 청소년문학이라는 것을 염두에 둔 듯한 작품 안에 그 모든 고민들이 총망라된 소설들이 많았다. 가족이 해체되거나 불화가 심하다. 성적과 이성 문제, 특히 동성애가 눈에 띈다. 미성년의 임신 또한 빠지지 않는 소재이다. 이런저런 고민들을 가진 청소년들의 해방구란 의외로 단순하다. 오토바이와 밴드이다. 자칫 이런 요소들이 청소년문학을 규정지을까 걱정이 되었다. 오토바이가 아니라 자전거라면? 너무 건전하긴 하다.

낭독의 재발견 박상륭 선생의 소설 『죽음의 한 연구』를 20년 만에 다시 읽었다. 책장도 누렇고 구입 날짜를 적은 볼펜색도 바랬다. 한때 우리는 제목이 보이도록 그 책을 겨드랑이에 끼고 다니고 치킨집 한쪽에 앉아 읽은 표를 내느라 열을 올리곤 했다. 완독하기 어려운 책이었는데 다시 펼쳐 읽어보니 새록새록 흥미롭다. 읽기 까다로운 책이라면 덮어두었다 다시 도전하라던 충고가 맞는 것도 같다. 선생의 소설은 눈으로 읽기보다는 입으로 소리내 읽어야 한다. 예닐곱 줄이나 되는 한 문장이 막힘없이 가락을 타고 물처럼 흐른다. 그때도 낭독회가 있었을까. 이제 책 속에서만 독자와 작가가 만나던 시절은 갔다. 작가는 직접 독자들을 만나 자신의 책을 읽어준다. 낭독 문화가 우리보다 훨씬 앞선 독일에서였다. 백화점의 한 코너에 사람들이 모여 웅성댔다. 세일이라도 하는 건가 머리를 들이밀었는데 한 남자가 선 채 책을 읽고 있었다. 젊은 작가의 신작 발표회였다. 대형 건물 앞을 지날 때였다. 별 장식도 없고 상품도 진열되지 않은 쇼윈도가 눈길을 끌었다. 광고 효과가 큰 길가 쇼윈도를 저렇게 비워두다니 역시 독일답다 싶었다. 돌아오는 길에 보니 구경거리라도 생긴 듯 쇼윈도 앞이 사람들로 북적였다. 흰머리가 희끗한 여자 작가가 쇼윈도 안에 앉아 책을 읽었다. 유리창을 사이에 둔 작가와의 만남이었다.

오피스 스파우즈　시내의 한 맥주집에서였다. 동료들과 앉아 있다가 얼핏 가게 안쪽 탁자에 자리를 잡은 사람들을 보게 되었다. 스무 명쯤 되는 여자들이 연신 웃고 떠들어댔다. 회식 뒤풀이 자리겠거니 고개를 돌리는데 뭔가 이상했다. 여자들뿐이라고 생각한 그 자리에 청일점으로 한 남자가 있었다. 여자들 틈에 낀 한 남자는 아무래도 눈길을 끌 수밖에 없었다. 조도 낮은 지하였지만 간신히 그의 얼굴만은 알아볼 수 있었다. 바로 남편이었다. 그 시간 그가 왜 여자들만 모인 자리에 끼여앉아 있는지 그때는 몰랐다. 과묵하다고 생각한 그가 실은 같은 남자보다는 여자와의 만남을 편안해하고 즐거워한다는 걸 안 건 그 뒤였다. 회사를 그만둔 뒤에도 그 자리에 있던 여자 동료 중 하나와 계속 연락을 주고받는 눈치였다. 그들은 존칭을 생략하고 이름을 스스럼없이 불러댔다. '비가 오는데 소주 생각난다'는 문자를 보내고 '퇴근 뒤 같이 요리나 배울까나'라는 문자를 받기도 한다(창피스럽지만 무슨 문자냐고 캐물어 알게 된 것이다). 그날 맥주집도 그 동료를 따라간 모양이었다. 그들의 관계가 좀 의심쩍었는데 오피스 스파우즈(office spouse)란 말을 들으니 이해가 간다. 직장에서의 아내, 남편으로 서로를 챙겨주고 허물없이 지내며 실제 배우자에게 하지 못하는 고민도 털어놓는 사이를 그렇게 부른다고 한다. 이들이 가장 경계해야 할 것은 바로 선을 넘지 않는 것이다.

학문과 창문　도시에도 도시의 정서라는 게 있다. 물론 구성원의 취향이나 종사하는 일, 인근 도시와의 연계성 등등이 합쳐져 만들어낸 것일 거다. 하지만 그곳 사람들을 직접 겪지 않더라도 도시의 첫인상이라는 것이 있고 한 바퀴 둘러보면 그 도시가 느껴진다. 도시는 생명체처럼 살아 있다. 얼마 전 지방의 소도시 두 곳을 다녀왔다. 두 곳의 분위기는 영 딴판이었다. 서울에서 한참 떨어진 A시를 걷다가 한 병원의 간판을 보았다. 학문외과. 서울에서는 곧잘 보던 간판이지만 왠지 농담이라고는 도통 하지 않을 것 같은 그곳에서 만나니 색달랐다. 위트라기보다는 체통을 중요시하는 그곳의 정서에 딱 부합하는 단어란 생각은 나중에 들었다. W시의 터미널 앞에서 또다른 간판을 보았다. 이번엔 '창문외과'였다. 서울에서 두 시간 거리이고 서울의 한 대학 지방 캠퍼스가 있는 이곳은 좀 다른 문화가 형성되어 있었다. 늘 보던 '학문'보다 신선했고 잠깐 그곳에 창문이 달리는 엉뚱한 상상도 했다. 괜히 병원 의사도 젊은 사람일 것 같았다. 그런데 두 도시 모두 항문이라는 단어가 '학문'과 '창문'으로 적어야 할 만큼 입에 올리기 껄끄러운 말인가 의아스러웠다. 며칠 전에야 그 이유를 알았다. 현행 의료법에 의하면 간판에 적을 수 있는 진료과목이 별도로 규정되어 있다. 항문외과처럼 특수전문과목은 쓸 수 없는 것이다.

어느 여름날

20여 년 전 그때가 떠오른다. 물레란 물레는 모두 찾아 없애는 〈잠자는 미녀〉에서처럼 시계란 시계는 모두 찾아 한 시간 앞당겨 놓느라 한바탕 난리가 났다. 비몽사몽 일어났는데 조간을 주워오던 아버지가 왜 벌써 일어났느냐고 물었다. 모든 시계를 다 돌려놓았다고 생각했지만 그만 아버지의 시계를 빠뜨린 것이다. 모든 이야기는 꼭 그렇게 시작된다. 그 며칠 전 나는 서머타임제와 관련해 방송을 탔기 때문에 투덜댈 처지도 아니었다. 한 방송사의 카메라가 회사로 들이닥쳤는데 나는 마치 서머타임제를 기다려온 사람처럼 밝은 목소리로 남는 한 시간 하고 싶었던 일들을 하겠다고 말했던 것이다. 몇 초 동안 내 얼굴이 아침방송을 탔고 밥 먹다 알아봤다는 이들의 전화도 받고 실물보다 못한 화면발에 대한 평도 들었다. 그날은 두 다리가 영 무거웠다. 출출하지도 않는데 점심식사를 했다. 퇴근시간이 되었지만 말단 여직원이 정시에 퇴근할 수는 없었다. 상사들 눈치를 보다 그 금쪽같은 한 시간이 훌쩍 지나갔다. 서머타임제 실시 첫날도 여느 날과 다를 바 없었다. 마치 학교 행사에 동원되어 태극기를 흔들다 온 기분이었다. 그때 하겠다고 한 일들은 지금까지도 실천으로 옮기지 못하고 있다. 서머타임제 때문에 좋았던 날이 딱 하루 있기는 했다. 서머타임이 해지되던 마지막 날, 한 시간 더 이불 속에서 꾸물대던 그 기분이라니.

서울매미 시골매미   W시에서 밤을 보내는 첫날 뭔가 이상하다는 걸 느꼈다. 시내에서 떨어진 외진 곳이니 찻소리도 취객의 고함소리도 없는 건 당연했다. 어둠이 내려앉자 모든 경계가 사라졌다. 저 멀리 자동차들이 지날 때면 흐릿하게 도로의 윤곽이 살아나곤 했다. 뭘까. 얼마 지나지 않아 그 이유를 알아챘다. 어둠이 내리면서 동시에 매미 울음소리도 딱 끊긴 것이다. 자정 가까이 울어대던 서울의 매미들과는 사뭇 달랐다. 울음소리도 달랐다. 이 소리가 참매미 소리일까. 지리산 자락의 한 마을에서였다. 숲은 온갖 소리들로 부산스러웠다. 그곳에 사는 한 선배가 귀를 기울이더니 바로 이 소리가 참매미 소리라고 했다. 우리 모두 숨죽였다. 수많은 소리들 사이로 한 가닥 정겨운 소리가 들려왔다. 좀 느긋했고 구성졌다. 그악스럽게 울어대던 서울의 매미들과는 달랐다. 누군가 서울의 매미는 매미가 아니라 쓰르라미라고 했고 누군가는 그렇게 그악스러운 덴 다 이유가 있다고 했다. 도시의 소음 속에서 암컷을 부르려면 소리가 커질 수밖에 없다고. 밤에 우는 건 낮처럼 밝은 조명 탓이라고도 했고 그건 저녁매미 아니냐는 이도 있었다. 누군가 쓰름매미와 쓰르라미가 한말 아니냐고 묻기도 했다. 자명종이 따로 필요없었다. 아침이 되자 매미들이 하나, 둘 울기 시작했다. 나도 태평스런 매미 울음소리를 따라 울어보았다.

호리병　한국문학번역원의 소식지에서 예비 번역가의 인터뷰 기사를 읽는다. 한국 문학과 문화를 고국에 알리는 데 앞장서겠다며 활짝 웃는 모습이 참 예쁘다. 한국 문학이 외국어로 번역되는 일이 많아졌다. 물론 한국어로 번역된 외국 문학의 수에는 비할 수도 없지만 말이다. 몇년 전 한 모임에서 만난 분은 우리 문학의 번역과 해외 진출에 관심이 많았다. '맛이 그만이야'라는 문장을 대체 어떻게 다른 나라 언어로 번역할 거냐고 난감해하며 한국인과 외국인의 2인 1조를 대안으로 내세우기도 했다. 그 반대의 경우, 외국 문학을 우리말로 번역할 경우에도 종종 편집자들은 좌절한다. 우리 글과 전공어 실력이 모두 뛰어난 번역가를 만나기가 쉽지 않기 때문이다. 대부분 일년 이상 기다려야 차례가 오는데 시의성이 중요한 오늘날의 경우 출간을 일년 뒤로 미루는 것에도 무리가 따른다. 번역 원고의 윤문 과정도 만만치 않다. 엘레강스와 그레이스, 디그니티(dignity) 같은 단어가 함축하고 있는 뜻을 전달하기란 쉽지 않다. 우아하다, 기품 있다. 아름답다로밖에는 표현되지 않는다. 편집자들 사이에 떠도는 이야기가 있다. 한 역자가 번역에 열중한 나머지 '호리병'을 'horeesickness'로 번역했다는, 물론 우스갯소리겠지만 이처럼 우리 번역의 현 상황을 꼬집는 말도 없는 듯하다. 더욱더 전폭적이 지원이 있기를.

정신과 육체

십년 전 홋카이도를 여행하던 우리는 삿포로 대학교로 들어섰다. 세 가지 볼 일이 있었다. 우선 학창시절 어른들로부터 귀가 따갑게 듣던 "소년이여, 야망을 가져라"의 인물 클라크 박사의 동상을 보았다. 두번째는 아름답기로 유명한 포플러 가로수 길을 걷는 일이었다. "포플러 이파리는 작은 손바닥"이라는 노래 가사만으로 나무를 찾으려니 쉽지 않았다. 우리는 이 나무 앞에도 가보고 저 나무 앞에도 가서 이파리 모양을 살폈다. 어렵사리 찾아낸 그 길 앞에서 우리는 말을 잃었다. 키 큰 포플라 나무들이 양쪽으로 늘어선 가로수 길은 정말 아름다웠다. 그리고 남은 한 가지, 학생 식당에서 밥을 먹었다. 이 대학 학생식당의 음식맛은 유명했다. 자율 식당 분위기의 그 식당에서 먹었던 계란말이 맛은 아직도 잊을 수 없다. 집을 떠나 W시에 머무는 동안 곧잘 어느 대학의 학생식당에서 요기를 해결했다. 한번 맛을 본 큰애는 맛있다며 번거롭게 멀리 갈 필요가 뭐 있느냐고 했다. 밖에서는 꿈꿀 수 없는 이천원대의 저렴한 가격이었지만 하루 세끼를 먹는 일은 고역이었다. 밥을 꼭꼭 씹으면서 생각했다. 대학이란 정신을 살찌우는 곳이다. 그렇다면 육체를 살찌우는 일도 맡아주면 어떨까. 학생식당에서 그 대학의 경쟁력이 시작될 수도 있다. 이곳을 지나던 여행자가 밥맛에 대한 소문을 듣고 찾아올 수도 있을 테니.

정신과 육체 2 　W시에서의 생활이 일주일 정도 흘렀을 때였다. 버스를 타고 멀리 나가지 않아도 된다는 이유로 곧잘 대학의 구내식당에서 식사를 했다. 식단은 매일 바뀌었고 간도 잘 맞았지만 단체 음식의 미묘한 맛에서 벗어나지는 못했다. 왜 군대에 다녀온 남자들이 '짬밥'의 추억에 젖는지 좀 이해가 갔다. 물릴 만도 한데 큰애는 학생식당의 급식을 좋아했다. 그애는 자칭 미식가였다. 맛집에 가면 혼자 별점을 매기곤 했다. 어릴 때 대형 마트의 고기 시식코너 앞에 서서 레어로 해주세요, 라고 하던 애였다. 배식을 받고 자리에 앉아 국을 맛볼 때면 아이의 얼굴은 밝아졌다. 돈까스 같은 특식이 나오면 즐거워했다. 다니는 학교에서도 금요일이면 특식이 나온다고 했다. 별뜻 없이 그애가 한 말이 가슴에 꽂혔다. "엄마가 우리 학교 급식을 한번 맛봐야 돼." 초등학교 때만 해도 학기에 두어 번 당번으로 가서 급식을 맛보았다. 질긴 음식을 씹지 못해 애먹는 아이도 있었다. 절대 남기지 말라는 선생님의 말에 아이들은 콩나물 몇 가닥, 깍두기 한 조각만 배식받기도 했다. 다 먹지 못한 아이들은 급식을 다 마친 아이들이 청소할 때까지도 배식판을 앞에 두고 앉아 있기도 했다. 그나마 큰애가 중학생이 되면서 학교 급식을 맛볼 기회도 없어졌다.

도대체 어떤 음식을 먹고 있는 걸까.

추억으로 가는 당신 2

'치맛바람'이라는 말이 유래
했음직한 오래된 사진 한 장을 들여다본다. 한복을 입은 어머니들
이 삿대질을 하며 양복 차림의 한 중년 남자를 궁지로 몰아넣고 있
는 사진이다. 그렇게 기세등등할 수가 없다. 약이 오른 어머니들이
무리를 지어 동분서주했을 테니 가뜩이나 긴 치마가 짧은 보폭에
휘감기고 펴지면서 출정식의 깃발 소리를 냈을 것 같다. 때는 1964
년이었다. 어린이들도 입시 경쟁에 치여 과외다 밤샘 공부다 힘들
때였다. 목표는 일류 중학교 입학. '엿기름 대신 넣어 엿을 만들 수
있는 것은?' 전기 중학 입시문제 중 한 문제가 진짜 문제였다. 자연
과목답게 정답은 '디아스타제'였다. 어머니들이 부르르 들고 일어
났다. 보기 중의 '무즙'도 정답이라는 것이다. 한두 문제로 등락이
결정되곤 했으니 간과할 일이 아니었다. 무즙으로 엿을 곤 솥단지
를 들고 시위장에 나와 엿인지 된장인지 먹어보라며 큰소리를 치는
어머니들도 있었다. 결국 6개월 만에 경기중학을 비롯 전기 중학교
에서 낙방한 38명의 학생들에게 입학 허가가 떨어졌다. 전분분해효
소인 디아스타제는 무즙뿐 아니라 마즙에도 들어 있다. 과식을 한
뒤에 먹던 무 한 조각만 떠올려보았더라도 그런 실수는 하지 않았
을 텐데. 결국 우리의 입시 과열과 학문을 생활과 동떨어진 이론으
로만 생각하던 우리 교육의 현주소를 보여준 해프닝이었다.

터미널 방향으로

단지 몇주 머물렀을 뿐인데 W시의 사람이 다 되었다. 낯선 정류장에 서서 15분 에둘러가는 버스보다 15분 더 기다렸다 직선 코스로 달리는 버스를 타는 게 낫다고 잔머리를 굴릴 여유가 생겼으니 말이다. 외지인뿐 아니라 요즘 이곳 사람들도 버스 노선에 갈팡질팡한다. 시외버스터미널의 이전에 발맞춰 8월 1일자로 대다수 시내버스의 노선이 바뀌었기 때문이다. 복합 공간인 그곳은 '더블유시티'라는 새 이름도 달았다. 손님들이 몰리는 터미널 쪽으로 많은 버스들이 방향을 트는 바람에 정작 버스 경유지였던 곳이 하루아침에 봉변을 당했다. 하루 130여회나 버스들이 들고나던 정류장에 어느날 단 한대의 버스도 지나지 않게 된 것이다. 아무것도 모르는 사람이라면 그날 아침 지구 종말의 날을 떠올리지나 않았을까 싶다. 학생들의 방학이 끝나는 8월 말부터가 걱정이다. 그곳에는 중고등학교가 밀집해 있다. 버스가 없거나 터미널로 우회하는 버스들 때문에 가뜩이나 바쁜 아침시간이 더 바빠지게 생겼다. 칼국수가 생각나 찾아나온 길, 비가 추적추적 내린다. 삼십분이 다 되도록 버스는 오지 않는다. 터미널 방향으로 버스 노선이 바뀌지 않았더라면 택시를 타야 할 곳이었다. 배차간격이 한 시간에서 삼십분으로 준 것도 다 터미널 덕분이다. 희비가 교차할 이들이 많을 것이다. 기다리고 기다리던 버스가 모퉁이에서 모습을 드러냈을 때 나도 모르게 그만 함성을 지르고 말았다.

비 갠 뒤   깨밭에 허수아비가 서 있다. 손바닥만한 밭에 부부가 들어가 엉덩이걸음으로 뭉그적대면서 김을 맨다. 허수아비만 보면 어릴 적 우스갯소리가 떠오른다. 피해갈 수가 없다. '허수아비'의 아들 이름은? 물론 '허수'이다. 좁다란 길을 뒤따라오는 아이에게 들려주었더니 역시나 "엄마, 썰렁해!" 한다. 허수아비가 뭘 입고 있나. 지금까지 봐온 허수아비 중 손꼽을 만큼 입성이 추레하다. 꽃무늬 나일론 블라우스에 지금도 그런 모자가 있나 싶을 법한 새마을 모자를 썼다. 모자 앞에 노란 색실로 농촌의 한 단체명이 멋없이 박힌 그런 모자이다. 그나마 바지는 어디로 갔는지 보이지 않는다. 어느 핸가 자동차를 몰고 어느 평야를 지나다가 멋스러운 허수아비를 보았다. 트렌치 코트에 파나마 모자를 썼다. 지나치면서 보니 선글라스까지 끼고 있었다. 참새들로부터 곡식을 지키고 서 있기에는 정말 아까운 인물이었다. 깊은 사색에 잠겨 모자 위에 참새가 앉은 것도 깨닫지 못했다. 한번도 보진 못했지만 움직이는 허수아비도 있다고 들었다. 정해진 시간마다 한번씩 부르르 떨면서 참새들을 놀려준다는 것이다. 암만 그래도 가장 인상적인 허수아비는 전경린 선배의 소설 속에 등장한다. 소설 속 주인공이 귀향길에 마주친 허수아비. 사랑과 수모와 절망의 시기를 함께 보낸 자신의 물방울무늬 원피스를 입고 서 있던 허수아비.

잠도 오지 않는 밤에   방학인데도 대학의 지방 캠퍼스 생활관은 늘 손님들로 복작댄다. 800여명이나 되는 교회의 신도들이 수련회를 왔다 떠나면 어린이 스포츠단이 놀러 와 재잘거린다. 지난 몇주 학생식당에서 식사를 하는 동안 많은 이들이 머물렀다 떠났다. 얼마 전 대학의 산책로를 따라 걷다가 강당 입구에 붙어 있는 플래카드를 보았다. 전국의 고등학생들을 대상으로 하는 백일장이었다. 소싯적에 백일장 좀 나갔다고 하는 '선수'들이라면 이런 플래카드에 대한 감상도 남다르다. 학생식당 밥맛에 묘한 맛이 있듯 백일장에도 백일장만의 묘한 분위기가 있다. 내 첫 백일장은 초등학교 시절 한 유산균 음료회사가 주최한 백일장이었다. 문예반 선생님이 슬쩍 지나가면서 그 회사 이름도 한마디 넣어줘라고 말했던 것이 아직도 기억에 남아 있다. 백일장 전날이라 속속 학생들이 도착했다. 자가용도 꼬리를 물었고, 버스를 타고 도착한 학생들은 낯선 곳을 휘둘러보며 잠시 어리둥절하게 서 있었다. 그날 밤 생활관 창문들이 환하게 불을 밝혔다. 백일장에 입상하면 대학 입학 때 특례가 있는 모양이다. 그 전날 다른 곳에서도 백일장이 있었다. '선수'들은 그곳에 참가했다 바로 이곳으로 건너왔을 것이다. 백일장 시제(詩題)로는 어떤 것이 주어질까. 밤늦도록 꺼지지 않고 반짝이는 불빛들을 보면서 나도 책장이 넘겨지지 않았다.

사이 2

큰애와 단둘이 이렇게 긴 시간을 보내기는 참 오랜만이다. 그애를 어린이집에 맡기던 네 살 이전으로 되돌아간 듯하다. 그땐 24시간이 그애 위주로 돌아갔다. 아이와 눈을 맞추고 겨드랑이나 엉덩이 어디 하나 샅샅이 살펴보지 않은 데가 없었다. 작은 점 하나도 어디 있는지 알고 옹알이만으로도 그애가 원하는 걸 알았다. 물론 지금까지도 그애와 떨어진 적은 없다. 귀가하면 그애는 그애 방에서, 나는 내 방에서 지내는 시간이 길어졌다는 것뿐. 틈틈이 바짓단을 늘이고 치수 큰 옷으로 바꿔 입히면서 그애가 커가는 걸 실감했다. W시에서 우리가 지낸 방은 싱글 침대 두 개가 간신히 들어가는 작은 방이었다. 자연스럽게 툭툭 몸이 서로 부딪혔다. 창가에 나란히 놓인 책상에 앉아 있다 문득 고개를 돌리면 코앞에 여드름 난 그애의 뺨이 있었다. 어릴 적 품에 안고 들여다보던 것처럼 오랜만에 아이의 이목구비와 뒤통수, 발가락 하나하나 뜯어본다. 그러는 사이 내가 낳은 그 갓난아기는 어디 가고 내가 잘 모르는 아이가 와 있는 것처럼 낯설어졌다. 눈은 언제 저렇게 짝짝이가 되었나. 손톱 무는 습관은 언제 생겼지? 무엇 때문인지 그애가 토라졌다. 오전 내내 입을 내밀고 있는데 그 이유를 모르겠다. 옹알이만으로도 마음이 통했는데 이젠 그애가 하는 어떤 말은 아예 알아듣지도 못한다.

또다시 　시골이 도시보다 변화가 적고 지루할 거란 예상은
보기 좋게 어긋났다. 하루하루가 변화무쌍했다. 밤이 되면 짙은 풀
냄새가 차올랐다. 산 저쪽에서 울던 새가 다음날에는 산 이쪽에서
울었다. 아련히 먼 기억 속의 새소리였다. 빛을 좇아 모기장 틈으로
날아온 날벌레에 기겁한 아이가 비명을 질러댔다. 폭우로 방에 갇
힌 날도 심심하지 않았다. 창밖에 펼쳐진 산만 해도 매일 아침저녁
으로 다른 모습을 보여주었다. 어디에 그 많은 물을 가둬놓았는지
비가 그친 뒤에도 며칠이나 산비탈을 따라 물이 흘러내렸다. 비가
온 뒤에는 탭댄스까지 추었다. 느닷없이 발 앞에 나온 지렁이를 피
하려면 어쩔 수 없었다. 아파트에서 태어난 큰애는 아파트를 떠난
적이 없었다. 아래층에 피해가 가지 않도록 늘 발뒤꿈치를 들고 걸
었다. W시에서 아이의 몸짓은 커지고 별일 아닌 일에도 깔깔 소리
내 웃었다. 시끄럽게 떠든다고 뭐랄 사람 하나 없었다. 우리는 도시
에서처럼 앞만 보고 재게 걸을 수 없었다. 사방에 펼쳐진 것들이 자
꾸만 붙들었다. 몇번이나 날짜와 요일을 혼동했다. 할 이야기가 계
속 쌓였고 자꾸 메모장을 펼쳤다. 드디어 우리는 도시로 돌아왔다.
앞동이 시야를 막은 방에서 잠이 깼고 오로지 목적지를 향해 바삐
움직였다. 다양한 듯했던 도시는 단조롭기 그지없었다. 단 한번도
한눈팔지 못했다.

한여름 양복 그리고 넥타이

남자라면 다 양복을 입는 줄 알았다. 장롱에는 늘 아버지의 양복들이 빽빽이 걸려 있었다. 비슷해 보이기만 하는 양복에 유행이 있다는 것도 알았다. 칠십이 한참 넘은 아버지는 지금도 양복의 유행을 꿰고 있다. 시절에 따라 조끼를 받쳐입기도 하고 단추가 두 줄 달리거나 상의 길이가 달라지기도 했다. 어머니는 양복을 '입는다'라고 하지 않고 꼭 '빼입는다'라고 말했다. 그랬기에 어느 여름방학, 농촌의 이모집에 놀러 갔다가 아무것도 걸리지 않는 옷장 앞에서 큰 충격을 받을 수밖에 없었다. 이모부에게는 단 한벌의 양복도 없었던 것이다. 홍대만큼 남자들의 복장이 자유로운 곳도 없다. 쇠사슬이 달린 가죽옷이나 코스프레로밖에는 이해되지 않는 차림도 누구 하나 신경쓰지 않는다. 단 양복을 잘 빼입은 남자만큼은 모든 이들의 눈길을 한번에 사로잡는다. 어느 저녁이었다. 그날 모임의 남자들은 모두 양복을 입고 있었다. 식사 전 남자들이 일제히 양복 상의를 벗느라 좀 분주해졌다. 누구는 의자 등받이에 걸쳐놓고 누구는 나무처럼 생긴 옷걸이에 걸었다. 여기저기 걸린 양복 상의들. 브랜드도 다 다르고 색상도 다르지만 어딘지 모르게 비슷한, 왠지 유니폼의 느낌이 났다. 목 부분이 봉에 꿰어 불편하게 늘어졌다. 양어깨에 들어간 두꺼운 심 때문인지 식사 내내 벗어둔 양복 상의들은 여전히 군기가 바싹 든 것처럼 보였다.

껌　어두운 주차장을 막 빠져나가려는데 차 보닛 위에서 무언가 반짝 빛났다. 누군가 씹다 뱉은 껌. 중간에 차 세우기도 그렇고 내처 집까지 가기로 했다. 누군가 고의적으로 그런 것처럼 정중앙에 동그랗게 붙어 있다. 왜 그랬을까. 자신이 늘 주차하던 자리인데 다른 차가 먼저 자리잡고 있어 화가 났을 수도 있다. 아니면 무거운 박스를 들고 주차된 차 사이를 빠져나가려다 중간에 몸이 걸려 화풀이를 했을 수도 있다. 뭉친다고 뭉쳤지만 잇자국이 남아 있는 껌. 씹고 씹어 단물 다 빠진 껌. 정중앙에 붙은 껌 때문에 차선에 걸치지 않고 똑바로 운전할 수 있었다. 문득 코미디의 한 장면이 떠올랐다. 얌전해 보이는 아가씨가 맞선 자리에서 상대편 남자에게 고백한다. "한때 껌 좀 씹었어요." 어떤 전형이기라도 하듯 드라마나 영화 속 비행 청소년들은 껌을 질겅댄다. 빨갛게 칠한 입술과 짝짝 소리내 껌 씹는 것이 다방 여종업원들의 모습이기도 했다. 그러니 자신의 육학년짜리 아이가 별안간 껌을 씹어대자 엄마가 불안해진 건 당연한 일일 것이다. 얼마 전 만난 그 엄마는 정신과 전문의와 상담까지 했다고 한다. 어디로 분출해야 할지 모르는 반항심을 껌 씹기로 풀어내고 있는 것이니 좋은 일이라고 했단다. 집에 도착하자마자 껌을 떼어낸다. 말랑말랑한 껌. 껌을 씹는 동안 말랑말랑해졌을 화(火).

오만과 편견 　왜 그랬대요? 얼마 전 쇠고기 수입업체가 한 연예인을 상대로 손해배상 청구소송을 낸 걸 두고 동료 둘이 물었다. 일년 전 그 연예인이 그런 말을 한 걸 둘은 까맣게 몰랐다고 한다. 세상 물정에 어둡다고 해야 하나. 공식석상에서 그런 발언을 한 게 아니라 자신의 미니홈피에 생각을 적었다고 정정해주었다. 두 사람 멍한 표정으로 묻는다. 다른 사람 다 놔두고 왜 하필 그 연예인이래요? 수입업체 대표의 인터뷰에서처럼 정말 그 연예인의 '버르장머리'를 고치려 단단히 별렀던 걸까. 평소 질색하는 그 단어가 신경쓰인다. 혹시라도 우리 밑에 깔린 무언가가 작용한 것은 아닐까. '나이'와 '여자' 그리고 '연예인'. 수많은 청소년들이 스타를 꿈꾸지만 한편으로 여전히 우리 속에는 연예인에 대한 편견이 남아 있다. 불쑥 이십년 전 일이 떠올랐다. 슈퍼에서 별 생각 없이 카트를 밀고 가다 맞은편에서 오던 한 사람과 딱 마주쳤다. 지금 같았으면 모른 척 지나쳤을 것이다. 텔레비전에서나 보던 탤런트가 앞에서 걸어오고 있다니, 흥분해서 나도 모르게 외치고 말았다. 그 연예인의 이름을, 친구 이름 부르듯 존칭은 생략한 채 늘 불러대던 그 식대로 말이다. 아주머니뻘 되는 그는 고개를 숙인 채 황급히 옆 코너로 사라졌다. 어제 일처럼 얼굴이 화끈거리는데 후배가 묻는다. 그런데 이길까요?

FGM   얼마 전 한비야씨가 여성 할례의 참상에 대해 알렸다. 지구상에 아직도 그런 미개한 나라가 있다는 사실에 놀란 이들이 많았던 모양이다. 소말리아 출신의 모델 와리스 디리의 자전적 이야기 『사막의 꽃』을 읽기 전까지도 그저 풍문으로 떠도는 이야기인 줄 알았다. 지금도 아프리카에서는 해마다 200만명의 소녀들이 할례에 어린 몸을 내맡기고 많은 소녀들이 그 후유증으로 사망한다. 불결하고 음탕한 곳이니 아예 도려내거나 꿰매어 없었던 걸로 치자는 극단적인 생각이 만들어낸 여성성기훼손(Female Genital Mutilation, FGM). 지구상의 1억5천명 가량의 여자들에게 이 상흔이 남아 있다. 놀라운 것은 전통이라 불리는 이 야만적인 행위가 이슬람 경전인 코란 어디에도 명시되어 있지 않다는 사실이다. 순결한 처녀를 아내로 맞으려는 남자들이 만들어낸 폭력일 뿐인데 어머니들은 대항 한번 해보지 않은 채 솔선수범 딸들을 이 악습에 내맡긴다. 딸들이 좋은 곳으로 시집가기를 바라는 마음에서이다. 다행히 우리의 몸은 할례의 칼자국을 피해갔다. 하지만 유구하게 세습되어 온 이 흔적, 누가 우리의 정신에 칼자국을 내었나. 불과 얼마 전 딸만 내리 둘 낳았다며 한숨 쉬던 젊은 엄마를 보았다. 28주 이상된 태아의 성감별이 허가된 지 채 일년이 되지 않았다. 그 엄마의 얼굴 위로 먼 나라 어느 부족의 늙은 여인이 겹쳐졌다.

맛의 비밀　　백반집 '순천집'은 당연히 순천에 있다. 슴슴하게 무친 나물과 감자, 호박을 숭숭 썰어넣고 끓인 된장찌개 맛이 일품이라고 했다. G시에 갔다가 평생 요식업에 종사한 분의 차를 얻어타고 서울로 올라오는 길이었다. 1박 2일 일정 중 하루만 동행하는 바람에 첫날 일행이 들러 식사했다는 순천집의 밥을 못 먹은 게 두고두고 아쉬웠다. 그날 점심 쓸쓸한 풍경 속에 앉아 먹었던 민물매운탕 맛도 그만이었다. 옆에 앉은 그분은 음식맛에 대한 한마디 말도 없이 뚝딱 밥을 먹고 일어섰는데 몇 시간 뒤 돌아가는 차 안에서야 민물매운탕 맛을 평가했다. "괜찮더군." 그 말끝에 그분이 다시 순천집 이야기를 꺼냈다. 그만한 음식맛을 그 가격에 내기란 쉽지 않다고 했다. 점심때마다 길거리에 선 채 뭘 먹을까 고민하던 것이 떠올랐다. 그러고 보면 그냥 한끼 때운다는 식으로 밥을 먹은 적도 많았다. 그런 날은 금방 허기가 졌다. "그럼 홍대쯤에 분점을 내도 좋지 않을까요?" 그분의 생각은 확고했다. 서울로 올라오는 순간 그 맛이 없어진다, 그 맛을 비슷하게 내려면 양념은 물론 물까지도 죄다 순천에서 날라야 한다, 서울의 비싼 가게세와 물가, 거기다 재료 운반비까지 그 가격으로는 어림도 없다. 그래서 순천집은 순천에 있어야 한다고. 고개를 끄덕이며 생각했다. 귤이 탱자가 되는 이치를.

맞수 지금껏 내게 맞수 따윈 없었다라고 큰소리칠 수 있으면 좋겠지만 자의든 타의든 내겐 늘 맞수가 있었다. 시작은 16개월 터울 진 동생이 태어나면서부터였다. 어른들은 툭하면 우리 둘을 비교했다. 큰애는 어떻고 작은애는 저떻고. 비슷했던 우리가 어느 순간 외모나 성향이 딴집 애들처럼 바뀐 건 반발심 때문이었는지도 모른다. 좁은 골목을 벗어나 초등학교에 입학하면서 본격적인 경쟁자들이 생겼다. '맞수' 란 말도 그때 알았다. "얘 맞수는 누구냐?" 선생님들은 부러 고만고만한 실력을 가진 아이들을 맞수로 묶어주었다. 그런데 큰애에게는 맞수가 없어 보인다. 어느 누구건 자신보다 예쁘고 노래도 잘하고 성적도 좋다. 그런 아이의 마음이 예쁘게 보이다가도 한편 저러면 아이 마음은 편하겠지만 어느 누가 아이의 욕심을 불러일으켜 좀더 잘할 수 있도록 채근을 해줄까 싶다. 요즘은 맞수란 말도 잘 쓰지 않는다. 대신 '엄친아' '엄친딸'이 있을 뿐이다. 외모면 외모, 성적이면 성적, 어느 것 하나 뒤처지지 않는다는 엄마친구의 딸과 아들. 빈틈이라도 좀 있어야 따라잡고 싶은 마음이 생길 것 아닌가. 큰애의 저 태평함은 어쩌면 시작도 해보지 못한 좌절일 수 있다. 내겐 맞수가 많았다. 한번은 그애를 따라잡느라 백미터 달리기의 기록이 무려 3초나 당겨진 적도 있다.

위대한 유산

고색창연한 독일 도시 울름. 그곳 야스트람 서점의 주인은 마흔 남짓한 마른 체구의 사내였다. 낭독회 행사를 위해 붉은색 나비넥타이를 멋스럽게 매고 있었다. 서점은 옛날 소년잡지를 사러 용돈을 받으면 뛰어가던 학교 옆 서점만했다. 대형 서점만 남은 우리 도시에서는 더이상 찾기 힘든 소박한 서점이었다. 한곳에서 몇대를 이어 살다보니 자연스럽게 부모의 일을 자식이 물려받게 된다. 야스트람 서점의 주인도 부모의 뒤를 이어 서점을 운영하고 있었다. 대문니 사이가 살짝 벌어졌는데 그가 어떤 말을 할 때는 휘파람 소리가 났다. 그는 즐거워 보였다. 자신의 일에 대한 자부심도 대단했다. 서점 한쪽 벽에는 서점의 전 주인이자 지금 주인의 어머니인 한 여성의 사진이 걸려 있었다. 부모가 일으킨 사업을 고스란히 떠맡는 경영권 승계가 우리 사회에서 문제점으로 떠오르기도 하지만 우리나라에서도 가업을 잇는 이들이 하나 둘 늘고 있다. 하지만 작은 서점을 물려받으라고 한다면 손사래를 칠 자식들이 많을 것이다. 아니 그보다 먼저 부모들이 절대 자신의 일을 물려주려 하지 않을 것이다. 전세 대란 소식에 마음이 무겁다. 이리저리 떠도는 삶. 집이 있거나 없거나 아직 많은 이들의 삶이 집 위주로 움직인다. 사는 곳이 안정되지 않았으니 가업을 잇는 일이란 여전히 우리에게 먼 다른 나라 이야기일 뿐이다.

부 부와 동지

이희호 여사의 목소리는 카랑카랑했다. 미수의 나이라 믿기 어려웠다. 서울광장에 들린 여사는 국민들에게 감사의 말을 전했다. 짧은 시간이었지만 뛰어난 웅변가라는 느낌이 강하게 남았다. 무엇보다도 몇몇 단어들이 인상적이었다. 여사는 김대중 전 대통령을 '제 남편'이라고 불렀다. 단 한번도 '김대중 전 대통령'이라는 호칭은 쓰지 않았다. 처음으로 김 전 대통령을 정치가와 대통령이 아닌 한 아내의 남편인 김대중으로 생각해보게 되었다. 창 앞에 나란히 놓인 두 개의 의자와 찻잔 두 개. 노년의 부부는 그곳에 나란히 앉아 담소를 나누고 나무에 앉았다 가는 새들 보기를 즐겼다고 한다. 지금껏 수많은 아내들의 입을 통해 발음되던 '남편'이라는 호칭이 이런 느낌을 가지고 있는 줄도 처음 알았다. 내 주위의 그 어떤 아내도 남편을 존경한다거나 감사하는 마음을 가지고 있지 않았다. 김대중 전 대통령을 이야기할 때면 이희호 여사의 이야기도 빠지지 않았다. 길고 길었던 영욕의 시간, 아내이자 동지인 여사가 늘 곁에 있었다. 이런저런 만감이 교차하는 일요일 밤. 김대중 전 대통령이 내게 마지막으로 남긴 것은 남북 평화와 화해가 아닌 난데없는 '부부'였다. 무슨 수로 남편과 아내가 동지가 된단 말인가. 슬쩍 옆에 앉아 있는 남편을 보았다. 정말 남편과 동지가 될 수 있을 것 같은 밤이었다.

기성품 아기

내 주위에는 미혼 여성들이 많다. 멀리서 찾을 것도 없다. 우리집에 둘, 시댁에 둘이다. 얼마 전 여자들끼리의 모임을 가졌다. 최연장자와 최연소자의 나이 차는 스물두 살이지만 이런저런 이야기를 하다보면 나이란 숫자에 불과하다는 생각을 새삼스레 하게 된다. 주로 남자들이 있을 때 하지 못하는, 몸과 마음이 아팠던 이야기를 각자 털어놓았다. 미혼인 한 선배가 얼마 전 병원에 다녀온 이야기를 들려줬다. 의사가 그녀에게 폐경 소식을 전해주었다고 한다. 결혼을 하지 않은 건 후회되지 않는데 아주 잠깐 아기를 낳아보지 못한 생각에 마음이 흔들렸다고 한다. 이럴 때면 꼭 분위기를 바꿔주는 이들이 있다. 후배가 희망적인 소식을 전했다. 얼마 전 체외 수정으로 육십의 나이에 아기를 출산한 한 여성의 이야기에 잠시나마 선배의 마음이 가벼워진 듯했다. 후배는 그 여성이 2년 만에 암으로 숨진 사실은 덧붙이지 않았다. 그녀는 자신이 암에 걸린 걸 알면서도 아기를 가졌다. 이제 아기만 세상에 남게 되었다. 내친김에 후배는 다른 소식도 전했다. 이제는 아이의 성별뿐 아니라 눈동자 색깔까지도 맞춤으로 아기를 낳을 수 있게 되었다는 것이다. 그렇다면 엄마가 결정한 그런 조건들을 그 아기가 좋아할 것인가를 먼저 생각해봐야 할 것이다. 우리는 가끔 자식을 나 자신으로 혼동하곤 하니까.

빨간 구두

신발은 맨발과 비슷해지려 연구에 연구를 거듭해왔다. 거기에 기능의 극대화를 꾀한다. 그 결과 인텔리전트 신발이 등장했다. 하지만 백화점의 한 층을 차지한 구두점들을 돌아다니면서 든 생각은 여성의 구두만큼은 이 사실을 철저히 외면하고 있다는 것이었다. 샌들 하나를 사려는 동생에게 근 두 시간째 끌려다니다가 문득 의문이 생겼다. 왜 구두점의 판매원들은 대부분 남자일까. 그들은 구두를 골라주고 신겨준다. 이쁜지 아닌지 코멘트도 잊지 않는다. 동생이 수많은 구두를 신고 벗는 동안 우리는 의자에 앉아 있었다. 발이 아팠던 구두 생각을 하면 늘 동화『빨간 구두』가 떠오른다. 동생의 구두를 봐주러 따라온 우리가 무색해질 만큼 점원들은 열심이었다. 그런데 그들은 알까. 여자의 발이 혹사당하고 있다는 사실을. 동병상련이라고 여자 점원이었다면 좀 달랐을 것도 같다. 아무래도 구두점에 남자 직원들이 있는 건 남성의 시각에서 가장 예뻐 보이는 구두를 골라주기 위해서라는 의심을 지울 수 없었다. 동생은 우리의 의견보다 점원의 말을 따라 구두를 골랐다. 이참에 구두를 사야겠다는 생각이 들어 물었다. "혹시 편안한 구두는 없을까요?" 그는 냉큼 다른 구두점을 가리켰다. 거기엔 간호사들이 즐겨 신어 간호사 신발이라는 별명이 붙은 신발들이 있었다. 예쁘거나 편안하거나. 나는 또 갈림길에 섰다.

천리화　　이참에 구두를 사야겠다는 생각이 들어 물었다. 좀 편한 구두가 있느냐고 묻자 구두점의 남자 판매원은 다른 신발가게를 추천했다. 어머니들이 즐겨 신는 일명 '간호사 신발'을 파는 곳이었다. 별안간 기분이 언짢아졌는데 그 브랜드를 말할 때 판매원이 짓던 표정 때문이었다. 내가 편한 구두를 찾는 순간 그는 나를 자신의 고객 명단에서 제외시키는 동시에 나를 멋이라곤 도통 모르는 여자로 치부해버렸다(그의 표정만으로 이렇듯 확대 해석하고 있는 내 자신에게 더 부아가 돋는다). 그러고 보니 그 구두도 그렇고 브랜드들 하나같이 별뜻 없이 예쁜 어감만을 가진 이름이다. 반대편 편안한 신발 쪽으로 가니 이름부터 달랐다. 아예 편안함이라는 뜻을 가진 신발도 있다. 몇년 전 독일에서였다. 낯선 도시에 도착할 때마다 눈에 띄는 상호의 신발가게와 마주쳤다. 메피스토. 파우스트가 영혼을 팔았던 그 메피스토펠레스. 그에겐 한 걸음에 7마일을 가는 장화가 있었다. 대략 11킬로미터이다. 그 장화만 신으면 부산까지 40걸음에 갈 수 있다. 그 이름에 반해 무작정 가게로 들어갔고 부모님의 신발을 샀다. 어머니와 아버지의 발 치수가 비슷했던 것만 기억났다. 여자발치고는 꽤 큰 어머니의 신발은 남자치고는 약간 발이 작은 편인 한 선배에게 신어보라고 부탁해서 골랐다. 다행히 두 분 모두 신발이 딱 맞았다. 두 분은 문학적인 그 신발을 '천리화'라고 부른다.

상처   얼마 전 소설가 공선옥 선배의 손등에서도 그 흔적을
발견했다. 뜨거운 냄비나 프라이팬의 테두리에 살짝 덴 듯한 자국
이었다. 주부들의 손이나 팔뚝에는 한두 개쯤 주부라는 표시가 있
다. 불과 칼의 자국들이다. 지난여름 감자를 삶다 뜨거운 냄비에 화
상을 입었다. 대수롭지 않게 여겼는데 팔 안쪽 여린 곳이라 그런지
커다란 물집이 잡혔다. 팔을 움직일 때마다 타원형 물집 속에 고인
물이 찰랑거렸다. 어디에서 그런 물이 고였는지 물은 맑았다. 흉터
가 남지 않게 해주는 치료제들이 많이 나와 있어 흉터 걱정은 되지
않았다. 밴드는 투명해서 속이 그대로 들여다보였다. 밴드를 갈아
붙이면서 여름을 났다. 물집의 물이 빠지면서 부풀어오른 피부가
딱딱해졌다. 분홍색 새살이 새로 자리를 잡았다. 상처 아무는 과정
을 보는 재미가 쏠쏠했다. 상처는 가장자리부터 아물었다. 가장자
리부터 어는 호수 같았다. 조금씩 조금씩 중심을 향해 표시나지 않
게 다가갔다. 겨울이면 어른들은 호수에서 얼음을 지치려는 아이들
에게 주의를 주곤 한다. 가장자리는 얼었어도 한복판은 얼지 않아
위험하다고. 얼마 전에야 치료용 밴드를 뗐다. 붉은 흔적을 들여다
볼 때마다 잠깐 맛본 뜨거운 맛과 파슬파슬하던 하지 감자와 알게
모르게 남에게 주었을 상처가 떠오른다. 시간이 흘렀지만 상처의
중심은 아직 다 아물지 않았는지도 모른다.

읽다 만 책

『샘터』나 『인권』 등의 잡지 오른쪽 상단부에는 1.5센티 크기의 작은 사각형이 있다. 바로 시각장애인들을 위한 음성 변환 바코드이다. 음성 변환 출력기가 따로 있어야 사용할 수 있다. 어떻게 쓸까, 궁금했는데 드디어 사용해볼 기회가 생겼다. 진행하고 있는 책 중의 한 권에 바코드를 달기로 한 것이다. 휴대폰만한 본체에 바코드를 인지하는 작은 스캐너가 달려 있어 휴대하기에 간편하다. 책의 양 모서리에 딱 맞게 스캐너를 대면 바코드가 정중앙에 자리잡게 되고 잠시 후 책의 내용과 똑같은 목소리가 흘러나온다. 눈을 감고 해보았다. 손끝의 감각이 무뎌서인지 바코드를 정중앙에 대는 것도 쉽지 않아 자꾸 에러 표시가 떴다. 우리나라 시각장애인은 등록된 숫자만 23만명 정도라고 한다. 그중 점자를 읽을 수 있는 이들은 10퍼센트밖에 되지 않는다. 수많은 이들이 점자 문맹 속에서 하루하루 살아가고 있는 것이다. 아마도 많은 이들이 뜻하지 않은 사고나 병으로 시력을 잃었을 것이다. 우리 중 누구도 시력을 잃을 것에 대비하고 준비하며 살아가지는 않는다. 읽다 만 책의 뒷부분이 궁금한 시각장애인들도 많을 것이다. 점자를 읽는다 해도 점자화되지 않아 결말을 알 수 없는 책들이 태반일 것이다. 출판되는 모든 책에 음성 변환 바코드가 붙는다면, 그들에게도 '신간'의 개념이 생길 것이다.

귀신을 속이듯　부동산중개소에서 나눠주는 달력에는 '길일' 표시가 있다. 아무래도 이사가 흔치 않던 시절에 만들어진 문화인 듯하다. 우리도 어른들이 택일한 날짜에 이사를 했다. 길일에는 이삿짐센터 비용이 비싸진다고 해도 막무가내였다. 타계한 외삼촌 대신 외숙모가 지키고 있는 외갓집은 외조부가 결혼한 후 마련한 집이다. 주변에 논과 밭이 있다. 그런 그들이 만약 삶의 터전을 옮겨야만 했다면 어쩌면 풍비박산을 뜻했을 수도 있을 것이다. 대학 때부터 알아 수십년을 함께한 한 선배가 불쑥 내년 초 이사를 간다고 알려왔다. 제주도 출신인 아내를 따라 제주도에 자리를 잡을 생각이란다. 정작 제주도에서 나고 자란 그의 아내는 서울로 올라온 대학시절 이후 쭉 서울에서만 생활을 했다. 서울 출신으로 한번도 이곳을 떠나본 적 없는 그가 타지에서 잘살 수 있을까 모두 걱정했다. 대뜸 거기에서 어떻게 살 거냐고 물었다. 그는 오래전부터 구상해왔던 이야기를 요모조모 들려주었다. 그것은 귀향도 아니었고 낭만적인 전원생활도 아니었다. 그는 몇차례 제주도를 오가면서 관광 제주를 눈여겨보고 있었던 모양이다. 이사는 내년 신정과 구정 사이에 할 생각이라고 했다. 귀신을 속여넘길 수 있기 때문이란다. 음력과 양력 날짜 하나 제대로 계산하지 못하는 귀여운 귀신 이야기에 우리는 걱정도 잊고 소리내 웃었다.

깨가 서 말　때는 바야흐로 전어의 계절이다. 아침저녁으로 쌀쌀한 바람이 불자 불현듯 전어맛이 떠올랐다. 이번 가을은 혀끝에서 시작된 셈이다. 아직 좀더 기다려야 할까. 그러다 횟집 앞 대형 수족관 앞에서 헤엄치고 있는 전어들을 보았다. 발빠른 손님 몇은 벌써 전어구이 한 접시로 소주 서너 병은 비운 듯했다. 생선 비린내가 희미한 가게 앞으로 전어 껍질이 눌러붙은 석쇠가 나와 몸을 식히고 있었다. 『자산어보』에는 전어를 기름이 많고 달콤한 생선이라고 기록하고 있다. 단맛에 길들여진 탓인지 수없이 전어를 먹어보았지만 달콤함은 찾아내지 못했다. 소금구이도 좋지만 무엇보다도 뼈째 먹는 전어회맛이 그만이다. 오래오래 씹고 있으면 '깨가 서말'이라는 말이 자연스레 떠오른다. 산란을 하는 봄이 되기 전 전어는 영양분을 몸에 비축한다. 석쇠에 올려 불에 구우면 기름을 뿌린 것처럼 지글지글 기름이 뚝뚝 떨어진다. 전어를 좋아하는 데는 귀천이 따로 없고 그 누구도 전어 사는 돈을 아끼지 않는다 해서 붙여진 이름, 전어(錢魚). 참지 못하고 가게에 들어가 전어회 한 접시를 시켰다. 잠시 후 종업원이 내온 전어회에 모두 탄성을 질렀다. 고르게 썰어놓은 전어회 위를 하얗게 덮고 있는 건 바로 참깨였다. 이것이 바로 역발상일까. 주방장이 고명으로 뿌린 참깨 덕분에 그날 전어는 정말 깨가 서말이었다.

가짜와 진짜

논쟁 아닌 논쟁은 소설가 박성원씨가 지난 밤 보았다는 소비자 고발 프로를 이야기하면서 시작되었다. 이른바 유명 상표의 짝퉁 논란. 그동안 심심치 않게 있어온 일이었지만 그날 좌중의 귀가 솔깃했던 건 그뿐 아니라 두 명의 남자가 문제의 그 셔츠를 입고 있었기 때문이었다. 어느 집에나 한 벌쯤 있어 다들 귀를 기울였다. 정품과 비정품을 구분할 수 있는 방법이라야 자수 로고를 살피는 일이 전부였다. 말머리가 위로 들렸다느니 스틱의 위치가 기울었다느니 이런저런 설들을 풀어놓는 바람에 점심시간이 어떻게 흘러가는지 모르게 흘러갔다. 자칫 어색해질 수 있는 자리였는데 박성원씨 덕분에 화기애애해졌다. 그는 너스레를 떨었다. 아무래도 자신의 옷이 짝퉁 같다는 것이다. 그러자 한 분이 무언가를 꺼내들었다. 돋보기였다. 바로 감식에 들어갔다. 한 사람의 셔츠 자수를 꼼꼼히 살펴보다 정품 판정을 내렸다. 두번째 감정은 의외로 빨리 끝났다. 돋보기를 대자마자 짜임새가 엉성하다면서 짝퉁 판정을 내렸다. 바로 박성원씨의 셔츠였다. 그럴 줄 알았다면서 그는 웃었다. 생각해보니 어느 모임에서건 그는 늘 우리에게 웃음을 준다. 아무래도 가짜 판정 뒤에는 그의 그런 성품도 한몫한 듯하다. 셔츠는 모르지만 그야말로 정품 중 순정품이었다. 며칠 뒤 그의 셔츠도 정품이라는 판정이 났지만 말이다.

가짜와 진짜 2

역시 중국은 '짝퉁'의 천국이었다. 일정을 마치고 남은 약 반나절의 시간을 어떻게 보낼 것인가 대충 두 팀으로 나뉘었다. 천안문과 자금성에 가서 '인증샷'만 찍고 오는 것과 짝퉁 거리에 가보는 것. 어디에 가든 중국의 문화를 느낄 수 있을 터였다. 말 그대로 짝퉁 거리는 짝퉁들만 파는 곳이다. '진퉁'은 무시당한다. 거리가 아니라 커다란 상점이란 말도 있고 이름과는 달리 겉으로 보아선 짝퉁을 취급하는 곳처럼 보이지 않는다고도 했다. 대체 인간은 어디까지 복제해낼 수 있을 것인가. **짝퉁 거리의** 물건들이 궁금했다. 우리와는 달리 중국에서 짝퉁은 이미 하나의 문화로 자리매김된 듯하다. 왜 짝퉁을 선호하는가란 물음은 왜 명품을 선호하는가라는 질문으로 대신할 수 있을 것 같다. 대개의 경우 명품은 한정된 물량만 생산된다. 그것을 구입하는 순간 선택된 사람이라는 착각을 불러일으킨다. 오직 한 사람, 당신이다. 우리의 신분과 위치를 구차한 설명 없이 단 한순간에 알려준다. 그렇다면 짝퉁임을 내세우는 짝퉁이란 타인 지향적인 우리의 속물근성에 대한 반발심에서 비롯된 것은 아닐까. 일행 중 한 분이 숙소로 오는 택시 안에서 기사에게 짝퉁 거리가 어디냐고 물었다고 한다. 택시 기사의 자조적인 대답이 바로 돌아왔다. "중국에서 짝퉁 아닌 게 어디 있습니까?"

여유로운 밤 저녁식사를 한 곳은 북경대학 근처의 대형 중국집이었다. 그곳을 추천한 분은 그 대학의 한국학연구센터 부주임인 한첸퀴안 교수였다. 중국어가 웅웅대는 넓은 홀 옆의 계단을 올라 자리에 앉는 순간부터 음식들이 나오기 시작했다. 오이 샐러드류의 채소 요리부터 닭고기와 도가니, 생선 요리들이 줄을 이었다. 서울에서 즐겨 먹던 중국요리와는 맛이 달랐다. 단맛이 나지 않는 대신 고수나 산초 같은 향신료들을 써서 향이 강하고 매운 음식들이 많았다. 테이블 위의 둥근 상은 빙글빙글 돌아갔다. 하지만 초반부터 우리는 음식의 기세에 밀리기 시작했고 채 비우지 못한 접시들 위로 새 접시들이 층층이 쌓이기 시작했다. 그곳을 추천한 한 교수님도 정작 죽 위주의 식사를 하는 소식가였다. 그 자리의 중국인들 중 누구도 남긴 음식을 아까워하거나 덜 남기려 노력하지 않았다. 후식은 이쯤이면 음식고문이라고 생각할 무렵에야 등장했다. 이렇듯 먹고 남기는 것이 중국의 음식문화라고 했다. 넉넉히 시켜 먹고 남겨야 여유가 있어 보인다는 것이다. 그날 밤 우리는 모두 여유로운 사람들이 되었다. 요즘 들어 남은 음식을 싸가는 풍조가 생기기 시작했는데 바로 한국인들의 영향이라고 했다. 나오면서야 붉게 반짝이는 중국집 이름을 보았다. 미명루(未名樓). 이름에서 느껴지는 겸양과는 달리 큰 간판이 인상적이었다.

어다나　먼저 도착해서 북경도서전을 치른 번역원 직원들은 북경의 교통 체증에 고개를 흔들었다. 그게 다 건국 60주년 행사 준비 때문이었다. 천안문에서 있을 축하 퍼레이드에 20만명의 시민들이 동원되었다. 열병식에서는 첨단무기도 소개된다고 한다. 중국으로선 막강해진 국력을 대외에 알릴 좋은 기회일 것이다. 러시아워 시간에 딱 걸렸지만 천안문까지 지하철을 타기로 했다. 어렵게 도착한 지하철역 출입구는 셔터가 닫혀 있고 밖에서 누군가 자물쇠까지 걸어놓았다. 우왕좌왕하는 사이 계단 아래에서 올라온 역무원이 힘겹게 자물쇠를 따고 문을 열어주었다. 그럼 밖에서 자물쇠를 잠군 이는 어디로 간 것일까. 도저히 그 상황이 이해되지 않아 일행이 물었다. 한꺼번에 사람들이 몰릴 걸 우려해서라고 했다. 시간차를 두고 이렇게 지하철역의 문을 닫고 열어 지하철 이용객 수를 조절하는 걸까. 무엇이든 크다는 중국에서 유독 지하철역만큼은 규모가 작았다. 사람들이 한꺼번에 밀리면 위험할 듯했다. 아무래도 넓은 거리 전체가 지하철 플랫폼인 듯했다. 지하철은 만원이었다. 옴짝달싹할 수 없었다. 오래전 러시아워가 떠올랐다. 이상하게도 치맛자락이나 가방끈을 지하철 문에 끼운 채 달린 적이 많았다. 어느 역엔가 도착하자 사람들이 우르르 내렸고 한 방향으로 뛰었다. 환승역이었다. 러시아워 풍경은 어디나 똑같았다.

천안문에서 　중국 각지에서 몰려온 관광객들로 천안문 앞은 장사진을 이루었다. 띄엄띄엄 여행사의 깃발도 섞여 있었다. 사람들은 마오쩌둥 사진이나 쌍둥이처럼 생긴 군인 옆에 서서 사진을 찍으며 웃어댔다. 관광객들 사이에서 금방 눈에 띄는 여자들이 있었다. 치렁치렁한 붉은색 치마와 커다랗고 화려한 꽃이 수놓인 허리띠, 묵직한 두건 등 중국의 소수민족인 듯했다. 누군가 그녀들을 배경으로 사진을 찍기도 했지만 그녀들도 마찬가지로 천안문 구경에 나선 관광객일 뿐이었다. 중국은 한족을 제외한 55개의 소수민족으로 이루어져 있다. 얼마 전 한족과 위구르인들 사이에 있었던 불미스러운 일이 떠올랐다. 그녀들 중 한 명에게 어디에서 왔느냐고 물었다. 해맑은 눈빛의 여자가 쾌활하게 말했다. '이난(沂南)'이라는 곳에서 왔다고 하는데 중국통인 번역원의 강윤형씨도 잘 모르는 모양이었다. 그녀들은 자연스럽게 자금성 안에서 뿔뿔이 흩어졌다. 똑같은 옷에 화장기 없는 얼굴, 고만고만한 키까지 자세히 보지 않으면 누가 누군지 구분이 가지 않았다. 자금성 깊숙한 곳에서도 그녀들 중 하나와 툭 부딪혔다. 축제와 다름없는 오랜만의 먼 나들이였다. 시간이 지날수록 관광객 수는 배로 불었지만 그녀들은 일행을 잃을까 걱정하지 않았다. 하기야 그 복장은 어디에서나 한눈에 띄었다. 활기차고 아름다운 여인들이 있는 곳, 이난에 가고 싶었다.

여 전히 영국의 디지털 사진 아티스트인 존 고토의 작품들을 예전처럼 편안하게 감상할 수 없다. 〈올 세인트 교회의 흑사병 생존자〉(약칭)를 볼 때는 불안감까지 엄습했다. 중세 시대 흑사병의 원인을 알지 못했던 사람들은 새들이 병을 옮긴다고 믿었다. 화려한 색감의 사진 속에서 새의 가면을 쓴 사람들은 마치 주술의 힘이라도 빌리려는 듯 춤을 추고 있다. 1340년에 발병한 흑사병은 전 유럽 인구의 3분의 1을 휩쓸고 마지막 환자가 보고된 1722년까지 무려 400년 동안이나 창궐했다. 지난 주말 사이 신종플루로 세 명의 사망자가 발생했다. 추석 연휴 동안 얼마나 많은 환자가 발생할지 알 수 없다. 출장에서 돌아온 날부터 내내 몸을 관찰했다. 미열과 기침, 평소라면 그냥 지나칠 일에도 예민할 수밖에 없었다. 학교에서 돌아온 큰아이도 새로운 소식들을 물어왔다. 세 명의 학생들이 발병한 근처 학교가 휴교에 들어갔다는 것, 자신의 학교에서도 일학년 학생이 신종플루에 걸렸는데 바로 그 오빠가 휴교를 한 학교 학생이라는 것. 이런저런 뜬소문 속에서 아이들의 불안감이 읽힌다. 인터넷에 떠도는 이야기들은 하나같이 지나친 걱정과 지나친 낙관뿐이다. 치료제가 얼마나 확보되었는지 확실치 않은 가운데 타미플루를 개인적으로 구입했다가 감기에 걸린 아이에게 먹인 사례도 있는 듯하다. 존 고토의 작품들에 불안해진다.

물 위에서

엘니뇨 현상으로 직접적인 피해를 본 이들 중에 바자우족이 있다. 비교적 수심이 낮은 바다에 수상가옥을 짓고 사는 이들에게 수위가 높아진 바닷물은 위협일 수밖에 없다. 바닷물이 이들의 집 바닥 가까이 차올랐다. 언제 물에 잠길지 몰라 불안 불안하다. 벌써 집을 버리고 떠난 이들도 있다. 삶의 터전이 한순간 경계의 대상이 되었다. 바자우족은 필리핀과 인도네시아 술라웨시 섬에 살고 있는 소수 부족이다. 물에서 태어나 물에서 생을 마친다. 그들에게 허락된 땅이란 죽어 묻히는 작은 땅이 전부이다. 그들에게는 국적이 없다. 육지에 올라가 장을 보는 일에도 위험이 따른다. 그러니 몸이 아파도 병원에 갈 엄두조차 내지 못한다. 그곳에서도 아이들은 자란다. 아이들의 웃음소리가 끊이지 않는다. 몇해 전 캄보디아 톤레삽 호수의 한 수상가옥을 보며 애를 태우던 일이 떠오른다. 어른이 보이지 않는데 이제 막 걸음마를 시작한 아기가 잠에서 깨어 울고 있었다. 바닥을 가늠하기 어려운 흙탕물에 오물이 둥둥 떠다니던 호수. 혹시 저러다 물에라도 빠지면 어쩌나 조마조마했다. 누구에게나 허락되었을 거라고 생각했던 땅, 그리고 보니 나 또한 하루의 대부분은 공중에 떠 있다. 어릴 적 어머니는 귀에 딱지가 앉도록 한 말을 하고 또 했다. "무슨 일이 있더라도 땅 위에 두 발을 단단히 붙이고 서 있어야 한다."

4세아를 부탁해 '4대강'을 살리기보다는 '4세아'에

먼저 투자를 해달라는 한 신문의 기사를 읽으면서 속이 다 후련했

다. 당장 내 일이기도 했다. '4세아'란 만 3세에서 5세의 아이를 일

컫는데 '4대강'에 빗대어 급조한 용어인 듯했다. 글쓴이는 그 신문

사의 여성 기자였다. 오늘 아침 출근길에도 어린아이의 손을 잡고

종종대는 엄마를 보았다. 덜 마른 머리카락과 하얗게 들뜬 화장으

로 전쟁과도 같았을 엄마의 아침을 읽을 수 있었다. 급한 엄마의 마

음과는 달리 아이의 발걸음은 느리기만 했다. 기사를 쓴 기자 또한

그런 아침을 보내고 출근했다가 현실의 문제와는 동떨어진 4대강

사업 이야기에 버럭 화가 치밀었을지도 모른다. 엄마들의 사정은

엄마들이 잘 안다. 여성단체에서 일하는 엄마들을 만나 처음 물었

던 것도 바로 육아에 관한 일이었다. 여성단체이니만큼 엄마들의

사정을 좀 헤아려주지 않을까 짐작했는데 웬걸 외려 그런 편견을

없애느라 지각과 조퇴 등에 더 엄격하다고 했다. 일하는 엄마는 그

런 편견과도 싸워야 했다. 그러니 일하는 여성들이 결혼과 출산을

미루는 것도 당연하다. 언제까지 친정어머니만 믿고 아기를 낳을

수는 없는 일이다. 이제 아파트에서 아기의 울음소리를 듣는 일은

소쩍새의 울음소리를 듣는 일보다 더 희귀한 일이 되었다. 아이들

이 없는 사회, 공상과학소설의 한 장면처럼 끔찍하다.

자전거도 부탁해

며칠 전 깊은 밤이었다. 낯선 길을 달리다 이정표를 보고 양화대교 방면으로 급히 접어들었다. 그 샛길은 가로등도 없고 심하게 굽어 자칫 놓치기 십상이었다. 헤드라이트 불빛에 무언가 희끗 빛났다. 자전거의 프레임이었다. 그 밤, 젊은 남자는 후미등 불빛도 밝히지 않은 채 자전거를 타고 있었다. 오르막길에서 힘겹게 페달을 밟느라 차 소리도 듣지 못한 모양이었다. '자출사'(자전거로 출퇴근하는 사람들) 수가 많다는 것은 알고 있었지만 그 길은 자전거로 달릴 만한 길이 아니었다. 이렇듯 수시로 자전거들과 마주친다. 머리에서 발끝까지 완벽하게 라이딩 복장을 갖춘 이들부터 그야말로 자전거만 끌고 나온 '쌀집 아저씨'까지 다양하다. 자전거 동호인 수가 100만에 이른다지만 여전히 우리의 도로는 자전거에 냉담하다. 불쑥불쑥 앞을 가로막는 도로턱과 울퉁불퉁한 인도, 거기에다 상점에서 내놓은 물건들 때문에 지나치기도 쉽지 않다. 차들이 쌩쌩 달리는 도로에서는 느리게 달리는 것도 빨리 달리는 것도 위험하다. 때때로 자전거를 메고 차도를 지나고 계단을 오르내려야 한다. 사대강 사업 중 하나에 둔치의 자전거도로 설치가 들어 있다. 왜 자전거도로를 강에서부터 시작하는 걸까. 자전거를 끌고 나가는 순간 문앞에서부터 문제에 부딪힌다. 자전거도로가 난 그 강까지 자전거로 갈 생각을 하면 막막해진다.

자전거버스 올해도 어김없이 아파트에서는 오래된 자전거들을 정리하는 행사를 벌였다. 가끔 지나치다 보면 보관소에 묶인 자전거들이 영락없는 고물처럼 보이던 참이었다. 먼지가 자욱이 내려앉고 녹이 슬었다. 아예 안장이 빠져 달아난 자전거들도 있다. 며칠 주인을 찾는 안내방송을 하다가 그래도 찾지 않는 자전거들은 고물상에 넘긴다. 아파트 광장 한곳에 찾아가지 않는 자전거들이 산더미처럼 쌓였다. 그렇게 누워 있으니 자전거처럼 보이지 않는다. 한때 누군가에게 보물 1호였을 자전거가 이렇듯 찾아가는 이 없는 고물이 되기까지, 자전거를 타기 힘든 우리의 도로가 **한몫했을 것이다.** 몇해 전 독일에 갔을 때 우리는 종종 인도로 착각한 자전거 도로에 서 있다가 자전거 운전자들로부터 주의를 받곤 했다. 갈림길에 이르면 그들은 팔을 좌우로 뻗어 자신이 갈 방향을 뒷사람들에게 알려주곤 했다. 독일에서 가장 부러웠던 건 부엌칼도 아니고 명품 자동차도 아닌 바로 자전거 도로였다. 자전거 도로를 확보하지 못하고 늘 뒤따라오는 자동차의 경적 소리에 쫓기는 우리의 자전거 운전자들은 자전거버스를 만들어냈다. 자전거를 들고 탈 수 있는 버스가 아니라 수많은 자전거들이 떼를 지어 도로를 점령하고 달리는 것이다. 타고 내리는 정류장도 있다. 자세부터가 달라진다. 더이상 숫적 열세에서 밀리지 않으므로.

잃어버린 여행가방 외국의 한 항공사는 해마다 흥미로운 행사를 벌인다고 한다. 여행객들이 잃어버리고 찾아가지 않는 가방을 체육관에 쌓아놓고 경매에 붙이는 것이다. 물론 구입하려는 사람들은 안에 든 내용물을 미리 확인해볼 수는 없다. 구입을 하면 그 자리에서 가방을 열고 안에 든 것들을 꺼내보는데 상상을 초월하는 오만 가지 물건들이 튀어나와 그곳은 한순간 웃음바다가 된다. 몇년 전 필리핀으로 자원 봉사를 떠났던 후배 하나가 울상이 되어 나타났다. 짐편으로 부친 여행가방이 감쪽같이 사라졌다는 것이다. 필요한 물건들을 구입하거나 빌려 쓰면서 보낸 그 며칠이 그에게는 악몽이었다. 비싸지는 않지만 소중한 추억이 담긴 물건을 잃어버린 게 못내 속상한 듯했다. 그 뒤로 그는 아예 여행이 본업이 되어 일년에도 수없이 여행을 다니고 있다. 물론 그의 여행가방은 잃어버려도 아깝지 않을 물건들로만 채워진다. 이런저런 이야기 때문일까. 공항에 내려 가방들이 나오는 컨베이어 벨트 앞에 서 있으면 종종 불안해지곤 한다. 혹시 내 가방이 여기 아닌 엉뚱한 곳의 컨베이어를 돌고 있는 것은 아닐까. 가방을 쌀 때도 두 번 생각하게 된다. 분실된 내 가방이 세계 이곳저곳을 떠돌다 어느 날 그 항공사의 분실 가방 경매행사에 끼게 되고 내 사생활이 백일하에 드러날 날을 대비해서. 가끔은 그들을 웃길 엉뚱한 물건 하나를 넣고 싶기도 하다.

말랑말랑한 이곳이 그곳 같고 그곳이 이곳 같기만 한 뻘에도 밭이 있고 길이 따로 있다는 걸 함민복 시인에게서 들었다. 이렇게 그는 만날 때마다 도시에서는 알 수 없는 소식들을 가져다준다. 얼마 전 그는 강화도 동막리에서 전등사 근처로 거처를 옮겼다. 그곳에서도 높은 곳에 올라서면 저 멀리 펼쳐진 바다가 보인다고 한다. 그가 우리 큰애의 손을 잡고 개펄로 들어가 앞으로 기는 게를 잡던 풍경이 선연한데 그애가 중학생이 되었다는 말에 그도 놀라고 십여년 세월이 흘러갔다는 사실에 나도 놀란다. 그곳에서 그가 사귄 친구들은 대부분 어부들이다. 그들 중 한 명은 자신이 고기 잡는 이야기를 시로 써보라고 졸라대기도 했는데 그 이야기는 「어민 후계자 함현수」라는 시가 되었다. 밤새 지게로 한가득 숭어를 져 나르던 때도 있었지만 지금은 고기 수가 쭉쭉 빠져 걱정이다. 허벅지까지 푹푹 빠지는 뻘밭에서는 걷는 일 자체가 고역이다. 낙지를 잡고 조개를 캐고, 한철 뻘밭에서 농사를 짓고 난 사내들은 저마다 일어서서 자신의 허리춤을 내보이며 자랑이 늘어진다. 평소 때보다 허리띠 구멍이 서너 개쯤 줄어들었다. 말랑말랑, 물컹물컹 만만해 보이기만 하는 뻘 속에서의 일이 얼마나 힘에 부치는지 짐작할 수 있다. 허리띠 구멍은 겨울을 지나는 동안 뒤로 하나씩 물러나 봄이 되면 다시 제자리를 찾는다고 한다.

곽성　중국문학을 번역하는 김태성 선생이 요즘 중국에 갈 때마다 곤란한 일을 당한다며 고개를 저었다. 같은 이름의 한국인이 죄를 짓고 수배중인 모양인데 매번 공항에서 검문에 걸린다는 것이다. 한자도 다르고 나이도 다르지 않으냐고 항변해보지만 그때뿐이라고 했다. 자연스럽게 이야기는 중국의 교통질서로 옮겨갔다. 신호등이 있지만 아직도 중국인들은 신호를 무시한 채 아무 때나 길을 건넌다. 그러다보니 빨간불일 때가 많고 정작 파란불에는 아무도 건너지 않는 것처럼 보인다. 보다 못해 베이징 올림픽 기간에는 묘책을 쓰기도 했다. 횡단보도 신호등에 고무줄을 묶고 그 끝을 당겨 잡고 서서 사람들이 건너지 못하도록 막았다가 파란불이 되면 탁 고무줄을 놓는 식이었다. 짧은 일정이었지만 중국에서 이미 경험했던 일이라 공감이 갔다. 지난여름 아이와 머물렀던 원주에서도 신호등 때문에 애를 먹었다. 신호등이 있었지만 작동되지 않았다. 왕년에 무단횡단깨나 했던 나도 아이와 함께 건너려니 겁이 났다. 유일하게 서울의 신호등이 그리워진 순간이었다. 그런데 이상하게도 한국에서는 엄격하리만치 신호등 신호를 지키던 일행이 중국에서는 빨간불에 유유자적 도로를 건넜다는 것이다. 대형 트럭이 전속력으로 달려오며 상향등을 깜빡이기까지 했는데 아무도 신경쓰지 않았다. 중국인들은 다 이렇게 한다는 말까지 주고받고 있었다.

관성 2

신촌 로터리쯤에서 예비군 훈련을 받고 돌아가는 듯한 남자를 보았다. 윗단추 몇개를 풀어헤치고 삐딱하게 모자를 썼다. 한손을 주머니에 찔러넣고 다른 한손엔 담배를 들었는데 그 모습이 어딘가 불량스러워 보이기까지 했다. 동교동 쪽에서도 예비군 복장의 다른 남자와 마주쳤다. 횡단보도 앞에서 신호등 불빛이 바뀌기를 기다리고 선 그는 한 다리를 벌린 채 만사 귀찮다는 표정으로 허공을 꼬나보고 있었다. 체격과 생김새가 딴판인 그 두 사람은 비슷해 보였다. 일명 예비군 포즈 때문이었다. 양복 입고 멀쩡하게 직장생활을 하던 남자들도 예비군복만 입었다 하면 0.1초 만에 망가져버린다. 예비군 동원 훈련장에서도 마찬가지라고 한다. 내무반에 도착하자마자 침상에 벌렁 누워 일어날 줄 모른다. 모여라, 줄 서라 등의 통제에도 일단 불평부터 하고 본다. 남편이 어제 아침 민방위 소집훈련에 다녀왔다. 민방위 소집 장소는 큰애가 졸업한 초등학교였다. 여느 때보다 좀 일찍 일어나느라 투덜댔던 것만 빼면 여느 날과 다를 바 없는 모습이던 그도 껌을 씹고 있는 듯한 표정으로 돌아왔다. 예비군 복장만 하지 않았달 뿐이었다. 운동장 여기저기 삐딱하게 선 남자들의 그림이 떠올랐다. 평상시와 다른 그 모습을 큰애라고 놓칠 리 없었다. 위급할 때 민방위 아저씨들이 무슨 일을 하게 되는 거냐고 걱정이 늘어졌다.

호모 디지쿠스

자정 가까운 시각 동생으로부터 전화가 왔다. 운전 중 전면창이 김으로 부예졌다고 했다. 창을 열어도 소용이 없어 급한 김에 차를 길가에 세운 모양이었다. 갑자기 시야가 하얘지면서 아무것도 보이지 않았는데 마치 소설 『눈먼 자들의 도시』의 한 장면 같았다며 웃었다. 왜 자동차 메뉴얼을 읽지 않느냐고 잔소리를 늘어놓으며 슬리퍼를 꿰어 신었다. 나 또한 김서림 방지 버튼의 위치가 떠오르지 않았다. 동생이 운전을 한 지 이제 일년, 일교차가 커지는 작년 이맘때에도 이런 일이 있었던 듯하다. 차종이 같다는 이유로 여간 귀찮게 하는 게 아니다. 이것저것 눌러보던 동생이 드디어 그 버튼을 찾아냈는지 잠시 뒤 보인다, 라는 함성이 들려왔다. 이젠 메뉴얼도 소홀히 지나칠 수 없게 되었다. 지난여름의 일이다. 새로 산 휴대폰의 메뉴얼을 읽었다. 두툼한 소책자를 꼼꼼히 읽고 실전으로 옮겨보았다. 그런데도 메시지를 보낼 때면 여느 때보다 몇배나 시간이 걸린다. 휴대폰 동작음 제거는 어떻게 하더라, 며칠 전 휴대폰을 잡고 끙끙댈 때였다. 큰애가 다가와 무심한 표정으로 휴대폰을 건네받았다. 그냥 한두 번 만졌을 뿐인데 기능이 바뀌었다. 늘 그랬다. 컴퓨터에서 디지털카메라까지 그애들은 매뉴얼 없이도 금방 작동법을 알아낸다. 메뉴얼이 머릿속에 입력된 듯하다. 아무래도 그애들을 호모 디지쿠스라 불러야 할까보다.

이야기의 힘

짬짬이 『역주 신단공안』을 읽는 재미에 빠져 있다. 신단공안이란 범죄 수사 및 송사, 즉 공안(公案)를 귀신같이 해결한다(神斷)는 뜻이다. 1906년 5월부터 그해 연말까지 황성신문에 일곱 개의 이야기가 총 190회에 걸쳐 연재되었다. 순한글로만 된 독립신문과는 달리 황성신문은 국한문 혼용으로 지식층의 독자들이 많았다. 『신단공안』 또한 한문현토체로 별도의 번역이 없었다면 읽기 어려웠을 것이다. 범인은 누구일까 마음 졸이고 혹시나 주인공이 해코지나 당하는 건 아닐까 전전긍긍하다 보면 시간이 훌쩍 지나간다. 봉(鳳)으로 불리웠다가 용(龍)으로 불리는 김인홍, 김삿갓의 신출귀몰한 이야기는 흥미진진할 뿐 아니라 욕망에 대한 생각도 하게 한다. 저자는 미상이지만 소설 속에 등장하는 묘사로 저자의 종교 혹은 그 시대상을 짐작할 수 있다. 이야기꾼이 종종 작품에 개입하는 것 또한 흥미롭다. 서양소설에 익숙한 나머지 우리가 잊고 있던 우리 식의 이야기이다. 욕정에 눈이 먼 한 여인의 이야기를 읽다가 그 노골적인 묘사에 얼굴이 확 달아올랐다. 살그머니 고개를 들어 주위를 살피는데 문득 백여년 전 점잔을 빼던 한 지식인이 몰래 이야기의 즐거움에 빠져 있었을 장면이 떠올랐다. 황성신문은 줄곧 경영난에 시달렸다. 구독료가 걷히지 않았던 것이다. 그것 또한 그 당시 지식인들의 이중적인 면모였을까.

거리 오리지널 뮤지컬들이 속속 한국에 상륙했다. 당연한 일이겠지만 공연료가 저렴해질수록 자리는 무대로부터 조금씩 멀어져 어떤 자리에서는 아예 배우들의 표정조차도 볼 수 없다. 문제는 VIP석 관람료가 비싸다는 것이다. 오페라를 처음 본 건 열일곱 살 때였다. 학생단체 관람이었다. 줄리아 로버츠에게 명성을 가져다준 영화 〈프리티 우먼〉을 보다 어느 장면 심사가 꼬였던 것도 그 경험과 무관하지는 않았다. 궁핍하게 살던 비비안은 생애 처음 접한 오페라 〈라 트라비아타〉를 보며 눈물을 흘린다. 그 모습에 에드워드는 사랑을 느끼는데 나도 모르게 그 장면에서 피식, 바람 빠지는 소리를 냈다. 신데렐라 식의 뻔한 스토리 때문이라고 둘러댔지만 사실은 그들이 앉았던 로열석 때문이었다. 무대가 바로 내려다보이는 그곳에서라면 우리들도 〈라 보엠〉을 보며 모두 울었을 것이다. 열일곱 우리들이 앉았던 이층 관람석에서 무대는 꿈결처럼 멀었다. 가뜩이나 멀어 배우들의 표정도 보이지 않는데 외국 작품이라 엇비슷한 복장과 가발을 쓰고 있어 더더욱 분간이 어려웠다. 중반부쯤 곯아떨어진 우리는 미미의 죽음을 안 로돌프가 "미미!"라고 소리칠 무렵에야 잠에서 깼다. 먼 이국땅 로마제국 침략의 흔적인 콜로세움에 앉아 떠오른 것도 바로 그런 무대였다. 콜로세움은 그래도 VIP석과 일반석의 거리가 가까운 편이었다.

스널프 서울대공원 복제 늑대관에서 혼자 어슬렁대는 스널피를 보았다. 미처 교체하지 않은 안내판의 문구로 한때 그 안에서 두 마리의 복제 늑대가 살았다는 것을 알 수 있었다. 며칠 사이를 두고 태어난 스널프와 스널피. 문득 스치듯 단신으로 들었던 스널프의 죽음이 떠올랐다. 세계 최초의 복제 늑대라는 떠들썩한 탄생과는 달리 죽음 소식은 조용히 지나갔다. 왜 혼자 있는 것들은 외로워 보이는 걸까. 생김새가 너무도 다른 원숭이와 백호도 외로움을 숨길 수 없었다. 스널피는 자꾸 울 가장자리에 몸을 밀착시켰다. 하지만 그 둘은 죽음이 둘을 갈라놓기 이전부터 격리되어 있었다고 한다. 성장하면서 서열 경쟁을 하는 암컷들의 본능이 나타나 **싸움**이 일어났지만 미처 동물간의 의사소통에 대해 알지 못했기에 한 마리가 극심한 부상을 당할 때까지 싸움이 계속된 모양이었다. 여느 동물들처럼 싸우는 법도 항복하는 법도 부모에게 배웠다면 이런 일은 없었을 것이다. 상처를 입은 스널프가 회복되어 몇번 더 합사를 시도했지만 번번이 싸움이 일어났고 결국 따로 지내야 했다. 복제된 생명체의 수명은 짧다. 아침저녁으로 제법 찬바람 불던 지난 9월, 사육사가 죽은 스널프를 발견했다. 아직 바뀌지 않은 안내판 속에 남은 한 생의 흔적. 탄생은 달랐지만 이 땅 위의 모든 살아 있는 것처럼 죽음만은 똑같았을 것이다.

동물원에서 길을 잃다

동물원에서 동생과 큰애를 잃어버렸다. 화장실에 다녀온 뒤 코끼리 우리 앞으로 오라고 한 것이 문제가 될 줄 몰랐다. 왜 오지 않느냐고, 한참 만에 전화를 건 동생이 소리를 질렀다. 아까부터 코끼리 우리 앞에 서서 그애들을 기다리고 있던 우리로선 어리둥절할 뿐이었다. 누가 할 소리냐고, 대체 어디에 가 있느냐고 되받아칠 수밖에 없었다. 그애들은 분명 코끼리 우리 앞에 있다고 했다. 코끼리 두 마리가 코를 늘어뜨린 채 아까부터 툭툭 몸통을 부딪치고 있다고 했다. 코끼리 우리 앞에 서 있다는데 아무리 둘러보아도 큰애가 입은 빨간 원피스는 보이지 않았다. 우리는 동물원 안내도를 들여다보면서 움직였다. 안내도에는 친절하게 동물들의 위치가 표시되어 있었다. 하지만 코끼리 우리를 찾는 동안에도 우리는 몇번이나 길을 잘못 들어섰다. 길목 어딘가에 있어야 할 화살표를 누군가 장난으로 뽑아버린 듯했다. 몇번이나 휴대폰으로 위치를 확인한 끝에야 큰애와 상봉할 수 있었다. 그애들이 서 있던 곳은 커다란 코끼리 우리의 반대편이었다. 그곳에서도 많은 사람들이 코끼리를 보며 서 있었다. 그애들을 기다리느라 점심시간을 놓쳤고 미리 끊어놓은 돌고래 쇼를 관람하기 위해 부랴부랴 움직여야 했다. 왼쪽, 오른쪽, 직진, 우리는 화살표를 따라 움직였다. 그런데도 어느 순간 끊어진 길에 서 있었다.

SOS

아버지에게는 내 명의의 휴대폰이 있다. 매달 요금 청구서가 나에게 발송된다. 아무에게도 전화를 걸지 않는 듯 늘 기본요금 수준이다. 보낸 문자수라야 한 달에 한두 건, 없는 달도 허다하다. 하지만 아버지가 휴대폰을 만지작거린다는 것은 짐작할 수 있다. 아주 적은 금액의 부가서비스료가 바로 그 증거인데 어쩌다 잘못 눌러 인터넷과 연결되면 화들짝 놀라 끄는 모양이다. 문자에 서툰 아버지는 우리 큰애가 외갓집에 갈 때마다 문자 심부름을 시킨다. 대부분 안부 문자가 몰리는 명절 전후로 아버지는 그 어떤 사람들보다 긴 문장에 이모티콘까지 주렁주렁 달아야 직성이 풀린다. 몇달 전부터 가끔 막내동생은 아버지로부터 문자를 받는다. 메시지는 짤막하다. 연락 바랍니다. 누군가에게 보내는 메시지일 텐데 휴대폰 사용이 서툰 아버지가 자꾸 엉뚱하게 동생에게 메시지를 보낸 것이다. 동생은 그 사실을 아버지에게 말하지 않았다고 한다. 그러니 아버지는 메시지를 받고도 답장을 하지 않는 매정한 그 누군가를 향해 계속 신호를 보내고 있는 셈이다. 연락 바랍니다. 연락 바랍니다. 언제부턴가 아버지는 우리들이 집에 가도 방에서 나오지 않는다. 허리는 점점 굽고 느는 건 잠뿐이라며 어머니는 안방을 향해 눈을 흘긴다. 그런 아버지가 누군가에게 메시지를 보낸다. 짧고 간절한, SOS 신호 같은 그 문구를.

우향우! 지하철을 이용하면서 오늘에서야 우측통행을 경험했다. 좌측통행이던 예전에도 좌우 신경쓰지 않고 걸어다녔는데 말이다. 우선 상, 하행 에스컬레이터의 방향이 바뀌었다. 에스컬레이터 앞에 붙어 있던 발자국 모양의 스티커 대신 '우측통행'이라는 스티커가 붙었다. 그것을 볼 때마다 몸가짐을 바로(右) 했다. 좌측통행이 일제의 잔재란 이야기에 발끈해서 일부러 우측통행을 하던 어린 시절이 떠올랐다. 에스컬레이터는 어쩔 수 없었지만 계단이나 길거리에서 우측통행을 하는 이는 나뿐이었다. 사람들은 자신들 나름의 방식과 습관대로 걷고 있었다. 중구난방처럼 보이지만 우리는 걸으면서 생면부지의 사람들과 교감을 주고받는다. 그 사인이 어긋나서 이마를 부딪히는 이들은 본 적 없다. 평생에 두어 번, 마주오던 사람과 외나무 다리에서 만나듯 딱 마주칠 때가 있기는 하다. 난처하고 쑥스럽지만 그럴 때 짓는 표정이 우리에겐 따로 있다. 우측통행을 한답시고 주춤대는 바람에 괜히 사람들의 진로만 방해하고 말았다. 문득 걷는 일 자체가 피곤해졌다. 왼쪽과 오른쪽. 그동안 왼쪽은 왼손에 비해 능수능란하다는 오른손 때문에 수모를 겪었다. 불어의 왼쪽을 뜻하는 단어(gauche)는 서툴다는 뜻을 가지고 있다. 그런데 왜 갑자기 우측통행을 실시하게 된 걸까. 그나마 우리 머릿속에 있던 좌측통행의 '좌'마저도 사라지게 생겼다.

대처 직장 후배가 프랑크푸르트로 떠날 날이 코앞으로 다가왔다. 북 디자이너인 그에게 해외 도서전 참가는 꿈이었다. 지금은 콧노래를 부르며 기대에 부풀어 있지만 출장이 결정된 한달여 전만 하더라도 그는 마음놓고 기뻐하지도 못했다. 외국 여행이라면 일본 밤도깨비 여행 두어 번이 전부였으니 그럴 만도 했다. 바다 하나를 사이에 둔 일본과 달리 독일은 심정적으로도 너무 먼 이국이었다. 그와 비슷한 처지였던 우리 막내는 좀 달랐다. 승무원인 둘째에게도 좀 멀다 싶은 두바이. 값싼 항공을 찾다보니 경유와 환승은 기본이었다. 한번도 환승을 해본 경험이 없는데도 별 걱정하지 않았다. 부딪히면 다 해낼 수 있다며 자신만만했다. 여행이 결정되자 제일 먼저 그애는 백화점으로 달려갔고 빨간색 트렁크 두 개를 샀다. 제대로 비행기는 갈아탔는지, 엉뚱한 곳에서 헤매고 있는 건 아닌지 가족의 걱정이 컸지 그애는 넉달 후 다시 그 빨간 트렁크를 양손으로 끌며 서울에 나타났다. 니캅으로 얼굴만 가리지 않았달 뿐 반 두바이 여자가 되어 있었다. 그 둘의 모습에서 얼마 전 보았던 강원도 산골 마을의 노부부 모습이 겹쳐졌다. 대처(大處)로 나가자는 아내의 성화에도 남편은 귀기울이지 않았다. 남편의 대처에 대한 두려움 때문이었다. 그 대처로 후배가 한 발 내딛는다. 고민 끝에 후배는 결국 여자친구와 동행하기로 했다.

화 이런 프로그램도 있다. 만천하에 부부 둘만의 문제를 까발리는 것이다. 연예인이 아니라 일반인이라는 사실에 더 놀라게된다. 4주 동안 전문가들의 도움을 받아 부부관계가 회복되어가는과정을 화면에 담는다. 결혼 일년도 되지 않은 부부에게 갈등이 찾아왔다. 불화의 원인은 바로 '당구'. 남편은 퇴근 후 당구를 즐기느라 귀가가 늦어지곤 했다. 부인은 남편을 기다리다 지쳐간다. 밤늦게 돌아온 남편에게 부인이 소리질렀다. "당구 쳤지?" 남편은 맥주한잔 했다며 발뺌을 한다. 술과 여자뿐 아니라 부인들이 경계해야할 대상들이 자꾸 늘어만 간다. "당구 쳤잖아?" 부인의 분노에 찬목소리에 순간 뜨끔했다. 그 목소리가 왠지 낯설지 않다. 아니나 다를까 아이 방문이 빼꼼 열리더니 동그란 아이의 눈이 거실을 살핀다. 누군가를 추궁하는 그 목소리, 바로 제 엄마의 목소리인 줄 알았던 것이다. 치유의 과정으로 부인의 속에 있는 화를 풀어내는 과정이 있다. 전문가가 끈의 한쪽을 잡고 다른 한 끝은 부인이 잡았다. 부인은 끈을 당기고 끌려가기도 하면서 버둥댄다. 부인은 자꾸끈을 놓아버리고 싶다고 했다. 땀을 뻘뻘 흘리며 악다구니를 쓰던부인이 금방 녹초가 되었다. 그런데 그 모습을 보고 나와 큰애는 동시에 울었다. 그 울화와 울분, 또다른 우리의 모습인가보다.

낮술 소설가 김인숙 선배의 신간『안녕, 엘레나』가 한 케이블 방송에 소개되면서 평론가 정홍수 선배와 출연했다가 돌아가는 택시 안이었다. 마침 한 방향이라 같이 택시에 탔다. 점심을 먹으며 반주로 마신 맥주 한잔에 노곤해지는 오후였다. 택시가 한강을 건넜다. 무심코 탁한 강물 어딘가를 보고 있던 김선배가 운을 뗐다. "동해안에 가본 지가 언젠지." 불현듯 동해 그 푸른 바다가 그리워졌다. 지금쯤 물빛도 더 깊어졌을 것이다. 까짓 거 못 갈 것도 없지. 가을이 더 깊어지기 전에 동해 바다에 한번 가자는 말이 구체화되려는 순간, 앞자리에 앉은 정선배가 한마디 했다. 그런 건 계획을 잡아 하는 것이 아니라 낮술을 마시다가 순간 마음이 동해 결행하는 것이라나. 그럼 낮술을 마실 약속을 잡아야 하나. 낮술이야말로 무계획적으로 이루어지는 것 중 하나였다. 마침 택시에서 틀어놓은 라디오에서 낙산사 복원 불사 회향식을 알리는 뉴스가 흘러나왔다. 지난 2005년 불길에 휩싸인 낙산사의 모습이 떠올랐다. 불길은 계곡과 강을 훌쩍 뛰어넘었다. 그 뒤로 그곳을 떠올릴 때마다 푸른 바다와 함께 거침없이 타들어가던 불의 이미지가 겹쳐졌다. 산불은 낙산사를 태우고 바다 가까이에서야 멈췄다. 그럼 보수된 낙산사를 본다는 구실을 대고 한번 가볼까. 우리는 언제 낮술 한잔 하자는, 기약 없는 약속을 하며 헤어졌다.

익선동 교토가 귀족 문화의 번성지였고 오사카가 상인들의 도시였다면 가나자와는 무사들의 도시라고 했다. 가나자와 사람들의 자부심은 대단했다. 가나자와 역에서 한 10분쯤 걸어들어가자 히가시차야 거리가 펼쳐졌다. 2001년 일본의 중요 전통건물 보존지구로 선정된 유서 깊은 곳이다. 큰 돌들이 깔린 골목 안으로 들어서는 순간 대로의 소음이 와짝 줄어들었다. 골목 양쪽에 격자문이 달린 목조 가옥들이 나란히 늘어서 있다. 촘촘히 박힌 문살 너머로 작은 정원이 얼핏설핏 들여다보일 뿐 집의 구조는커녕 살림살이조차 좀처럼 엿볼 수 없다. 수종을 짐작할 수 없는 목재들은 오랜 세월 동안 사람들의 손때가 묻은 것처럼 거무스름하게 변색되었다. 이곳이 이렇게 긴 시간 온전히 보존될 수 있었던 것은 가나자와만이 전쟁의 포화에서 살짝 비켜나 있었기 때문이었다. 그곳은 외국인뿐 아니라 일본인들도 즐겨 찾는 관광지 중 하나였다. 뒷목덜미에 분을 바른 '게이꼬'가 총총 어딘가로 사라졌다. 돌바닥에 나막신이 부딪히는 소리만 길게 이어졌다. 시간을 짐작할 수 없는 곳, 문득 우리의 종로 익선동 골목이 떠올랐다. 얼키설키 뒤얽힌 골목길을 걸어 들어가다보면 어느 부분 특히 비좁아졌다. 양팔을 뻗으면 마주한 두 집의 담벼락에 양손이 가닿았다. 그곳의 개발 소식이 떠올라서일까, 오래오래 히가시차야 거리에 서 있었다.

익선동 2   우연히 한 빌딩의 창가에서 창밖을 내다보지 않았더라면 거기 빌딩들에 둘러싸인 채 옹기종기 모여 있는 한옥 마을에 대해서는 알지 못했을는지도 모른다. 수십년의 시간을 건너뛴 듯 야릇해졌다. 세월이 내려앉은 거무스레한 기와 지붕들과 미음자 구조의 한옥이 만들어낸 작은 마당, 미로처럼 연결된 골목길. 여행 중에 비경을 만나기라도 한 듯 입이 벌어졌다. 익선동 한옥촌은 우리나라 최초로 집장수가 만들어 판 집이다. 1920년대 건축업자인 정세권씨는 조선인에게는 조선식 집을 지어주어야 한다는 생각으로 회사를 차리고 집장사를 시작했다. 이를 필두로 다른 사업가들이 가세하면서 지금의 가회동과 삼청동, 계동 등의 한옥촌들이 생겨났다고 한다. 이곳에도 개발의 바람이 분 지 오래다. 보존을 해야 한다는 측과 개발을 해야 한다는 측의 주장이 팽팽히 맞서고 있다. 한옥이 살기에 불편하다면 외형은 유지한 채 편리하게 내부를 개조할 수도 있을 것이다. 외국에서도 그렇게 하는 곳이 많다고 들었다. 이리저리 얽힌 골목을 순례하는 코스가 개발되고 곳곳에 찻집과 전통문화를 체험할 수 있는 소박한 공간들이 생긴다면 내국인뿐만 아니라 외국인들도 즐겨 찾는 명소가 될 것이다. 게스트하우스로 활용해도 될 텐데. 익선동, 그 골목에 있는 점집들이 유난히 눈에 띈다. 마치 그곳의 불안한 운명을 보는 듯하다.

돌고돌고　서가의 책을 사백권으로 제한하기로 했다는 파울로 코엘료의 글을 읽었다. 친구들에게 교양을 과시하려고? 벽이 허전해서 장식용으로? 그는 수많은 책을 왜 집에 모셔놓아야 하는지 알 수 없다고 했다. 과거에는 자료 때문이라도 책을 가까이 두어야 했지만 요즘은 세계에서 가장 큰 도서관인 인터넷이 있기에 필요한 것을 쉽게 찾을 수 있다고 했다. 한 예로 그는 집에 두고 와서 펼쳐 읽을 수 없는 보르헤스의 시를 오분 거리에 있는 인터넷 카페에서 웹 검색으로 찾아 읽는다. 자신이 죽고 나면 결국은 무게 단위로 팔아치워질 걸 알기에 그는 책을 다 읽고 나면 다른 이들에게 여행을 떠나보낸다. 오늘도 나는 수십 가지 정보를 찾느라 인터넷을 이용했다. 인터넷이 없는 시절이었다면 상상도 할 수 없는 일이다. 원하는 것 이상의 답을 얻을 때도 있지만 단 한 줄의 자료도 찾지 못하기도 한다. '보르헤스'에 관한 정보는 넘쳐나지만 간단한 프로필조차 뜨지 않는 단역 배우도 많다. 사진 대신 이미지 준비중이란 단어가 떠 있다. 며칠 전 필요한 자료를 찾아 이곳저곳 헤매고 다녔다. 입에 맴맴 도는데 떠오르지 않았다. 정보는 많았지만 찾고 있는 건 없었다. 그러다 누군가 쓴 산문에서 그 정보를 찾았고 쓰고 있던 글을 마칠 수 있었다. 대체 누구의 글일까. 그 글은 바로 몇년 전 내가 한 잡지에 실은 기행문이었다.

반들반들 사무실 근처에서 큰애와 같은 학교에 다니는 아이를 만나면 한번 더 눈이 간다. 이 시간에 이곳엔 웬일일까. 입시 준비를 하느라 벌써부터 미술학원에 다니고 있는지도 모르겠다. 학년에 따라 이름표 색이 달라 몇 학년인지 대번에 알 수 있지만 뒷모습으로도 대충 학년을 알아맞힐 수 있을 것 같다. 바로 교복 엉덩이의 반질대는 정도에 따라서이다. 언제부턴가 큰애의 교복 치마도 닳고 닳아 번들대기 시작했다. 식초를 묻히고 무로 문질러도 보았지만 그때뿐이다. 키가 자라 치마 길이가 부쩍 줄어든 것도 그때쯤인 듯하다. 고등학교 때부터 교복 자율화가 되는 바람에 우리는 중학교 3년 동안만 교복을 입었다. 그때도 닳아서 번쩍이던 교복이 싫었다. 미래엔 옷감도 좋아지겠지 생각했는데 그때나 지금이나 교복은 한결같이 번쩍거린다. 학교 앞에서 아이를 기다리다 우르르 몰려나오는 아이들의 반질반질한 엉덩이에 한참을 웃었다. 여기저기서 번쩍이던 교복 치마, 수많은 시간 교실 의자에 앉아 있었다는 증거다. 하도 책상에 팔을 문질러댄 통에 카디건의 팔꿈치 부분이 해어지면 여러 동물 모양의 아플리케를 달곤 한다. 고생했다, 번들대는 교복에, 그 주인에게 한마디 해주고 싶다. 바로 그런 이유와 비슷할 것이다. 아들을 군대에 보내놓은 선배가 어쩌다 길에서 군인을 볼 때마다 눈이 부드럽게 풀어지는 건.

세종로를 지나며

비가 내리던 금요일 밤, 혜화동에서 택시를 탔다. 기사님은 무언가에 잔뜩 화가 나 있었다. 술에 취해 비틀대는 사람이나 차선을 잘못 타는 자동차에 대고 사사건건 한마디했다. 광화문 앞에서 세종로 쪽으로 좌회전을 했다. 인적이 끊긴 광화문 광장은 어두컴컴했다. 조금 더 달리자 빗물과 가로등에 희끄무레 동상의 윤곽이 살아났다. 세종대왕상이었다. 얼핏 보기에도 굉장했다. 아니나 다를까 택시 기사님의 눈에도 곱게 보일 리 없었다. 그는 깊은 숨을 내쉬었다. 그사이 나는 왜 세종대왕은 늘 저렇게 앉아만 있는 걸까, 생각했다. 앉아서 얼마나 많은 걸 볼 수 있었을까. 성군이었던 만큼 세종대왕은 수없이 잠행했을 것이다. 게다가 광장의 세종대왕상은 너무 컸다. 경복궁과 북악산이 한눈에 들어온다는 애당초 취지조차도 무색해졌다. 우리의 시선은 이제 세종대왕상에서 끊기고 만다. 실물 크기로 우리들 사이에 서 있었다면 더 좋았을 텐데. "이제 손에 쥔 건 손바닥만한 집 하나예요." 기사님의 말에 정신을 차렸다. 그가 울분을 토했다. "그런데 이 여편네는 남편 애간장 타는 걸 전혀 모른다 이거예요." 룸미러로 슬쩍슬쩍 비치는 기사님의 얼굴, 나이는 예순쯤 되어 보였다. 집에 오는 내내 그의 사정을 들었다. 택시비를 받으면서 그가 물었다. "어떡해야 됩니까?" "용서하세요." 내가 들어도 참 설득력 없는 목소리였다.

오, 기억

절친하게 지내는 부부의 집에 놀러 가 그들과 이야기를 나눈다. 이야기는 두서없이 흘러가 어느덧 아내가 급작스레 응급실에 갔던 수년 전 이야기로 거슬러 올라간다. 아내의 복통을 대수롭지 않게 여긴 남편은 외출을 하고 그사이 아내의 병은 응급실에 갈 정도로 악화가 된다. 재미있는 건 그날을 기억하는 남편의 증언이다. 오늘 무엇을 먹었냐는 의사의 질문에 아내가 "커피와 노래방 새우깡요"라고 대답했다는 것이다. 무슨 뚱딴지같은 소리냐며 아내는 남편을 쳐다보고 남편은 자신의 잘못된 기억에 어리둥절할 뿐이다. 기억이란 무엇일까. 내가 아는 어떤 이는 어린 시절 자신이 좁고 긴 통로에 갇혀 있었다고 기억한다. 어머니에게 물어보았지만 그런 일은 없었다. 어쩌면 그는 난산이었던 어머니의 자궁 속에 갇혔던 때를 기억하고 있는 건 아닐까. 영화 〈블레이드 러너〉에서 인조인간인 레이첼은 자신이 인간이라는 사실에 대해 의심하지 않는다. 바로 자신의 기억 때문이다. 그녀에겐 유년 시절과 부모님, 친구들에 대한 기억이 있다. 그 기억이 그녀를 만들어낸 박사가 자신의 조카 기억을 거짓으로 심어놓았다는 사실은 꿈에도 생각하지 못한다. 며칠 전 건물 로비에서 만난 한 사람과 인사를 나누었다. 인사를 하고 돌아서니 그가 누구인지 전혀 기억나지 않았다. 돌아보니 그도 그런 듯 고개를 갸웃대고 있었다.

중문과 본다이비치   독일 출장에서 돌아온 후배가 너스레를 떤다. 출장 기간이 짧아 아쉬운 점이 많지만 가장 아쉬웠던 건 독일의 혼탕 문화를 경험해보지 못한 것이라나. 아직까지도 우리에게 혼탕 문화란 독특하고 이질적인 문화이다. 독일을 방문한 많은 남성들이 독일을 속속들이 알기 위해 혼탕 체험에 나서는 모양이다. 특히 주말이면 흑심을 가지고 찾아온 한국 남성들이 곳곳에서 눈에 띈다고 한다. 인터넷에도 현장감 있는 독일 혼탕 체험기들이 속속 올라와 있다. 눈이 휘둥그레지는 것도 잠시 금방 아무렇지도 않게 된다고 했다. 혼탕 모습을 담은 사진들도 많은데 남녀노소 한데 모여 사우나를 즐기는 모습이 그렇게 자연스러울 수가 없다. 올 초 신문에서 제주도의 중문해수욕장이 외국인 관광객을 유치하기위해 누드비치를 고려하고 있다는 기사를 읽은 적이 있다. 당장 주변의 남자들이 반색을 했다. 호주 시드니의 본다이비치에서 상의를 벗고 일광욕을 즐기는 여성들의 모습을 보는 건 흔한 일이었다. 그런데 이를 못마땅하게 여긴 뉴사우스웨일스의 보수적인 주의원들이 금지 법률을 추진하고 있고 그에 호주인들이 반발하고 있다는 기사 역시 올해 초 읽었다. 반정서적이고 파격적인 중문의 변화도 놀라웠지만 늘 체면을 중시하고 보수적이라 여겼던 우리가 호주보다도 훨씬 더 자유로운 생각을 하고 있다는 사실에 의아해지는 순간이었다.

동행　여행갈 때 짐은 최소한으로 줄여야 하지만 언제부턴가 꼭 챙기는 물건이 있다. 바로 인형이다. 지난여름 집을 떠나 머물렀던 소도시의 작은 방에도 나는 내 방에 있던 작은 인형 몇개를 옮겨놓았다. 수많은 사람들이 잠깐씩 머물다 떠난 썰렁한 방이 그제야 조금은 익숙한 느낌의 방이 되었다. 그래도 내 경우는 나은 편이다. 여행을 갈 때마다 자신이 신는 욕실화를 챙기는 이도 있고 심지어는 자신의 베개를 먼 이국까지 가져가는 이도 보았다. 독일의 사진작가 호르스트 바커바르트(Horst Wackerbarth)는 34개국, 15만km의 여행길을 늘 붉은 소파와 함께했다. 소파에는 수많은 사람들이 앉곤 했다. 그중에는 고르바초프도 있고 제인 구달도 있다. 홈리스들도 앉고 농사밖에는 아무것도 모른다는 농부도 앉았다. 이상한 것은 이 붉은 소파 위에서는 그 누구도 눈에 띄지 않는다는 것이다. 그 누구라도 다 멋져 보인다는 것이다. 강렬한 붉은색 때문일까. 유명인들 사진도 한참 후에야 그 사람이라는 걸 알아차리게 된다. 소파는 수많은 나라와 수많은 사람들을 만나면서 조금씩 성숙해져갔다. 사진 속에서는 매양 먼지 하나 묻지 않은 듯 새것처럼 보이기도 하지만 어딘가 모르게 어제의 그 소파가 아닌 느낌을 준다. 유럽의 낯선 숙소, 낮은 조도 아래의 침대에 놓여 있던 선배의 베개가 떠오른다. 먼 여행길에 피곤한 듯 조금은 지쳐 보이던, 솜이 눌린 보라색 꽃무늬의 낡은 베개.

임시 휴교 큰애가 다니고 있는 중학교의 2학년생 몇이 신종플루에 감염된 모양이다. 학교에서는 일언반구 말 한마디 없으니 진위 여부를 확인해볼 수는 없고 큰애의 말을 그대로 옮기자면 나란히 붙은 세 개의 반에 하루꼴로 한 명씩 신종플루 환자가 발생했다는 것이다. 전화로 학교 동정을 보고하는 아이는 격앙되어 있었다. 사정이 이런데 학교는 토요일에 있을 축제를 강행할 모양이라고 했다. 조용하게 반에서 축제를 치르는 걸로 바꾸었지만 학생들이 다 모이는 점심시간은 어떻게 피할 거냐고 조목조목 따졌다. 지금 당장 학교에 전화를 걸어 임시 휴교를 요청하라고 했다. 이대로라면 다른 학년 학생들까지 감염되는 건 시간문제라고 했다. 2학년 아이들은 학교에서 나눠준 마스크를 쓰지도 않은 채 복도를 활보하고 있다고 했다. 나이가 한참 어린 동생을 둔 큰애는 신종플루에 더 민감할 수밖에 없다. 손씻기 습관은 진작에 몸에 뱄다. 미주알고주알 보고를 하던 '현장통신원'이 별안간 소리를 질렀다. "2학년이닷!" 이름표 색깔이 다르니 먼 곳에서도 몇 학년인지 금방 알아챌 수 있었을 것이다. 후다닥 어디론가 뛰어가는 발짝 소리를 끝으로 전화가 끊겼다. 우습기도 한 상황인데 웃을 수도 없었다. 다음 날 오후 학교에서 문자가 왔다. 2학년은 지금 즉시, 1, 3학년은 내일부터 임시 휴교에 들어간다는 내용이었다.

잇, 바이러스   학교가 임시 휴교에 들어간 아침은 여느 날과는 사뭇 달랐다. 부엌의 작은 창으로 내다보이는 건널목, 출근을 서두르는 어른들 사이로 교복 입은 학생들의 모습이 지운 듯 사라졌다. 학교로부터 또 문자를 받았다. 학생들의 상태를 관찰해서 발열, 감기, 몸살, 양호함 등으로 담임에게 문자를 보내달라는 것이다. 그것을 근거로 휴교 연장을 결정할 것이다. 바이러스는 세균 여과기로 분리할 수 없을 만큼 작아 전자 현미경을 사용해야만 볼 수 있다. 감염되더라도 증상이 나타날 때까지 기다려야 하는 것이다. 그러기에 10년 전 바이러스가 내 몸으로 침투하던 순간은 두고두고 특이한 경험이었다. 10년 전 눈병에 걸린 시인 H씨가 놀러 왔다. 그는 하루를 묵고 돌아갔다. 그로부터 하루나 이틀이 지났을까, 식탁에 앉아 드라마를 보다 눈물을 짰고 별 생각 없이 식탁 위에 뽑아둔 티슈로 눈가를 슬쩍 훔치는 순간이었다. 작고 단단하고 매운 무엇이 벌침처럼 내 눈을 사정없이 쏘았다. 그제야 알았다. 아폴로 눈병에 감염되었다는 사실을. 식탁 위에 날아와 붙은 바이러스는 며칠 동안 그곳에 붙은 채로, 의존해서 살아갈 숙주를 찾고 있었던 것이다. 누군가로부터 시작되었는지 알 길 없는 그 바이러스는 H씨를 통해 우리집에 도착했고 나와 제 엄마를 졸졸 따라다니던 어린 딸을 끝으로 길었다면 길었을 생의 막을 내렸다.

금요일 밤에 2

아무래도 그날의 조합은 좀 이상했다. 우리 부부와 독신인 시숙. 우리는 바다를 보기 위해 길을 떠났다. 금요일 퇴근 후에 출발했기에 서울 시내를 다 벗어나기도 전에 날은 이미 어둑해져버렸다. 바다를 보러 갔지만 바다는 어둠에 묻혀 보이지 않았다. 물은 먼 곳까지 물러나 희끗희끗 파도가 뒤척이는 것이 보일 듯 말 듯했다. 여기저기서 폭죽이 터졌다. 우리는 바다가 한눈에 내려다보인다는 횟집에 앉았다. 물론 바다는 보이지 않았다. 차림표를 대충 훑어보아도 터무니없이 비싼 가격이었다. 주위엔 이십대로 보이는 젊은이들이 많았다. 그들에게는 더욱 부담이 될 가격이었다. 문득 인터넷에서 본 질문이 떠올랐다. '우리나라에서 가장 맛있고 싼 횟집은?' 문제는 상식을 깨는 댓글이었다. '서울 시내의 소문난 횟집.' 바다를 보러 온 우리는 어느새 현실적인 사람들로 돌아와 있었다. 소주를 '각 1병씩' 마신 우리는 밤바다 쪽으로 휘적휘적 내려갔고 만원어치만 판다는 할머니를 설득해서 서른 발짜리 폭죽 세 개를 오천원에 샀다. 시숙이 소리쳤다. "인제 근심은 저 바다에 다 날려뿌래라!" 그가 근심을 두 손에 받아 날려버리는 시늉을 했다. 근심은 바다에는 가지도 못하고 갯벌 어느 쯤에 떨어졌다. 쉬쉬쉭. 폭죽이 공중에서 터졌다. 우리는 이십대 때처럼 박수를 치고 소리를 질렀다. 그런데도 왠지 공허했다.

주말 사용법

날이 밝자 어둠에 묻혀 보이지 않던 바다가 모습을 드러냈다. 이른 시간인데도 해안가는 물론 숙소와 음식점 곳곳이 사람들로 복작댔다. 바다는 사람 반 물 반이었다. 이 땅에서 우리가 주말을 보낼 곳이란 이렇듯 빤했다. 어둠이 숨겨주었던 포구의 풍경도 살아났다. 색전구로 반짝이던 밤풍경과는 딴판이었다. 여기저기 더러운 스티로폼 상자와 깡통이 폐그물과 뒤섞여 있었다. 나란히 선 두 개의 공판장은 요란스러웠다. 간판들이 건물 전체를 뒤덮고 있었다. 울긋불긋한 글자들 속에서 정작 눈에 들어오는 글자는 하나도 없었다. 호객 행위도 심해졌다. 마이크를 든 직원들이 큰 소리로 손님들을 불러모았다. 어찌나 소리가 큰지 귀가 다 멍멍한데 웅웅대는 그곳 한쪽에서는 사람들이 식사를 하고 있었다. 이것이 우리의 주말 사용법이다. 이곳에도 소비자 고발 프로그램이 들이닥쳤다고 한다. 이른바 저울 속이기. 1킬로그램에서 무려 2백 그램이나 차이가 난 모양이다. 아침 겸 점심을 먹고 가족에게 줄 새우를 산 우리는 부리나케 그곳에서 벗어났다. 언젠가 이렇듯 마음이 상해 이곳을 떠났던 일이 떠올랐다. 그럼에도 불구하고 내년이나 내후년 우리는 일말의 기대감으로 이곳을 다시 찾을 것이다. 반대편 차선에서 주말을 보내려는 차량들이 꼬리를 물고 길게 늘어서 있었다.

천지무용　　주류 회사의 대형 트럭이 횡단보도를 막고 서

있다. 배달을 갔는지 운전 기사는 보이지 않고 열린 짐칸으로 온갖

주종의 술들이 보인다. 생맥주에서부터 외국산 병맥주까지, 지난밤

내가 홀짝인 맥주도 보인다. 그동안 내가 마신 술이 한 트럭이나 될

까. 그러다 작은 상자를 발견했다. 더듬더듬 읽어야 하는 일본어 가

운데 천지무용(天地無用)이라는 한자가 한눈에 띈다. 보행 신호로

바뀌기를 기다리는 동안, 그 단어의 뜻을 생각해보았다. 문득 떠오

른 건 '아무짝에도 쓸모 없는'이다. 만약 그렇다면 그런 뜻의 단어

가 이도저도 아닌 술 상자들 틈에, 술 상자로 보이는 상자 위에 적

혀 있다는 것이 의미심장하다. 잘못 보았을까, 다시 읽었는데 천지

무용이 맞다. 어두워지면 홍대의 술집들은 손님들로 꽉 찬다. 술을

마시는 일 말고 우리가 만나 할 수 있는 일이란 별로 없다. 어제 상

의를 하기 위해 만난 분과의 저녁식사 자리에서도 약간의 술이 오

갔다. 화기애애한 시작과는 달리 끝에는 오해만 불러일으켰다. 그

날 밤 해야 할 일은 손도 대지 못하고 다음날에는 지각까지 했다.

그러니 느닷없이 만난 그 단어가 무슨 계시처럼 보일 수밖에. 사무

실에 도착해 검색해보니 전연 딴판의 의미이다. 텐치무요(天地無

用). 화물의 위아래를 거꾸로 하지 말라는, 상자 안에는 취급주의를

요하는 고급 술이 있었던 모양이다.

나귀의 욕심

평소 폭식과 폭음을 즐기는 B급 식도락가라고 자칭하는 미술사가 미야시타 기쿠로의 글을 읽는다. 한번도 본 적 없는 그의 모습이 글을 읽는 내내 어른댔다. 아마도 그는 배 위로 바지를 끌어올려 입을 만큼 뚱뚱한 데다 한두 개의 지병을 가지고 있을는지도 모른다. 매일 아침 그는 소화되지 않은 음식물로 인한 불쾌감과 취기로 깨어날지도 모른다. 폭음과 폭식은 주로 저녁시간에 이루어진다. 시간에 쫓겨 아침을 거른 이들은 점심시간에 참았던 허기를 푼다. 비교적 한가한 저녁에야 굽고 끓이는, 시간을 들이는 음식들을 먹는다. 언제부턴가 저녁식사는 최후의 만찬이라도 되는 듯 많은 음식들로 넘쳐난다. 모임이 끝나고 이어진 어제의 자리에서도 그랬다. 튀김과 국수, 족발 등 맥주집의 갖가지 안주가 다 나왔다. 그 자리뿐 아니라 어느 자리에서나 음식은 우리가 먹고 남을 만큼 차려졌다. 포만감을 느끼면 느낄수록 정신도 더불어 기름져지는 듯한 느낌이다. 폭식, 폭음을 일삼는 기쿠로의 글 가운데 가장 끌렸던 음식은 수도사와 농부들의 단출한 식사였다. 끓인 콩과 딱딱한 빵, 삶은 감자와 물, 그것이 전부다. 청명한 가을날만이라도 저녁식사는 소금과 이스트로 구운 빵과 깨끗한 물 한잔으로 하고 싶다. 그것이 귀뚜라미의 맑은 소리가 부러워 이슬만 먹은 나귀의 욕심일지라도.

최후의 만찬 레오나르도 다 빈치의 〈최후의 만찬〉은 프레스코가 아닌 템페라 기법으로 그려지는 바람에 완성된 지 불과 20년 만에 안료가 떨어져나가기 시작했다고 한다. 결국 수많은 덧칠로 형상을 판별하기 힘들 지경이 되었고 식탁 위에 놓인 음식들도 빵과 포도주 외에는 식별할 수 없었다. 수많은 화가들이 〈최후의 만찬〉을 모사하면서 만찬에 어울릴 요리를 제멋대로 그려넣었다. 최후의 음식답게 먹음직스런 고기 요리와 생선 요리가 많았다. 예전에 가끔 친구들끼리 둘러앉아 지구 종말의 날이 온다면 무엇을 할 거냐는 이야기를 나누곤 했다. 유명한 경구 때문일까, 사과나무를 심겠다는 말이 지배적이었다. 하지만 이렇듯 온난화가 계속되다가는 그때쯤 이미 사과나무는 사라지고 종자 또한 얻지 못할 가능성이 크다. 맛있는 음식을 먹겠다는 답변이 두번째로 많았다. 언제 그랬냐는 듯 지구 종말의 위기감은 사라지고 음식 이야기에 열을 올렸다. 대부분 값비싼 음식이거나 먹어본 적 없는 음식들이었다. 예수는 자신이 곧 죽을 것을 알았다. 그러면 생의 마지막 음식으로 무엇을 먹었을까. 아무래도 예전에 먹지 않아 맛을 알지 못하는 음식이 아니라 그 맛을 떠올리면 군침이 도는 음식, 평소 즐겨 먹던 음식이 아니었을까. 본격적인 복원작업을 통해 드러난 〈최후의 만찬〉에서 주요리는 예수가 평소 즐겨 먹었던 물고기 요리였다.

오타쿠의 힘

소설가 박성원씨는 소설을 쓰고 학생을 가르치는 일 외에 우리의 문학을 해외에 알리려는 일에 열심이다. 일본의 유수 문학 출판사에 다녀온 그는 우선 일본의 문학잡지 판매량에 놀랐다. 우리보다 많은 인구수를 감안하더라도 인구대비, 우리와는 비교가 되지 않을 판매량이었다. 아무래도 그 바탕에는 그들의 오타쿠 문화가 작용했을 거라고 그는 추측했다. 우리에게도 익숙해진 '오타쿠'라는 말은 1983년 일본에서 처음 사용되었다. 동호회에서 만난 이들이 서로 예의를 지키고 존중하기 위해 부르기 시작한 말로 '마니아'보다 더욱 심취한 이들을 뜻한다. 2차 생산물을 만들어낸다는 면에서도 마니아와는 차이가 있다. 우리나라에서는 오덕이나 오덕후로 쓰이는데 아무래도 부정적인 뉘앙스가 깃들어 있는 듯하다. 1988년에 제작되었지만 우리 큰애에서 작은애에 이르기까지 아직도 많은 팬을 확보하고 있는 만화영화 〈이웃집 토토로〉. 언제부턴가 인터넷에 원작과는 다른 토토로 괴담이 떠돌고 있다. 주인공 중 하나인 메이의 그림자가 어느 순간 사라진 건 죽음을 의미한다는 둥, 고양이 버스는 카론의 배라는 둥, 읽다보면 반신반의하게 되는 힘이 있다. 비록 괴담이긴 하지만 그 이야기 또한 〈이웃집 토토로〉의 오타쿠가 아니었다면 만들어낼 수 없었을 것이다. 영화사 측에서는 일절 그 주장들을 부인했지만 말이다.

尋犬 광고   상수역에서 광흥창역 사이의 담벼락에 잃어버린 강아지를 찾는다는 전단지가 붙었다. 요즘은 심견 광고도 심심치 않게 본다. 그 앞에서 전단지를 읽는 한 사내의 표정이 도무지 종잡을 수 없다. '사람 살기도 힘든데 기껏 개라니'라는 표정 같기도 하고 어릴 적 키우던 잃어버린 강아지가 생각난 듯한 표정이기도 하다. 잃어버린 장소는 이곳과는 정반대 쪽이다. 전단지를 붙이기 전에 이미 이 주변을 샅샅이 훑었던지 홍대 근처에서 강아지를 보았다는 제보가 있었노라고 적었다. 개가 평소 주인과 같이 다니던 곳 주위를 배회하고 있다고 생각한 주인은 아예 홍대 일대에 전단지를 쫙 붙인 듯하다. 빨간 원피스를 입고 있다는 이 강아지의 이름이 재미있다. 명품 브랜드 이름이다. 나라면 왠지 명품을 좋아하는 속물성을 들킬까봐 집에서만 그 이름으로 불렀을 것 같다. 개 전용 호텔에서 묵고 값비싼 사료를 먹고 명품으로 치장하는 명품 강아지 이야기를 들었는데 이 강아지야말로 명품 중 명품이란 생각도 들어 웃음이 났다. 그런 이름을 주저없이 붙인 주인들이 궁금했다. 전단지를 만들고 붙인 사람은 그녀의 남편이었다. 그는 강아지를 잃고 식음을 전폐한 아내 걱정이 컸다. 찾아주는 분께 후사하겠다는 약속도 했다.

일방적　　점심을 먹고 사무실로 올 때면 가끔 평론하는 정선배와 마주치곤 한다. 바로 코앞에서 딱 맞닥뜨리기도 하고 뒤에서 걸어오다 나를 발견하고는 툭 치고 지나가기도 하고 저만치 종종걸음치고 있는 그를 보기도 한다. 큰 소리로 부르려 해도 무언가에 쫓기는 사람처럼 순식간에 멀어져서 인사를 못한 적도 있다. 어제는 그가 잠깐 사무실에 들렀다. 전날 신문사 주최, 국제 마라톤 대회에서 완주를 했다고 한다. 그제야 그가 완주를 한 것이 예닐곱 차례나 되고 하프나 짧은 구간 마라톤을 틈틈이 한다는 사실이 떠올랐다. 그러니까 매일 그렇게 속보를 하는 건 일종의 훈련인 셈이다. 기록도 좋아 3시간 40분대이다. 이런 기세라면 조만간 두 시간대에 들어올 날도 있지 않을까(선배, 화이팅!). 경기가 있던 날 아침 그의 아내가 물었다. "나가 있을까요?" 물론 나와서 기다려주길 바랐지만 겉으로 내색은 하지 않았단다. "뭐하러, 괜찮다." 그 말을 곧이곧대로 믿고 아내는 대회장에 나오지 않았다고 한다. 그는 결승선 주위에서 잠깐 아내를 기다렸다. 힘들게 들어오는 자신에게 달려나와 커다란 타월로 몸도 덮어주고 등도 두드려주기를 바라며. 꼭 말로 해야 알아듣느냐고, 왜 마음은 못 헤아리느냐고 투정 같지 않은 그의 투정을 듣는 건 처음인 듯하다. 그러게 말이다. 우리의 마음은 왜 그렇게 어긋나기만 하는 걸까.

게이샤의 추억

일본 가나자와 지방의 초대를 받은 우리 일행은 융숭한 대접을 받았다. 그 지방에서는 '게이샤'를 게이꼬라 불렀다. 게이꼬의 춤과 노래, 연주를 들으면서 식사를 할 수 있었다. 일본인들에게도 흔치 않은 기회였다. 예순 남짓 되었을까, 나이 든 게이꼬가 사미센을 연주하고 젊은 게이꼬가 부채춤을 추었다. 춤을 추는 공간이라야 반경 두어 발짝, 춤은 고요하고 아름다웠다. 가끔 부채를 떠는 소리가 정적을 깼고 그때마다 오래된 다다미 방의 공기가 들썩이면서 향긋한 냄새가 났다. 공연을 마친 게이꼬들은 무릎걸음으로 자리를 옮겨다니면서 술을 따르고 또 술을 받아 마셨다. 사미센을 연주한 게이꼬의 복장은 젊은 게이꼬의 울긋불긋한 복장에 비해 한결 수수했다. 설핏 그녀의 얼굴 밑으로 젊은 시절의 모습이 겹쳐졌다. 젊은 게이꼬는 뜻밖에도 두 아이의 엄마였다. 일본에서도 게이샤라는 전통문화가 서서히 사양길을 걷기 시작했다고, 이미 많은 게이샤들이 일터를 떠났다고 했다. 일과 양육을 병행하는 어려움은 말이 통하지 않아도 눈빛으로 다 알 수 있었다. 지금도 문득문득 그녀들이 떠오른다. 놋그릇처럼 단단하던 나이 든 게이꼬와 젊은 게이꼬의 하얀 목덜미. 그녀들은 아직도 그 일을 하고 있을까. 그럴 때면 "아이~아또"(고맙다란 뜻인 아리가또의 사투리)라는 콧소리 섞인 말투가 귓가를 스친다.

1981년 경주

수년 전 경주에 들렀을 때였다. 대릉원 앞에서 택시를 탔다. 자리에 앉기도 전에 남다른 택시의 분위기가 느껴졌다. 덩치가 크기도 했지만 택시 기사분의 카리스마가 택시에 꽉 차 있었다. 룸미러로 쓱 관광객들 얼굴을 훑어본 그가 말문을 열었다. 흰머리가 섞인 머리카락에 포마드를 발라 단정히 뒤로 넘긴 모습이 인상적이었다. 그는 먼저 경주에 며칠을 묵는지 물었다. 그는 1박에서 일주일까지 경주의 코스를 다 꿰고 있었다. 무슨 말끝엔가 그가 '레비스트로스'의 이야기를 꺼냈다. 속으로 '역시 경주의 택시 기사분들은 다르다' 감탄하고 있는데 동행이 갸웃거렸다. "왜 있잖아, 슬픈 열대." 반색을 한 건 택시 기사분이었다. "역시 경주를 찾는 분들은 달라도 뭐가 다릅니다." 『슬픈 열대』 책 앞에는 1981년 한국을 방문한 저자가 안동 하회마을에 들러 전통가옥을 둘러보는 사진이 실려 있다. 그때도 벌써 그는 노인이었다. 아마도 그 여행길에 경주까지 왔었던가보다. 가끔 그 책을 꺼내 그가 만났던 남비콰라족 사진을 보곤 했다. 벌거벗은 그곳의 여자는 아이에게 젖을 먹이며 맨땅에 평화롭게 누워 있었다. 그리고 지난 3일 그의 타계 소식을 들었다. 그가 아직까지 살아 있었다는 것이 반갑기도 했고 포마드를 바른 경주의 택시 기사도 떠올랐다. 레비스트로스의 죽음에 그도 슬퍼했을 것 같다.

입장 며칠 전 홍대의 밤거리, 수많은 젊은이들 사이를 지나 종종걸음치고 있었다. 자동차 경적과 고함소리, 웃음소리 들이 웅웅대는 속에서 젊은 여자의 말소리가 또렷하게 들려왔다. "다시 태어난다면 말야……" 바로 앞서 횡단보도를 건넌 두 명의 여자 중 조금 통통한 여자의 말이었다. 아직도 이런 대화를 나누는 젊은이들이, 그것도 홍대에서, 귀를 기울였다. 그 뒷말이 궁금했다. 바위? 구름? 아니면 남자? 뜸을 들이던 그 여자가 말했다. "난 영국 여자로 태어나고 싶어." 기대했던 대답이 아니라 더욱 신선했다. 그 며칠 뒤 출근길에 맞은편에서 도란도란 이야기를 나누며 걸어오는 두 분의 노인을 보았다. 일교차가 큰 날씨 때문일까, 두 분 다 중절모에 무릎길이의 코트로 중무장을 했다. 두 분과 스치는 그 몇십 초, 앞뒤 잘린 단 한마디 말만 들었다. "살아 있는 동안에 말야……" 옆의 분이 또 가르치냐는 듯 고개를 흔드는 척만 했다. 두 분의 행선지는 시에서 운영하는 노인학교인 듯했다. 다시 태어난다면과 살아 있는 동안에. 아무래도 두 팀의 대화 내용이 뒤바뀐 듯한 느낌을 받았다. 두 분 노인에게 의미있고 소중한 날은 바로 오늘일 것이다. 그렇다면 스무살이 갓 넘은 젊은 여자가 말한 다시 태어나는 삶이란, 가진 자의 여유였을까.

말메의 눈물　어떻게 그런 문학적인 이름을 다 가지게 되었을까. H조선소 견학을 다녀온 분으로부터 그곳에 있는 한 기중기에 대한 이야기를 들었다. 이야기가 워낙 흥미진진해서 고래나 옛 추억이 아닌 단지 그 기중기만을 보러 울산에 가고 싶어질 정도였다. 사진으로 찾아본 그 기중기는 겨우 손톱만한 크기로 한 블로거의 사진 속에나 나와 있었다. 하지만 사진을 찍은 장소가 장생포인 데다 저 멀리 보이는 것들 중 단연 두드러진 크기로 보아 왜 '골리앗'이라는 별명이 붙여졌는지 짐작이 갔다. 속속들이 철저하게 쇠붙이인 이 기중기에 어떻게 눈물이라는 단어가 붙여진 걸까. 이 기중기는 원래 스웨덴의 말메란 곳에 있었다고 한다. H조선소는 이 기중기를 단돈 1달러에 구입했다. 그 거대한 기중기를 어떻게 운반했는지 생각만 해도 고단하다. 스웨덴에서 울산까지 멀고 험난했을 여정이었을 것이다. 운반 비용에만 막대한 금액이 들었을 것이다. 그 기중기가 말메에서 떠나던 날, 말메의 모든 시민들이 그곳에 나와 그 기중기를 환송했다. 많은 이들이 울었다. 그래서 붙여진 이름이 말메의 눈물. 조선업 강국의 자리를 다른 나라에 내준다는 의미를 떠나 말메 어디에서나 눈만 들면 보였을 그 기중기에 대한 애착과 그리움 때문이었을 것이다. 그 기중기가 사라질 수도 있다는 상상을 그 누구도 하지 않았을 것이다.

속도위반

어쩌다가 속도위반에 대한 이야기를 큰애와 나누었다. 물론 그 과속에 관한 이야기는 아니다. 예전엔 엄마와 이런 이야기를 나눈다는 건 꿈도 못 꿨다. 빙빙 돌려 어렵게 이야기라도 꺼낼라치면 어김없이 불호령이 떨어졌다. 금기 중 금기였다. 이젠 이런저런 기사들이 인터넷 메인으로 뜨니 사무실에서 집에서 정보를 아이와 공유할 수밖에 없다. '요즘 애들'이라는 전제하에 솔직한 심정을 밝혔다. "책임질 줄 알고 난 괜찮아 보이는데……" 우리가 결혼 적령기에 있었을 때도 친구들 사이에 간혹 그런 일이 있었다. 드러내놓고 말 못하는 대신 혼수 장만이라는 비유를 썼다. 그런데 돌아온 아이의 반응이 놀랍다. "엄만 내가 그래도 좋아?" 요즘 잇단 연예인들의 속도위반 기사를 모르는 바 아니다. 콘서트에도 쫓아다니고 신보가 나올 때마다 구입하던 한 가수의 혼전 임신 소식에 큰애는 놀랐다. 한 연기자의 광고를 볼 때마다 혼전 임신을 떠올리면서 매번 실망스럽다고도 말했다. 십대 임신이 있는 한편 많은 아이들이 아직도 혼전 순결을 소중히 여긴다는 말도 했다. 우리 때와 비슷하다. 그런 줄도 모르고 나는 왜 '속도위반'이라는 감 떨어지는 말을 아직도 계속 쓰는지 의아했다. 평소 결혼과 임신을 속되게 표현하는 이 말을 좋아하지 않기도 했다. 아무래도 큰애는 속도위반이라는 말에서 범칙금을 떠올리는 듯하다.

꿈꾸는 카메라　　DSLR 카메라를 구입했다. 디지털 카메라가 있었지만 좀더 다양한 사진을 얻을 수 있다는 것이 이유였다. 따끈따끈한 신형이던 그 카메라는 구입한 지 얼마 되지 않아 다른 시리즈에 밀리더니 지금은 아예 '고릿적' 물건이 되어버렸다. 휴대폰에 장착된 사진 기능보다 화질면에서도 떨어진다. 평소 사진을 찍는 것도 찍히는 것도 좋아하지 않는 편이었다. 어쩌다 사진이 필요할 때면 몇 년 전 사진을 보내 젊어 보이려는 것 아니냐는 오해를 사기도 한다. 사진을 찍다보면 정작 봐야 할 풍경을 놓친다. 사진을 찍히느라 여기저기에 가 서서 포즈를 잡는 일도 시간이 아깝다는 생각이 들었다. 내 눈이 곧 카메라다, 라는 고집은 오랫동안 바라보고 돌아와서도 본 것들을 돌이켜 생각하게 하는 습관을 만들었다. 문득 생각나는 이가 있다. 그 노인은 경유지인 인천공항에서부터 비디오카메라에서 눈을 떼지 않았다. 일행이 움직일 때면 늘 몇 미터 뒤처졌다. 일본인들이 사진 찍기를 즐긴다지만 그분은 좀 지나친 듯했다. 관광지 곳곳에서 그 일행과 부딪혔는데 그때마다 그 노인은 비디오카메라의 뷰 파인더에 눈을 댄 채 한참 뒤에서 걸어오고 있었다. 다녀온 곳이 빠짐없이 기록물로 남겠지만 그가 본 모든 풍경은 작은 사각형 프레임 안에 갇혀 있었을 것이다. 집에서 텔레비전으로 관광지 다큐멘터리를 보는 것과 무엇이 다를까.

자나깨나 회사 근처의 꽁치김치찌개집 간판은 보고 또 봐도 웃음이 난다. 맛집으로 뽑혀 방송을 탔던 장면들을 사진으로 뽑아 창문을 도배하다시피 했다. '비릴 줄 알았는데 아네요'라는 출연자의 이야기와 군침을 흘리며 찌개가 끓기를 기다리는 출연자들의 익살스런 표정 사이로 사장님 사진이 붙어 있다. 그 밑에 뜬 자막. '자나깨나 생꽁치 생각뿐인 사장님.' 식탁이 다닥다닥 붙어 가게 안은 늘 소란스럽다. 꽁치살을 바르는데 바로 앞 테이블에 앉아 식사를 하던 남자들의 대화가 건너왔다. 말수가 적은 두 남자에 비해 상대적으로 말이 많은 남자가 목소리를 높였다. "대체 내가 지한테 얼마나 더 사랑을 줘야 해?" 이번에도 동행들은 별 응답이 없었다. 김치찌개 3인분을 한 냄비에 끓여가며 식사를 하고 있었지만 마음은 딴데 가 있는 듯했다. 다른 걱정으로 친구의 사랑 타령을 들어줄 여유가 없는 걸까. 머쓱해진 그가 혼잣말처럼 중얼거렸다. "꼭 말로 해야 해?" 문득 그의 그녀가 떠올랐다. 그녀가 바라는 건 고맙다거나 사랑한다거나 보고 싶었다거나 하는 말 한마디인 줄 모른다. 자나깨나 생꽁치 생각뿐인 사장님, 그래서 김치찌개의 맛도 한결같을 것이다. 그의 사랑이 예전 같지 않다는 걸 누구보다도 그녀가 먼저 알아차렸을 것이다. 자나깨나 누군가를 무언가를 생각했던 적이 언제였던가, 가을이 깊었다.

독거처녀 갓 두 돌이 된 둘째가 텔레비전을 가리키며 부정확한 발음으로 "꽃보다 남자"라고 말했을 땐 만감이 교차했다. 정확하지 않은 발음이 우습기도 하고 어려운 제목을 외우다니, 기특하기도 하고 벌써부터 텔레비전에 노출돼도 되나 걱정도 들었다. 가능하면 아이들에게 텔레비전을 늦게 보여주라는 전문가의 말이 떠올라서였다. 맞벌이 부부라 아기를 친정에 맡겨둔 지 일년이 넘었다. 친정에는 미혼의 자매들이 있다. 한참 혼기를 놓친 노처녀 중 하나는 일을 마치고 돌아오기가 무섭게 텔레비전을 튼다. 일 때문에 놓친 드라마는 다운을 받아 보기도 하는 것 같다. 이모를 좋아하는 아기는 그 옆에 붙어 앉아 덩달아 드라마를 보는 것이다. 아기도 동생도 걱정이다. 한참 뒤에 동생이 혼자 어떻게 긴 하루를 보낼지 걱정이다. 여동생들과는 달리 친구들 중에는 독립해서 혼자 사는 여성들도 많다. 부랴부랴 퇴근하지 않아도 되고 느긋하게 영화도 보고 친구들과 수다도 떨고 여행도 마음대로 가고 부러워했는데 한 친구가 불쑥 아무도 없는 집에 가기 싫다고 말했다. 그 나이의 미혼 여성을 대하는 남성들의 시선에도 상처를 받을 때가 있다고 했다. 그녀가 지나가는 말처럼 한마디 했다. "난 독거처녀야." 독거노인의 고단함을 네가 알기나 아느냐고 누군가 쏘아붙일 줄 알았는데 우리는 잠시 아무 말 없이 앉아 있었다.

장삿속

육남매 중의 막내로 자란 동료는 유독 먹을거리에 집착을 보이곤 했다. 형제들에 치여 늘 제 몫을 찾아먹지 못한 것이 포한으로 자리잡은 듯하다. 그가 할 수 있는 가장 큰 애정 표현은 다름아닌 자신이 먹을 음식을 상대방에게 양보하는 것이다. 그러니 그처럼 음식점들의 변화를 빨리 눈치채는 이도 없을 것이다. 며칠 전 점심을 먹으러 간 음식점에서 밥 뚜껑을 열던 그가 말했다. "밥량이 줄었구만." 그러고 보니 예전과는 달리 밥을 슬슬 푼 듯했다. 가격을 인상한 지 얼마 되지 않아 또 가격을 올릴 수는 없고 밥량이라도 줄여 손해를 줄여보려는 생각인 듯했다. 어쩔 수 없이 그는 후배와 밥 한 공기를 추가해 나누어 먹었다. 당연히 우리의 점심값은 인상되었다. 점심은 물론이고 일이 몰려 야근이라도 해야 할 땐 저녁까지 외식해야 하는 우리로선 회사 근처 음식점들의 음식맛은 물론이고 그 주인의 인심까지도 파악하게 된다. 양파 가격이 급상승하면 양파를 몇 조각밖에 내지 않는 중국집은 차라리 애교스럽다. 양파가 급락하면 그만큼 양파도 후하게 낸다. 근처의 유명한 두부 요리집도 요새 대폭 밑반찬을 물갈이했다. 시간을 많이 들여야 하는 계란말이를 계란찜으로 바꾸고 두부의 크기도 예전 크기의 절반으로 줄였다. 지나다 들른 손님들이라면 잘 모르겠지만 단골이라면 금방 눈치채고도 남는다, 그들의 장삿속을.

죽령터널 죽령터널을 지났다. 죽령터널을 지날 때는 다른 터널을 지날 때와는 사뭇 다른 느낌이 든다. 목적지인 안동이 이제 얼마 남지 않았다는 것을 뜻하기도 하지만 끝날 듯 끝날 듯 계속 이어지는 터널 속을 달리고 있자면 '터널과도 같은 앞이 보이지 않는 나날이었습니다'라는 언제 읽었는지 누군가의 글인지도 모르는 문장이 밑도 끝도 없이 떠오른다. 죽령터널은 4천6백 미터로 우리나라 도로 터널 중 가장 길다. 천공기의 굉음과 파편, 폭발과 앞이 보이지 않는 먼지. 걷는다면 종종걸음으로도 한 시간 이상이 걸릴 이 터널 공사에 얼마나 많은 시간과 수고로움이 들어갔을까 경건해진다. 터널 개통으로 50분 거리의 길이 5분으로 단축되었다. 조도 낮은 터널을 차로 달려 터널 어디쯤을 통과할 때면 내비게이션이 코믹한 경북 사투리로 경계가 바뀌었음을 알려준다. 터널 속에서 충북과 경북의 경계를 넘는다. 죽령터널이 있는 중앙고속도로가 개통되기 전에는 문경새재를 넘어야 했다. 문경새재. 결혼 전 스승인 오규원 선생과 제자들이 함께 갔던 문경새재, 그 마지막 여행이 떠오르며 코끝이 쎄해진다. 터널 속 시간은 터널 밖의 시간과는 다르게 흘러간다. 반짝 저 끝에서 출구가 보인다. 이 고장 명물이기도 한 죽령터널, 2011년이면 최장 길이의 터널 자리를 배후령 터널에 내줘야 할 것이다.

밥을 먹자 올해 시어머님 생신 케이크는 생과일이 얹힌 생크림 케이크였다. 큰 초 일곱 개에 작은 초 여섯 개를 꽂을 수 있는 넉넉한 크기였다. 촛불을 끄려던 어머님이 뭔가 생각난 듯 가족을 둘러보았다. 무슨 중대한 발표라도 있는 것일까, 궁금했는데 이젠 케이크도 '밀가루'로 만든 게 아니라 쌀로 만든 케이크를 사야 한다는 말씀이다. 시부모님은 오래전부터 몇 마지기의 논을 다른 이에게 빌려주고 그 논에서 추수되는 쌀을 조금씩 받아오고 있다. 그런데 올해는 쌀 한 가마니 시세가 작년보다도 이만원이나 떨어졌다는 것이다. 이래서 우찌 농민들이 살아나가겠느냐고 걱정이 이만저만이 아니다. 아무래도 쌀 소비량이 줄어드는 데 일조를 한 듯싶어 뜨끔하다. 평소에 우리는 반찬을 준비해야 하는 밥보다는 빵이나 국수를 더 먹는 편이다. 특히나 국수는 매일 먹어도 물리지 않는 것 같다. 스님들이 국수를 왜 승소(僧笑, 스님들의 미소)라 부르는지 알 것 같다. 국수를 먹을 때면 저절로 그런 미소를 짓게 된다. 쌀을 제과, 제빵에 이용하려는 시도들을 많이 하고 있는 모양이다. 떡의 경우 이에 달라붙고 끈적끈적해서 외국인들이 좋아하지 않는다고 한다. 무슨 방법이 없을까, 궁리하는데 별안간 누군가 소리쳤다. "빨리 불 끄소!" 그제야 어머니는 부랴부랴 촛불을 껐다. 케이크는 붉고 푸른 촛농투성이가 된 뒤였다.

마르타와 마리아　〈진주 귀걸이 소녀〉란 그림으로 널리 알려진 베르메르를 비롯하여 수많은 화가들이 '루가복음' 10장 38절에서 42절까지 단 몇줄의 내용을 주제로 그림을 그렸다. 바로 〈마르타와 마리아의 집에 있는 그리스도〉이다. 그리스도가 어느 마을을 지날 때였다. 마르타라는 여인이 자신의 집으로 그리스도를 모셨다. 마르타는 그리스도를 대접할 음식을 준비하느라 눈코 뜰 새 없이 바쁜데 마르타의 동생인 마리아는 언니를 도와줄 생각도 하지 않고 그리스도의 발치에 앉아 이야기를 들었다. 이에 화가 난 마르타는 그리스도에게 일하지 않는 동생을 타일러달라고 부탁했다. 하지만 그리스도로부터 의외의 대답이 돌아온다. "마르타야, 마르타야! 너는 많은 일을 염려하고 걱정하는구나. 그러나 필요한 것은 한 가지뿐이다. 마리아는 좋은 몫을 선택하였다. 그리고 그것을 빼앗기지 않을 것이다." 이 이야기에 의문을 제기한 이들이 많았던 모양인지 갖가지 신학적인 해석이 따라붙었다. 마르타와 마리아는 활동적인 삶과 명상적인 삶을 상징하는데 둘 다 중요하기에 상호 보완해야 한다는 것, 물질적이고 세속적인 삶이 아닌 마리아가 택한 정신적인 세계에 가치를 두어야 한다는 것 등등. 자매가 있는 집에는 어디나 마르타가 있고 마리아가 있다. 쉴 새 없이 일하고 있는 어머니를 보는 순간 세상의 마르타들이 떠올랐다.

밥맛 요즘에도 이 말을 쓰는 젊은이들이 있을까. 오래전 대학에 다닐 때였다. 명동 입구에 모여 서 있던 여학생들이 소곤대는 소리를 들었다. "밥맛이야." 내게 한 말도 아니었는데 그처럼 모욕적인 말도 없겠다는 생각에 기분이 언짢아졌다. 그래도 명색이 문학청년이라 비속어에 대한 거부감이 즉각 발동했을 수도 있겠지만 아무래도 그건 외조부를 비롯한 일가 친척들 대부분이 쌀농사를 짓는 농부였기 때문이었을 것이다. 지금은 고인이 된 외조부는 자로 잰 듯한 분이었다. 허튼 약속 같은 건 하지 않았다. 땀 흘린 만큼 되돌려주는 땅을 보면서 배운 정직함이었다는 건 나중에야 알았고 철이 들 무렵까지도 콩 심은 데 날 게 콩밖에 없는 것처럼 갑갑한 노인이라고 생각해 좋아하지 않았다. 대체 밥맛이란 뭘까. 하루 중 한 끼 이상이 외식인 지금은 어느 식당에서 나오는 공깃밥이 값싼 쌀을 썼는지 알 수 있지만 얼마 전까지도 밥맛이란 곁들여 먹는 반찬 맛이라 생각했다. 쌀도 차별화를 꾀하고 제 이름을 따로 가지게 된 것도 오래되었다. 쌀값 폭락으로 거리에 나온 농부들의 근심어린 표정을 보니 외조부가 떠오른다. 감정을 잘 드러내지 않던 외조부도 살아 있었다면 좀 멍한 표정을 짓지 않았을까. '밥맛이야'가 아니라 '밥맛 없어'가 옳다. 아니꼽고 기가 차서 정이 떨어지거나 상대하기 싫다는, 형용사이다.

사랑이라니　단무지를 파인애플로 냅킨을 오리방석으로 부르는 라면집에 갔다. 라면이 나오기를 기다리다보면 자연스럽게 벽에 다닥다닥 붙은 메모지들로 눈이 간다. 미주알고주알 별의별 이야기를 다 써놓았다. 머리를 자르고 친구와 라면을 먹는다는 식의 보고에서부터 누구야 잘 챙겨주지 못해 미안하다는 반성까지, 라면이 끓는 몇분 동안 심심치 않았을 것 같다. 얼마나 많은 손님들이 다녀갔는지 벽 한가득 메모지들이 겹겹으로 달라붙어 있다. 그 가운데 가장 많이 눈에 띄는 단어는 '사랑'이다. 이곳을 즐겨 찾는 이들의 나이와 취향도 짐작이 간다. 놀라운 건 나란히 앉은 우리들의 반응이다. 이제 서른이 된 후배는 "여기 참 사랑이 많네요"라고 웃는다. 두 번의 연애로 그는 이제 사랑이 뭔지 조금 감을 잡은 표정이다. 사랑 타령을 하는 한참 어린 동생들이 마냥 귀여운 것이다. 이제 사십 줄에 접어든 실장은 면벽하듯 무심히 앉아 있다. 겉으로 드러내지 않았달 뿐 삐딱하게 앉은 나는 사랑이라는 단어를 발견할 때마다 피싯, 바람 빠지는 풍선 소리를 낸다. 사랑이라니…… 우리에게도 한때 사랑으로 가슴 설레던 날들이 있었다. 예전 같으면 우리도 끼적끼적 어디엔가 우리만의 낙서를 붙이고 왔을 것이다. 매운 라면에 혀가 얼얼해져 나오는 길목, 한 상점에서 틀어놓은 음악의 노랫말이 들려온다. 아, 또 사랑이다.

어른, 답지 못한 우리 어렸을 땐 제 자식이 아닌데도
꾸중을 하는 어른들을 종종 볼 수 있었다. 간혹 억울했을 만도 한데
누구 하나 어른에게 대들거나 눈을 부라리지 않았다. 그 순간만큼
은 모두 다 공손해졌다. 이미 그런 풍경이 사라진 지 오래다. 내게
도 중고등학교 시절이 있었음에도 난 왠지 학생들이 두렵다. 깊은
밤 놀이터에 나갔다가 어둠속에서 담배를 피우며 욕설을 내뱉는 중
학교 여학생들을 보고도 "집에 가라" 한마디 못했다. 건장한 남자들
도 그런가보다. 특히 떼를 지어 선 남학생들 앞을 지날 땐 신경이
쓰인다고 했다. 괜히 도화선에 불똥이라도 튈까 서둘러 지난다고
했다. 그런데 어제 버스 안에서 학생들에게 불호령을 내리는 용기
있는 어른을 보았다. 나란히 앉은 그 남학생들은 내가 버스에 탈 때
부터 통화중이었다. 다른 사람들은 안중에 없다는 듯 큰 소리로 얼
굴이 찌푸려질 만한 대화를 이어갔다. "야! 너희 둘 조용히 못해!"
어른들로부터 그런 호통을 들어본 적 없는 학생들은 그 말이 자신
들에게 한 말이라는 것도 알지 못했다. 다시 불호령이 떨어졌다. 그
버스의 운전 기사분이었다. 학생들이 움찔했다. 대체 어떤 녀석들
일까. 내릴 때쯤에야 슬쩍 그애들을 보았다. 기껏해야 우리 큰애보
다 두어 살 많을, 그런데도 그중 하나와 눈이 마주쳤을 땐 옴마야,
얼굴을 획 돌리고 말았다.

소래 포구

그 시절 젊은 우리들은 곧잘 소래 포구로 몰려가곤 했다. 바다를 보자는 게 구실이었다. 요란스럽게 들어선 횟집과 성가신 호객 소리를 뚫고 다가간 포구는 늘 물이 빠져 있었다. 개펄 위로 모습을 드러낸 고깃배만 한참 내려다보곤 했다. 술 취한 듯 비틀대는 뱃사람과도 종종 마주쳤다. 누군가 땅멀미를 하는 거라며 알은체를 했다. 또래의 문학청년들은 소래 포구와 협궤열차에 관한 시를 즐겨 썼다. 그 시들 때문이었을까, 협궤열차인 수인선의 폐선 소식은 남다르게 들려왔다. 포구에 같이 갔던 일행 중 누군가는 마지막 수인선을 타보자고 전화하기도 했다. 열차가 다니지 않는 소래 철교는 포구의 명물이 되었다. 지금처럼 안전장치가 없을 때였다. 아슬아슬 위험천만인 그곳에서 우리는 과장되게 소리 지르고 웃어댔다. 청년들은 무섭다는 연인의 손을 잡아끌고 철교의 침목 위를 걸었다. 소래 철교가 철거될지도 모른다는 기사에 까마득히 잊고 있던 그날들이 떠올랐다. 인천 남동구에서는 존치할 것을 주장하고 있는 **반면 철교의 반대편 시흥시에서는 포구로 몰려오는 관광객들에 의한 피해를 들며 철거에 찬성하는 모양이다**. 5년 전 철도청으로부터 철교를 천오백만원에 사들여 안전하게 보수한 뒤 공원을 만들 예정이라던 보도와는 사뭇 사정이 달라졌다. 그때 철교 위를 걷던 이들과는 연락이 닿지 않는다.

정년 적령기

독일 경찰들이 62세 정년퇴직 연령을 더 아래로 낮춰달라는 파업을 했다. 범죄 연령은 점점 낮아져 십대들이 많은데 그 십대들을 쫓아가기에는 턱없이 체력이 부족하다는 것이다. 백발의 육십대가 십대를 쫓는 모습은 상상만으로도 힘겹다. 사실 사십대인 나도 그들을 쫓기에는 역부족일 것이 빤하다. 나이가 들면 현장에서 근무하는 대신 관리자로 사무실에서 근무하면 되지 않느냐는 의견을 내놓았다가 남편에게 현실을 몰라도 너무 모른다는 대답만 들었다. 시아버님은 평생 경찰이었다. 나이가 든다고 누구나 승진을 거듭해 관리자로 근무하게 되는 것은 아닌 모양이다. 시도때도 없이 근무를 해야 하는 일의 특성상 따로 시간을 내 운동을 하거나 건강관리를 하기도 힘들다고 하니 이래저래 힘든 상황 같아 보이기는 한다. 한편 우리나라 경찰의 경우 경정 이상 60세, 경감 이하 57세이던 정년이 작년 경찰공무원법 개정으로 모든 계급의 경찰 정년이 60세가 되었다. 정년 조정을 골자로 한 경찰공무원법 개정은 경찰들이 끊임없이 요구하고 바라던 것으로 독일의 경우와는 완전히 반대상황이다. 우리나라 경찰이 독일 경찰보다 체력이 더 뛰어난 것일까. 아니면 우리의 근무요건이 독일 경찰보다 더 좋은 것일까. 아버지의 퇴직날을 남편은 기억한다. 평소 마시지 않던 술을 마시고 취해 늦게 돌아왔다고 한다.

올라(Hola)! **멕시코** LA까지 11시간 거기서 다시 비행기로 4시간, 환승 시간까지 합하면 꼬박 하루가 걸리는 여정이었다. 비행기 창으로 내려다보이는 소박하고 정겨운 야경이 멕시코시티의 첫인상이었다. 마천루들과 강렬하고 화려한 불빛이 아닌 검은 여백을 살리며 떠 있는 주황색 불빛들은 치안 부재와 부패로 이름난 멕시코의 선입견을 지우기에 충분했다. 신축한 멕시코시티 공항 제2 터미널은 깨끗했다. 입국하는 이들과 마중나온 이들로 부산한 가운데 아장아장 걸음마를 떼는 아기가 눈에 띄었다. 형과 누나인 듯한 아이들이 그 뒤를 쫓아다녔다. 아버지는 가죽점퍼로 멋을 낸 전형적인 멕시코인이었다. 아버지가 큰애에게 돈을 주자 아이들은 우르르 편의점으로 달려갔고 잠시 뒤에 귀중한 것이라도 되는 양 과자를 하나씩 손에 쥔 채 나왔다. 뭔가 특별한 날이라 아버지가 인심을 쓴 듯했다. 큰애는 동생에게 하나 더 간 음료수에 심통이 나 있다가 아버지가 콜라 한 병을 사 쥐어준 뒤에야 풀어졌다. 아이 넷의 아버지. 한눈에도 넉넉해 보이지는 않았다. 그는 공항 한쪽에서 신중한 표정으로 한 사내와 오랫동안 이야기를 나누었다. 세상의 아버지들이란 똑같다. 아버지란 이름으로 짐 지워진 책임감에 울적해졌는데 멕시코통인 일행 중 한 분이 주의를 주는 바람에 정신이 반짝 들었다. "소매치기가 극성입니다. 가방 조심하세요."

짓다 만 집

멕시코시티는 해발 2240미터의 높이에 위치한 고도(高都)이다. 이곳에 도착한 날 새벽에는 땅멀미를 하는 것처럼 어질어질하고 속이 매스꺼웠다. 차를 타고 달리다보면 이곳이 분지라는 것을 새삼 알 수 있게 하는 구릉이 펼쳐진다. 그리고 그 비탈 위에 다닥다닥 붙어선 수많은 집들이 시야를 꽉 채운다. 대부분 시멘트 마감이 그대로 드러난 옹색한 집들이다. 군데군데 시에서 그어놓은 경계선이 보인다. 무분별한 난립을 방지하려는 조치로, 그 위로는 집을 지을 수 없다. 끝간데 없이 이어진 마을에서 페인트칠이 된 집조차 손에 꼽을 정도로 드물다. 대부분의 집들은 짓다 만 것처럼 보인다. 이층 지붕 위에 골조로 쓴 철근들이 마구잡이로 비어져 올라와 있다. 우리를 시 외곽의 피라미드 유적지로 안내한 운전기사는 그곳을 가난한 사람들의 마을이라고 했다. 일자리를 찾아 고향을 떠나온 사람들은 도시 중심에 자리잡지 못한 채 겨우 도시의 경계에 발을 걸쳤다. 이제는 거의 사라진 우리의 달동네를 보는 듯하다. 미완성이니 돈을 모아 여유가 생기면 또 한 층 올릴 수 있을 것이다. 소유권이 없어 팔 수 없지만 누군가 소유권을 주장하면서 쫓아내지도 않을 것이다. 그곳을 지나면서 절망보다는 희망이 읽혔는데 저녁 무렵에야 그 이유를 알게 되었다. 완공 때 내야 하는 세금을 피하기 위해서라고 한다.

푸른 집에서

푸른 집 앞에 섰다. 파란만장한 삶을 산 멕시코 여성화가 프리다 칼로가 나고 자란 집, 그녀는 이곳에서 생을 마감했다. 안을 들여다볼 수 없는 높다란 담장에 온통 푸른색 페인트칠이 되어 있다. 그래서 붙여진 이름 '카사 아술(Casa Azul)', 푸른 집이다. 중앙으로 몰린 짙고 숱 많은 눈썹과 여자라고는 믿기지 않을 코밑의 선명한 콧수염, 죽음과도 같았을 고통을 참아낸 꾹 다문 입술. 그녀는 침대에 누워 자신의 모습을 그리고 또 그렸다. 그림 속에서 옷을 벗기고 으깨진 척추를 대신한 쇠심을 그대로 드러냈다. 달리지 못하는 그녀의 육체를 대신해 그녀의 영혼은 사슴 속으로 숨어들기도 했다. 피카소와 록펠러, 트로츠키, 포드와 같은 수많은 이들이 그녀의 매력에 빠져들었듯이 사후 50년이 다 된 지금까지도 그녀를 사모하는 이들이 푸른 집을 찾고 있다. 전시실이 된 몇 개의 방을 지나 그녀가 머물렀던 방과 부엌 그리고 남편이었던 멕시코 국민화가 디에고 리베라의 작업실을 거치는 동안 그녀의 삶과 사랑, 고통을 만난다. 그녀는 평생 소아마비와 교통사고 후유증으로 인한 신체 장애를 안고 살았다. 수많은 아기를 그린 것과는 달리 그녀는 유산을 거듭했다. 바람둥이 남편 리베라는 그녀에게 또다른 고통이었다. 레이스로 짠 침대보 위에 칼로의 데스마스크가 놓여 있다. 돌멩이처럼 단단한 얼굴이다.

군더더기 없이 이곳이 그 무랄리스트(muralist, 벽화가)
들의 나라인가? 멕시코시티 시내의 담벼락을 보며 든 생각이었다.
대로로 향한 담벼락마다 낙서들이 있었지만 한눈에도 그저 단순히
자신의 존재를 알리는 수준에만 머물러 있는 듯했다. 벽화로 유명
한 멕시코이기에 이곳의 그래피티(graffiti) 수준도 남다를 거라 기대
했었다. 그래도 홍대만은 해야지. 빈 담벼락을 보면 스프레이를 들
고 그 앞에 서고 싶을 때가 있었다. 디에고 리베라를 비롯해서 시케
이로스, 오로스코 등의 벽화가들은 많은 화가들에게 영향을 끼쳤
다. 멕시코 국립대학의 시케이로스의 벽화를 시작으로 리베라, 과
달라하라의 오로코스의 벽화를 보는 동안 멕시코 혁명의 역사가 실
감난다. 먼 거리에서도 한눈에 띈다는 점은 벽화의 가장 큰 장점 중
하나이다. 그 어떤 뛰어난 연설도 단발성에 그치지만 벽화는 바로
그 자리에서 변함없이 메시지를 전달한다. 멕시코 벽화의 전성기는
1920년부터 시작된다. 문맹률이 높은 국민을 계몽시킬 방법은 이것
밖에 없었다. 이방인의 마음 또한 이렇듯 흔들어놓는데 역사를 같
이한 이곳 사람들은 어떠했을지 짐작이 간다. 벽화는 수천수만의
대중에게 그 뜻을 군더더기 없이 전달한다. 차를 타고 과달라하라
의 어느 곳을 지나다 나도 모르게 탄성을 질렀다. 꽤 멋진 그래피티
가 거기 있었다. 역시 무랄리스트의 나라인가.

간절하게   세계 3대 성지(聖地) 중 한 곳인 바실리카 성당으로 가는 길은 따로 물을 필요가 없었다. 멕시코 전역에서 몰려온 신자들의 행렬을 좇아가기만 하면 되었다. 앞에는 흰머리를 묶고 지팡이를 짚은 노인이 힘겹게 발짝을 떼고 있었다. 솔기가 뜯긴 남루한 옷차림이었지만 깨끗했다. 그녀는 가난했고 낫기 힘든 병에 걸려 있는 듯했다. 꽃들로 화려하게 장식된 들것도 몇개나 성당에서 실려나왔다. 장례식에 쓰이는 물건 같았다. 데이트 코스로 온 젊은 연인들, 갓 태어난 아기의 축원을 빌러 온 부부 등 수많은 인파속에는 관광객의 주머니를 노리는 이들도 섞여 있을 것이다. 누구든 넉넉해 보이는 이들은 없었다. 너무도 가난해서 차비가 없는 이들은 12월 12일 성모 발현 축일을 앞두고 몇개월에 걸쳐 이곳까지 걸어온다고 한다. 이곳에는 눈물을 흘리는 마리아가 있다. 1531년 멕시코 원주민인 후안 디에고 앞에 성모가 나타났다. 성모를 봤다는 그의 말을 곧이듣는 이는 하나도 없었다. 결국 성모는 디에고의 옷 앞자락에 그림으로 역사한다. 이 기적에 수많은 멕시코 원주민들이 가톨릭으로 개종했고 지금은 전 국민의 90퍼센트 이상이 가톨릭교도이다. 주름투성이의 한 노인이 마리아의 발에 손을 댄 채 눈물을 흘리고 있었다. 내가 무언가를 간절히 바랐던 적은 언제였던가. 금방 떠오르지 않았다.

일요일의 꿈

키 180센티 이하의 남자들을 루저라고 말한 여학생의 발언이 한동안 문제가 되었다. 요즘 젊은이들의 외모지상주의와 오락 프로그램의 속성을 여실히 드러낸 해프닝이라고 쓴웃음을 짓고 말았는데 몇몇 남자들에게는 꽤 상처가 된 모양이다. 가족 모임에서 형제들을 하나하나 손가락으로 가리키며 시숙이 말했다. "여도 루저, 저도 루저……" 그러고 보니 집안에 루저 아닌 남자들이 없었다. 알고 있는 남자들도 다 고만고만해서 남자를 올려다본 게 언제인지 모르겠다. 그 루저는 실패자가 아니라 컴맹이나 기계치를 놀리는 인터넷 속어 그 루저(luser)인 것 같다고 해도 시숙은 그날 내내 루저 타령이었다. 그런데 서울에서도 전혀 신경 쓰지 않던 그 루저의 망령을 멕시코 곳곳에서 보았다. 수많은 멕시코인 중에 원주민들은 한눈에 띄었다. 원주민끼리 결혼한 그들은 자신들을 닮은 아기를 낳는다. 반면 스페인 백인의 피가 섞인 이들은 외모부터가 남달랐다. 문제는 그 외모가 곧 삶의 질로 이어진다는 것이다. 선택할 수 없는 낙인찍힌 삶. 그 높은 벽은 디에고의 벽화 〈아라메다 공원의 일요일의 꿈〉에도 드러난다. 혁명 축하행사에 군중들이 밀집했다. 하지만 그 무리에 끼이지 못하는 이들이 있다. 왜 우리는 끼워주지 않는 거냐고 멕시코 원주민 처녀가 항의를 하고 있다. 한껏 멋을 낸 게 다 소용없게 되었다.

착한 여행 이제는 책임여행이고 공정여행이다. 관광객이 소비하는 이득을 현지인에게 돌려주고 인권과 생명을 존중하는 여행이다. 이 단어를 떠올릴 때면 캄보디아에서 만난 계집아이가 떠오른다. 관광지마다 벌떼처럼 몰려드는 어린 상인들 가운데에서 그애는 남달랐다. 우리에게는 푼돈인 1달러도 그곳의 한달 급여를 생각한다면 꽤 큰 돈이다. 관광객들을 상대로 쉽게 돈을 버는 재미를 알게 된 아이들은 더이상 학교로 돌아가지 않는다. 너댓 살로밖에는 보이지 않는 아이가 조악한 사진을 내밀었을 땐 남 일 같지 않다. 야시장의 곤충 튀김을 파는 수레 앞에 이르자 일행이 물었다. "이건 뭐야?" 아무도 그 곤충 이름을 몰랐는데 누군가 똑 부러진 한국말로 대답했다. "물방개." 바로 그애였다. 그애는 그곳 수레에 담긴 십수 종에 이르는 곤충들의 이름을 한국어로 다 꿰고 있었다. 그애는 팔찌가 든 바구니를 끼고 우리 일행을 한 시간도 넘게 따라왔다. 어쩔 수 없이 모른 체했지만 내내 관심이 갔다. 무엇을 해도 잘할 아이라는 생각이 들었다. 책임여행에서는 그런 적선보다는 기부를 권한다. 이번 여행에서는 얼마나 지킨 걸까. 비행기 이용은 어쩔 수 없다 치더라도 걸리는 것이 많다. 윤리적 소비 부분, 숙소 앞 마리오네트를 파는 이와 흥정하면서 너무도 많이 깎았다. 어쩔 수 없는 아줌마 본능이 튀어나와버렸다.

깐뚜스　　멕시코 문인협회가. 탄생한 지 4년 만에 문예지를 묶었다. 깐뚜스. 어릴 적 따라하던 개그 프로가 떠오르는 재미난 어감의 이 단어는 뜻밖에도 멕시코 자생 선인장의 이름이었다. 김원배 회장은 창간사에서 미래가 보이지 않는 캄캄한 땅에서도 꿈을 꾸고 희망을 노래하는 것이 이민자들의 삶이고 문학인들의 정신이라고 썼다. 계획에도 없던 '번개팅'에도 넓은 식당을 다 채울 만큼 많은 회원들이 모였다. 대구탕이 끓고 소주잔이 오갔다. 누군가 일어나서 노래를 불렀다. 이렇게 먼 이역땅에도 우리의 노래방 기계가 다 있었다. 삼촌들이 즐겨 부르던 노래부터 80년대를 보내며 불렀던 노래까지. 함께 자리한 대사관의 김홍보관은 그들의 노래를 듣다보면 언제 이민을 했는지 알 수 있다고 했다. 한국에서의 시간이 흘러가지 않은 채 노래에 머물러 있다는 것이다. 밤이 깊었다. 문밖을 나가 몇 발짝 걷지 않아서 뭔가 이상하다는 걸 깨달았다. 이곳은 초행길, 머나먼 멕시코 땅이었다. 잠시 그 사실을 깜빡 잊었던 것이다. 그 새벽에 깐뚜스를 읽었다. 글도 글쓴이들의 프로필도 다양했다. 한국에서라면 어울리지 않았을지도 모를 이들이 이곳에서 문학으로 모였다. 모국어에 대한 갈증과 그리움. 깐뚜스. 뜻을 알고 난 뒤에도 여전히 웃음이 나는 이름. 그날 짧은 잠에서만큼은 그들 모두 모국어로 꿈을 꾸었을 것이다.

검은 눈동자 진작부터 멕시코에서 크리스마스가 시작되었다. 멕시코시티에 도착한 건 12월이 되려면 한 주도 더 남은 월요일이었다. 시내 한복판에서 거대한 구조물과 마주쳤다. 그 거대함에 놀란 일행이 차 밖으로 고개를 뺐다. "무슨 기념탑입니까?" 얼마나 높은지 차 안에서는 그 끝을 볼 수도 없었다. 그것은 어마어마하게 큰 크리스마스 트리였다. 작년에는 브라질에 그 자리를 내주었지만 올해는 세계에서 가장 큰 크리스마스 트리를 이곳에다 만들 예정이라고 했다. 크리스마스 꽃인 포인세인티아가 거리를 붉게 수놓았고 트리 장신구 가게마다 사람들로 복작였다. 과달라하라로 건너와 할리스코에 늘어선 건물들을 본 뒤에야 그 커다란 크리스마스 트리의 의미를 알게 되었다. 거리에 서서는 알 수 없지만 그곳의 건물들은 십자가형으로 배열되어 있다. 위에 계신 신에게 보이도록 하기 위해서이다. 며칠 지난 사이 성탄절 축제는 절정에 달하는 듯했다. 쇼핑가에는 하늘을 찌를 듯한 대형 크리스마스 트리가 서고 스페인어의 캐럴송이 울려퍼졌다. 크리스마스 케이크를 무료로 나눠주는 행사에 줄이 끝없이 늘어섰다. 성탄절까지 한달여의 시간이 축제 분위기로 가득 찬다. 보시기에 참 좋았더라. 문득 성경의 그 구절이 떠올랐는데 누군가 내 옆구리를 톡톡 쳤다. 한 소년이 내게 손을 내밀고 서 있었다. 거절하기 쉽지 않은 검은 눈동자였다.

정담　이국인들로 복작거리는 과달라하라의 노천 카페에서였다. 어느새 김주영 선생이 건너편 테이블을 지켜보고 있었던 모양이었다. "저기 좀 보세요. 무슨 이야기가 저리도 재미있을까요?" 몹시도 소란스러웠지만 우리말이었더라면 그들의 대화 내용을 알아들었을 수도 있었을 것이다. 남자 둘과 여자 하나, 손짓과 갑작스럽게 터지는 웃음, 서로를 바라보는 눈빛에서 그들이 오랜 친구라는 것이 느껴졌다. "저런 게 바로 정담이지요." "예? 아, 정담(情談)이네요." "보세요, 세 사람이 솥발처럼 앉아 있지요?" 그제서야 선생이 말씀한 정담을 바로 알아들었다. 정담(情談)이 아니라 정담(鼎談)이다. 둥근 테이블에 둘러앉은 세 사람은 정말 어느 한쪽으로 기울어져도 쓰러지지 않게 솥발처럼 간격을 벌리고 앉은 데다 그 어떤 사람도 소외되지 않은 채 이야기를 즐기고 있었다. 불쑥불쑥 선생은 기발하거나 재미난 말로 일행을 즐겁게 했다. 역시 쓰기 이전에 보는 사람이었다. 우리 일행의 막내였던 박소연씨가 가져온 신발과 용도를 다 알아맞히기도 했다. 비행기가 이륙하기 전 선생의 마지막 우스갯소리는 두고두고 기억난다. 박소연씨가 공항에서 산 데낄라를 넣기 위해 트렁크를 열었다. 속이 꽉 찬 트렁크는 기다렸다는 듯이 붉고 푸른 속엣것들이 튀어나왔다. 선생이 그 모습을 보고 한마디 했다. "돼지 잡았나?"

비빔밥 생각

귀국 비행기를 기다리면서 일행이 입맛을 다셨다. "기내식으로는 비빔밥을 먹겠어." 비행기 한 편이 취소되는 바람에 비행기는 만석이었고 대기중인 사람들 태반이 한국인들이었다. 모르긴 몰라도 그들도 비빔밥을 벼르고 있을 것이다. 운이 나쁘면 비행기에 실린 비빔밥이 다 떨어질 수도 있다고 하니 그는 금방 울상이 되었다. 많지 않은 여행에서 소동 아닌 소동을 보았는데 대부분이 비빔밥 소동이었다. 객지에서 한국 음식점을 찾기도 어렵지만 가격도 만만치 않아 먹기가 쉽지 않다. 돌아갈 때쯤 느끼한 속을 잠재울 비빔밥을 기대하면서 비행기에 탄다. 예전에 비빔밥이 다 떨어졌다는 승무원의 이야기에 "나 안 먹어!" 식판을 던질 듯 광분하는 승객을 본 적도 있다. 이번에는 그 비빔밥을 다른 승객에게 양보할 수도 있겠다는 여유가 생긴 건 멕시코에 즐비한 한식당 덕분이었다. 다정하지만 조금 촌스럽기도 한 한식당의 간판들이 거리에 늘어서 있었다. 식재료의 차이 때문일까, 제맛이 나지는 않았지만 웬만한 갈증을 풀기에는 충분했다. 이런저런 식당을 방문하다보니 자연스럽게 일식당과 비교하게 된다. 외국인들에게 스시를 먹는다는 건 '먹는다는 것' 이상을 의미한다. 그에 비해 한식당은, 주로 고국의 맛을 찾는 한국인들이 대부분이었다. 한국 음식의 세계화는 아직 먼 걸까. ……다행히 이번에는 비빔밥이 넉넉히 있었다.

중독　고속도로 휴게소의 화장실에서 나오다 한 청년을 보았다. 그곳에는 인형뽑기를 비롯 몇몇 오락기계가 놓여 있었다. 사람들의 왕래가 뜸한 밤이라 불은 꺼져 있고 오락기에서 나오는 불빛만이 희붐하게 고여 있었다. 그 시간 그는 혼자 인형뽑기 앞에 서서 집게를 조작하느라 여념이 없었다. 인형뽑기 하면 떠오르는 이가 있다. 그가 인형뽑기를 하는 것 같다며 어머니가 걱정한 지 벌써 10년이 되어온다. 그사이 그는 달인이 되었다. 인형을 뽑는 것은 식은 죽 먹기이고 사람들을 끌려고 갖다놓은 양주는 물론이고 트랜지스터 라디오도 척척 뽑는다. 어느새 그는 기계 주인들이 두려워하는 인물이 되었다. 그런 기술을 가지는 동안 월급의 반을 날렸다고 어머니의 걱정이 이만저만 큰 게 아니다. 노년을 위해 저축을 해야 하는 것 아니냐고 해도 그는 인형뽑기에서 헤어나오지 못했다. 여우 같은 마누라도, 토끼 같은 자식도 없는 자신에게 유일한 낙이라곤 인형뽑기뿐이라는 것이다. 사각형의 유리상자 속에서 집게를 움직이는 동안 그는 잠시 그 세계의 주인이 된다. 그가 얼마 전 방 두 칸짜리로 이사를 한 것도 다 인형뽑기에서 뽑은 물건들을 쌓아두려는 것이라고 어머니는 추측했다. 휴게소를 나오다 다시 그 청년을 보았다. 오락기계에서 나오는 빛으로 간신히 실루엣만이 살아 있었다. 커다란 그의 등이 왠지 외로워 보였다.

핑크 택시 "한 말씀 드려도 될까요?" 대답을 기다리는 듯
한 택시기사분의 두 눈이 룸미러 속에 담겨 있었다. 어서 오세요,
라는 인사 한마디 없던 이였다. 혹시나 지름길을 알려준 것에 마음
이 상한 것일까, 잠자코 그의 말을 기다렸다. "왜 손님에게만 권리
가 있고 기사들에겐 아무런 권리도 없는 겁니까?" 역시나 그 일 때
문인가? "다 와놓고는 요금이 없단 겁니다." 다행이다, 나 때문에
화가 난 것은 아니다. 그렇게 발뺌하는 손님이 한둘이 아니라고 했
다. 드잡이를 하다 지구대까지 가보았지만 경찰은 우리가 택시요금
이나 받아주는 사람이냐고 했단다. "내가 지구대에서 112에 전화까
지 건 사람입니다." 두 귀가 드러나도록 깎은 단정한 머리 모양과
군살이 붙지 않은 몸매로 그의 성격이 짐작되었다. "정말 힘들어서
못해먹겠어요." 여성 기사가 모는 여성 전용 택시인 핑크 택시가 도
입되었지만 남자인 그도 정작 깊은 밤이면 손님들이 무서워 가려
태울 수밖에 없다고 했다. 깡다구가 센 편인 그도 그렇다면 여성 기
사들은 오죽할까. 사실 서울의 택시기사 중 여성 기사 수는 태부족
이다. 평생 탄 택시 중에서 여성 기사의 택시는 손에 꼽을 정도이고
그것도 밤이 아니라 낮이었다. 그렇다면 택시기사들을 손님들로부
터 보호할 방법은 무엇일까. 심사를 해서 손님들에게 핑크빛 리본
을 달아주어야 하나, 심란했다.

당인리 발전소

합정동 방향으로 양화대교를 건너가다 두시 방향에 있는 거대한 굴뚝 두 개를 보았다. 희디흰 연기가 모락모락 피어오르고 있지 않았다면 여느 때처럼 그냥 스쳐지났을 것이다. 연기는 수직으로 피어오르지 않고 옆으로 흘렀다. 제법 센 바람이 불고 있는 듯했다. 아주 오래전엔 이렇게 굴뚝의 연기 모양만 보고도 날씨를 예측하곤 했다. 당인리 발전소는 1924년부터 그 자리에 서 있었다. 가끔 그 앞을 자동차로 지나치곤 했지만 이렇듯 거리를 두고 보기는 오랜만이었다. 냉장고나 텔레비전이 없던 시절, 이곳의 전력으로 서울의 모든 집들이 등을 밝혔다. 오래전 1, 2, 3호기는 폐기되었고 지금까지 연기를 뿜고 있는 굴뚝 두 개는 4, 5호기의 것이다. 그나마 그 둘도 수명을 다해 2012년이면 폐기될 예정이라고 한다. 점심을 먹고 홍대 주위를 산책했다. 예전 이곳엔 당인리 발전소까지 석탄을 실어나르는 철로가 있었다. 한쪽은 공원이 되었고 남은 한 곳은 작은 가게들이 다닥다닥 붙은 상가가 되었다. 이곳을 지나 당인리 발전소에 도착한 열차는 시꺼먼 석탄을 가득 부려놓았다. 분진 때문에 한때 대기오염의 진원지라는 불명예를 안기도 했던 당인리 발전소. 이제는 서울 전력소비량의 3.2%만을 공급하고 있을 뿐이다. 오늘은 비가 올까? 굴뚝의 연기가 옆으로 흐르면 꼭 비가 오곤 했었는데……

소스라치다 　고속도로를 달리다 로드킬(roadkill)의 흔적을 보았다. 로드킬이란 도로에 나온 동물이 자동차에 치여 사망하는 것을 말한다. 시간이 좀 지난 듯 아스팔트에 스며든 얼룩은 색바랜 자줏빛이다. 얼룩이 점점 크게 퍼져 있다. 그 크기로 사고를 당했을 동물의 크기도 짐작해본다. 서식지나 먹이를 찾아 길을 건너던 노루나 고라니였을까. 아니 그보다 훨씬 큰 멧돼지인지도 모른다. 느닷없이 나타난 동물에 놀랐을 운전자도 떠오른다. 내비게이션을 장착한 뒤로 목적지의 위치는 물론 고속도로 제한속도와 더불어 종종 야생동물을 주의하라는 안내를 듣게 된다. 주로 산을 관통한 도로 위에서이다. 동물들이 건널 생태도로 하나 없는 곳일 때가 많다. 길을 건너던 멧돼지 가족과 부딪혀 사망사고가 났다는 소식을 들은 뒤로는 조심조심 길을 달린다. 어두운 밤 산길 한가운데에서 고라니와 마주친 적이 있다. 급브레이크를 밟고서도 한동안 가슴이 콩닥거렸다. 하지만 나보다 더 놀란 건 고라니인 듯했다. 얼음땡처럼 굳은 고라니는 가볍게 몇번 경적을 울리자 후두득 정신을 차리고 어둠속으로 뛰어들었다. 함민복 시인의 시 〈소스라치다〉가 떠오른다. "뱀을 볼 때마다 소스라치게 **놀랐다고 말하는 사람들.**" 그러나 우리 때문에 소스라치게 놀란 건 지상의 모든 생명과 무생물들이다. 소스라치게 놀라 비명처럼 산산이 흩어진 자줏빛 얼룩.

도루묵 알 터지는 소리 11월과 12월, 산란을 앞둔

도루묵들이 동해 연안으로 몰려든다. 강릉 시내의 식당들 밑반찬으로 도루묵이 올라오는 계절이다. 점심과 저녁, 두 곳의 식당에서 도루묵 조림과 구이를 먹었다. 강릉 토박이들은 이맘때 지천으로 넘쳐나던 도루묵 추억을 가지고 있다. 어획량이 하도 많아 삽으로 떠서 나르던 생선이다. 플라스틱 바가지를 가져가면 개 사료로 쓰라며 거저 주기도 했단다. 그 흔하디흔한 도루묵을 강릉 사람들조차도 구경하지 못하던 시절이 있었다. 한때 전량이 일본으로 수출되었기 때문이다. 도루묵을 먹지 못한 사람들의 원성도 자자했다고 한다. 은어도 묵도 아닌 금도루묵으로 불리던 때였다. 뭐니뭐니 해도 알이 꽉 찬 '알갖이 도루묵'이 최고다. 어획량이 줄어 값이 두 배로 뛰었다지만 그래도 여전히 서민들의 음식이다. 점심의 도루묵 조림은 맛있었는데 저녁의 도루묵 구이는 점심의 도루묵 맛만 못했다. 간이 안 맞은 듯도 하고 점심을 조금 늦게 먹어 허기 때문에 더욱 맛있었을지도 모른다. 피난을 가던 선조 또한 그랬을 것이다. 하도 맛있어 은어라는 이름을 내렸다가 나중에 너무도 맛없어 그 이름을 거두었다는 이야기. 귀하고 천한 것은 그렇게 때에 따라 달라진다. 도시의 시끌벅적함에서 물러나 바다 소리가 들리는 곳에서 도루묵을 먹는다. 도루묵 알 터지는 소리만 시끄럽다. 오랜만의 고요한 밤이다.

봄 또한 멀지 않으리

수입 밀은 봄에 파종하고 가을에 수확한다. 병충해가 극성을 부리는 여름을 나기 때문에 어쩔 수 없이 농약을 칠 수밖에 없다. 반면 '우리밀'은 가을에 파종해서 겨울을 나고 봄에 수확을 한다. 당연히 농약을 칠 필요가 없어진다. 냉기로 발도 디딜 수 없는 방에서 오들오들 떨면서 한겨울 땅속에 있을 우리밀 생각을 했다. 지금쯤 얼어붙은 땅속에서 보일 듯 말 듯 발아를 준비하고 있을 밀들…… 겨울 같지 않은 겨울 날씨에 익숙해 있다가 낭패를 당하고 말았다. 당분간 봄처럼 따뜻한 날씨가 계속되겠지 여기고 외출하면서 난방 스위치를 아예 꺼둔 것이 화근이었다. 며칠 집을 비운 사이 기온이 영하 10도 아래로 급강하했다. 현관문을 열고 거실로 발을 내딛자마자 누가 먼저랄 것도 없이 비명이 새어나왔다. 아파트 구석구석이 냉골이다. 개켜놓은 이불 위로 올라가 온기가 돌기를 기다리는 동안 이런저런 생각들이 났다. 광화문 지하도에서 본 누군가의 상자 집. 유명 메이커의 대형 텔레비전 포장 상자였다. 신문지가 몇겹이나 깔려 있었다. 신혼집처럼 깨끗하던 상자집. 보일러 광고와 구세군 냄비에서 생각이 흘러 멈춘 것이 내년 봄 푸르게 피어오를 우리밀이었다. 병충해도 견딜 수 없는 얼어붙은 땅속에서도 자라는 것들이 있다. 새벽녘에야 겨우 온기가 돌았다.

영원과 추억 트렁크의 봉제 틈마다 모래알이 고여 있다. 작년 여름 한 바닷가로 놀러 갔을 때 사용했던 트렁크이다. 우리는 한나절 그 해안가에 앉아 모래를 가지고 놀았다. 떤다고 잘 떨었는데도 옷에 묻어온 모래알들이 이렇게 가방에까지 들어간 모양이다. 해안과 바로 연결된 숙소의 로비는 관광객들이 신발과 옷에 묻혀온 모래알들로 서걱거리곤 했다. 청소하는 이들의 손길이 바빴다. 뜨거운 태양과 살갗에 닿을 때마다 화끈거리던 모래알과 조금만 걷어내도 금방 드러나던 물기 많은 모래, 무엇보다도 즐거워하던 큰애의 얼굴이 떠오른다. 해안의 모래가 줄고 있는 이유 중 하나가 바로 관광객들 때문이라고 한다. 이런저런 사람들에 묻어 옮겨지는 모래 때문에 어느 해수욕장에서는 모래를 새로 사서 붓는 작업도 한다고 들었다. 트렁크를 대충 떨었는데도 반 줌은 된다. 오랫동안 타지에서 생활하던 이들이 귀국하면서 그곳의 흙을 유리병에 담아오는 이유를 알 것 같다. 내게도 먼 이역에서 가져온 돌멩이가 몇개 있다. 요르단의 한 소년은 그곳의 돌을 깨서 팔기도 했다. 갖가지 색의 모래들이 오랜 세월 동안 쌓이고 쌓여 만들어진 돌멩이. 시카고 트리뷴 타워의 외벽에는 세계 곳곳에서 가져온 돌들이 붙어 있다. 그곳에 새겨진 명언처럼 단지 건물이 아니라 영원을 짓고 싶었던 것이리라. 내가 가져온 것도 단지 모래알이 아니라 그 여름날의 추억이다.

막다른 골목에 서다 지금도 막다른 골목이 있다. 점심을 먹고 산책 삼아 걷다 처음 들어선 골목길, 끝이 어떤 집의 담장으로 막혀 있다. 사방이 길과 연결된 아파트에 살다보니 오랜만에 만나는 막다른 골목에 놀랍기도 하고 두렵기도 하다. 그럴 만한 일이 있었던 것도 아닌데 '막다른 골목' 하면 왠지 두려움부터 앞선다. 어릴 적 보았던 만화나 청춘물 영화 등에서 자주 등장하던, 개나 치한에게 쫓기다 막다른 골목에서 어쩔 줄 몰라 하는 주인공의 절박함이 떠올랐기 때문일 것이다. 소설을 쓰는 한 선배가 자신의 고향에 길을 만들었다는 소식을 전해들었다. 그는 짤막한 산문에서 "길은 새로 생길 때 '났다'라고 하고 없어지면 '묻혔다'라고 한다. 그것은 '끊어졌다'와는 또다른 의미이다"라고 했다. 끊어진 것과 달리 묻힌 것은 아예 길이 흔적도 없어진 사라진 것을 말한다. 그가 어릴 적 소꼴을 먹이러 다니면서 풀과 어린 나무들을 밟아 생겼던 오솔길은 아주 오래전에 묻혔을 것이다. 그의 추억 속 길들이 다시 나고 있는 걸까. 아마도 제주도의 올레길에 힘을 얻어 시작한 일인 듯싶다. 묻힌 길이란 쓸모가 많지 않아 사라졌을 것이다. 지금까지 남은 길은 목적지까지 직선의 길, 걷기 편한 길일 것이다. 막다른 길에 도착하면 돌아나올 **수밖에 다른** 재간이 **없다.**

어느 송년회

저녁식사 때를 놓치고 느지막이 찾아간 식당은 발디딜 틈이 없었다. 한두 개 남은 자리도 찬바람 들이치는 문간일 때가 많다. 송년회 시즌이니 어쩔 수 없었다. 자리도 자리지만 단체 손님들이 시킨 음식이 다 나올 때까지 주문한 음식을 한없이 기다려야 한다. 그 시간 이미 사람들은 취해 있다. 술잔을 돌리고 '위하여!' '건배!' 고함을 칠 때마다 식당이 들썩거린다. 어제도 여덟시가 넘어서야 저녁을 먹었다. 동네 작은 식당인데도 남아 있는 자리는 하나뿐이었다. 슬쩍 둘러보니 식당에 앉아 있는 이들은 죄다 남자들이다. 무슨 일을 하는 회사일까? 좀 젊어 보이는 이들은 군기가 바싹 들어 있었다. 엇비슷한 양복 때문에 슬쩍 보아선 분간이 안 가는 남자들 중에서 한 사람의 목소리가 튀었다. 그의 "이 새끼"란 말 때문이었다. 그는 후배들을 그렇게 불렀다. 누군가 난 당신의 새끼가 아닙니다, 라고 할 만도 한데 다들 고분고분한 이유를 나중에 알았다. 다들 그를 이사님이라고 부르고 있었다. 사람들은 삼삼오오 짝을 지어 밖에 나갔다 들어왔다. 상사 중에 비흡연자가 있는 듯했다. 누군가 일어서서 말했다. 지난 한해 어려운 시기였지만 잘 헤쳐왔노라고, 그는 조금 울먹거렸다. 그때 그 도드라진 목소리가 또 소리쳤다. "이 새끼야, 그만해!" 동시에 박수가 터졌다. 찌개를 떠먹다가 남의 송년회에 끼어 무슨 짓인가 싶었다. 이게 몇번째 송년회더라, 이렇게 다른 송년회에 끼어든 송년회만 대여섯 번은 되는 듯했다.

건어물녀의 고충

이젠 혼자 길을 가면서 키득대고 중얼대는 사람을 봐도 '음, 통화중이군' 하고 아무렇지 않게 생각하게 되었다. 이젠 길을 가면서 핸드폰 액정화면을 자신의 이마 높이쯤으로 들어올리고 영상통화를 하는 이들에게도 익숙해졌다. 그들은 화면에 신경을 쓰느라 행인들은 안중에도 없다. 저러다 실족이라도 할까봐 보는 이가 다 조마조마하다. 영상통화 때문에 아내에게 더 이상 거짓말이 통하지 않게 되었다는 남편들의 불만도 늘고 있는 모양이다. 이쯤 되면 예전의 우려가 현실이 되었다고나 할까. 어릴 적 공상과학 영화에서 등장하던 이 영상전화에 신기해하면서도 걱정이 되었던 건 집안에서는 어떡하나, 였다. 그때나 지금이나 귀가하자마자 추리닝으로 갈아입고 질끈 머리부터 묶는 나로서는 반갑지 않은 물건이다. '건어물녀'들도 잔뜩 긴장하고 있을 것이다. 영화 〈호타루의 빛〉을 통해 알려진 '건어물녀'란 일에 지쳐 연애는 뒷전, 집에 돌아오면 편안한 차림으로 맥주에 오징어 먹는 것을 즐기는 여성을 일컫는다. 연애 세포는 건어물처럼 말라버렸고 최근에 가슴이 두근거렸던 기억은 계단을 올라갈 때가 전부다. 3G, 3세대라 불리는 이 영상전화기의 파급속도는 빠르다. 하루의 긴장을 풀고 휴식을 취하는 것도 이젠 어렵게 된 것일까. **쌍방향이니 한동안은 구식이더라도 지금의 휴대폰을 고수하는 수밖에는 없을 듯하다.**

수요일 밤에 아홉 중 둘은 갑작스런 집안일과 가벼운 몸살 증세로 빠지고 일곱 명이 모였다. 지난가을에도 셋이 빠졌다. 시간이 지나면 지날수록 다함께 모이는 일이 더 힘들어질지도 모른다. 오랜만에 만나 맛있는 음식도 먹고 수다도 떨었다. 매번 그랬듯 이번 모임의 연락책도 소설가 김별아였다. 여덟이나 되는 이들의 시간을 다 살피고 제각각인 집까지의 거리도 조절해서 식당을 잡는 번거로움을 마다하지 않는다. 모임은 느닷없는 김별아의 메시지 한 통에서 시작된다. 눈이 오기 전에 만나자거나 올해가 가기 전에 만나자는 긴 칼라메일이 도착한다. 글자 크기가 작다. 문제는 선배들의 나이가 쉰이 가까워오면서 즉각 대답을 하지 못하는 경우가 많아졌다는 것이다. 돋보기를 가지고 있지 않은 경우라면 귀가할 때까지 그 답이 유보된다. 겨우 메시지를 확인했다 하더라도 답을 하지 못할 때도 있다. 역시 돋보기 때문이다. 답답한 나머지 선배 몇은 글자가 큰 휴대폰으로 바꾸었다. 전철 안에서 문자를 보내던 선배 하나, 뭔가 이상하더란다. 돌아보니 뒤에 선 이들이 선배가 보내고 있는 문자를 보고 있더라고. 왜 남의 문자를 훔쳐보느냐고 따질 수도 없었다. 멀리서도 다 보일 만큼 너무도 큰 글씨였기 때문이다. 모인 일곱도 중간에 한 명이 아파 일어서고 둘은 연말에 겹친 약속 장소로 떠나고 달랑 넷이 남았다.

크리스마스의 악몽 2

마스크를 끼고 쉼호흡을 한 뒤 주방용 장갑으로 큰애 방문을 연다. 큰애에게 발열 증상이 나타난 건 목요일 아침, 그러니까 모처럼 온가족이 모여 재미있게 보내야지 생각하던 크리스마스 이브 날이었다. 병원에서는 타미플루를 처방했다. 결과는 이틀이면 나오지만 성탄절 연휴 때문인지 월요일에나 결과를 알 수 있다고 했다. 처방된 타미플루 5일치를 거의 다 먹을 무렵에나 결과를 알 수 있는 것이다. 큰애와 작은애를 중심으로 가족이 흩어졌다. 그날 오전부터 큰애와 나는 집에 남겨졌고 아무도 찾아오지 않았다. 가끔 전화를 건 이들은 걱정 끝에 왜 하필 이런 날 걸렸느냐고 토를 달았다. 성탄절 케이크도 케이크만 보면 엉덩이 춤을 추는 작은애 편으로 보내지고 대신 케이크 앞에서 방방 뛰고 있는 작은애 사진만 메시지로 도착했다. 집에서도 우리는 제 방에 틀어박혔다. 아이와 밥을 같이 먹을 수도 없고 수다를 떨 수도 없다. 식사 때면 쟁반에 음식을 덜어 담아 방으로 들여다준다. 자다 깬 아이는 마스크를 쓴 내 모습에 놀라기도 하고 웃기도 한다. 이렇게 세끼 식단에 신경을 쓰기는 처음 이유식을 하던 때 이후로 오랜만인 듯하다. 중간중간 병세도 살필 겸 혹시라도 있을지 모를 약의 부작용도 살필 겸 방문을 열어본다. 어두컴컴한 방 저 끝에서 **큰애가 쉰 목소리로 말했다. 엄마! 메리 크리스마스.**

골드러시 베이징 올림픽이 한창이던 때 한 선배가 심드렁하니 말했다. "금메달 따는 거야 나쁘지 않은데 왜 다들 그렇게 금메달을 이로 무는 동작들을 하는 건지……" 왠지 촌스러워 견딜 수 없다고 했다. 우리끼리만의 경기도 아니고 전세계 사람들이 다 지켜볼 텐데 자신이 다 창피스러워진다고 했다. 나 역시 금만 보면 무는 시늉부터 하고 본다. 이로 물어 딱딱해야 순금인지, 좀 무른 듯싶어야 순금인지 알지도 못하면서 말이다. 선배는 좀 지쳐 보였다. 그것이 이 사회에 만연한 물신주의에 대한 진저리라는 것을 모르는 바 아니었지만 그날 선배의 행동은 좀 과민하다 싶었다. 그때 이미 금값은 천정부지로 올라 있었다. 그러고 보니 큰애와 작은애의 돌 풍경도 무척 달랐다. 그즈음 돌배기의 선물로 일순위이던 금반지 선물이 온데간데없이 사라졌다. 너나없이 선물해 성의 없어 보이기까지 하던 금반지가 가까운 사이에나 주고받는 귀한 선물이 되어, 작은애 때는 부모님과 가까운 지인으로부터만 금반지를 받았을 뿐이다. 오랜만에 금값이 떨어지고 있다는 뉴스에 선배의 얼굴이 제일 먼저 떠올랐다. 귀금속점을 하는 이의 이야기를 들으니 불경기에는 금값이 뛴다고 한다. 대신 호황기에는 나노에 쓰이는 은을 비롯해 동값이 뛰어오른다. 그것도 몰랐던 지난여름, 아무래도 좋지 않았을 선배의 사정을 눈치채지 못하고 지나친 듯하다.

눈 오시는 날에

순식간에 쌓인 눈으로 진작에 집을 나선 남편도 아직 길 위에 있다고 했다. 큰애가 신종플루 의심 환자가 되면서 며칠 흩어져 있던 가족이 지하 주차장에서 십여분의 짧은 재회를 하고 헤어진 뒤였다. 엄마와 헤어지지 않겠다고 우는 작은애를 달래려 차를 같이 타고 지상으로 나왔다. 같이 갈 줄 알았던 엄마가 별안간 차에서 내리자 울고불고 아이는 발버둥을 쳤다. 그런 아이를 차에 두고 비정하게 뒤돌아설 때 차디찬 눈발이 얼굴에 들러붙었던가. 아무튼 그 눈발이 삼십여분 만에 온세상을 하얗게 뒤덮을 줄은 미처 몰랐다. 기껏 2.5센티의 적설량에 교통 대란이 일어났다. 폭설 전담반이 있을까, 아마 그들이 쉬는 일요일이라 더했을는지도 모른다. 저녁 무렵 잠깐 장을 보러 나왔다. 어두컴컴하던 골목이 눈빛에 환하다. 수없이 팬 발자국들을 따라 걸었다. 누군가 미끄러진 듯 발자국 하나가 예상 못한 방향으로 삐쳤다. 마을버스도 한참 속도를 줄였다. 승객이 묻혀 들인 눈이 녹아 바닥에 물기가 흥건하고 물과 쇠 비린내가 진동했다. 늘 지나던 마포소방서 앞, 로터리 풍경이 여느 때와 다르다. 지저분한 설치물들도 가려지고 먼 곳의 건물도 바짝 다가와 있다. 모든 경계가 사라졌다. 그 누구도 서둘 수 없었다. 세상이 고요하고 평화롭다는 생각은 딱 그때까지뿐, 작은애 또한 고열이 시작되었다는 전화가 왔다.

말년　이제 마흔 넘은 소설가 K는 틈틈이 '말년'을 생각해두는 모양이었다. 그러다보니 자신뿐 아니라 친하게 지내는 우리 모두의 말년 걱정까지도 떠안게 되었다. 그녀가 생각해낸 묘안은 이른바 공동체 생활이다. 말년에 대해 구체적인 생각을 해본 적 없는 나로서는 '말년'이 생각보다 멀지 않다는 것에 놀라고 한편 추진력 있는 K가 그 공동체를 밀어붙일까봐 걱정이다. 만약 그렇게 된다 해도 공동체에 이름붙이는 일만은 정말 사양하고 싶은데…… 둘러보니 선배들 모두 '한 개성' 하는 이들이다. 어쩌면 우리는 서로의 꺼지지 않는 창의 불빛에까지 민감해질 수도 있을 것이다. 시끄러운 실내 분위기 탓이었을까, 다들 들은 듯 만 듯이었다. 못 들은 척하고 있지만 분명 나와 비슷한 생각일 것이다. 그러다가 소설가와 시인의 평균수명 이야기까지 이르렀다. 요즘 현대인의 평균수명에는 훨씬 미치지 못할 육십대의 그 수명을 생각하니 아, 정말 말년이 얼마 남지 않았다. 그런데 왜 시인이 소설가보다도 2년이나 더 짧은 걸까. 보험을 하는 K의 친구가 합석하면서 막연하던 '말년'이 구체적으로 드러났다. 정년을 하는 55세 이후를 말년으로 본다는 것이다. 그렇다면 정년이 없는 것이 바로 이 일 아닌가. 어쩌면 우리 모두 말년의 단 한 작품 때문에 수많은 소설을 쓰고 또 쓰는지도 모른다. 그러니 K여, 걱정 말아라.

딱딱해진 말들에게　단 한번 '엄마'가 딸의 소설을 읽으려는 시도를 했다. 초저녁이었는데도 책을 펼쳐든 두 눈꺼풀이 잠기운으로 무거웠다. 그런 엄마의 눈이 반짝 빛난 건 드라마의 타이틀 곡이 흐를 때였다. 내 책은 첫 페이지에서 더 나아가지도 못했다. 엄마와 드라마를 보았다. 에이, 빤한 사랑 이야기. 처음 봐도 누가 누구와 어떻고 무슨 일이 있는지 짐작이 갔다. 사실 사랑도 그렇고 삶도 그렇고 어머니가 나보다 한 수 위다. 연륜 때문이기도 하지만 연륜이 다가 아니기도 하다. 드라마를 볼 때 엄마가 슬쩍 와서 물을 때도 있다. "뭔 이야기냐?" 무슨 이야긴 줄 몰라 묻는 게 아니다. 엄마는 다 알고 있다. 그렇다면 엄마는 왜 내 책을 읽지 못하는 걸까. 루쉰의 말이 떠오른다. 민중의 삶에서 비롯된 노래와 시 등이 이상하게도 지식인에 의해 글이 되면 너무도 어려워진다. 그것들이 화석처럼 굳으면 그들은 또다른 걸 찾아내 다시 그 생명을 죽여버린다. '길 위의 이야기'를 쓰는 동안 종종 엄마가 물었다. "오늘은 뭔 이야기냐?" 괜한 동생들에게 핀잔을 주기도 했다. "언니 힘들 땐, 좀 나눠 써줘라." 엄마가 생각하는 좋은 글이란 바로 그런 것. 누구나 쓸 수 있다는 뜻이 아니라 누구나 쉽게 읽을 수 있는 것이다. 본의 아니게 딱딱해지고 굳어졌을 생명체와 비생명체들을 풀어놓는다. 다시 길 위로 돌아가기를.

왈왈 ㅂㅂ

초판 1쇄 발행 ● 2010년 12월 10일

지은이 ● 하성란
편집 및 디자인 ● 놀이터(02-3143-0947)
펴낸이 ● 김성은
펴낸곳 ● 아우라
등록 ● 제395-2007-00127호
주소 ● 412-270 경기도 고양시 덕양구 화정동 966 한성리츠빌 801호
전화 ● 031-963-4272
팩스 ● 031-963-4276
이메일 ● aurabook@naver.com
인쇄 ● 예림인쇄
제본 ● 국일문화사

ⓒ 하성란 2010
ISBN 978-89-94222-02-8 03810